소설무크
Vol.
001

소설무크 Vol. 001
오른손이 한 일

1판 1쇄 인쇄 2025년 8월 28일
1판 1쇄 발행 2025년 9월 3일

지은이 허지영 원경란 남궁순금 강희진 박정윤 권재이 태기수 양선미 김도연 정길연
펴낸이 신승철
펴낸곳 잉걸북스

편집위원 김나정 김도언 김이은 원종국
교정교열 오재연
디자인 놀이터

출판등록 2024년 8월 29일 제25100-2024-000052호
주소 서울시 노원구 노원로 564, 1011-1311
전화 010-4964-6595
팩스 02-6455-3736

© 허지영 원경란 남궁순금 강희진 박정윤 권재이 태기수 양선미 김도연 정길연, 2025

ISBN 979-11-990192-3-2 (03810)

- 책값은 뒤표지에 있습니다.
- 이 책 내용의 일부 또는 전부를 재사용하려면 반드시 잉걸북스의 동의를 얻어야 합니다.
- 잘못 만들어진 책은 구입하신 서점에서 교환해드립니다.

소설무크
Vol.
001

오른손이 한 일

잉걸북스

| 차례 |

버벅게임 _허지영　　　　　　　　　　　5

언어도단 _원경란　　　　　　　　　　29

평화로움에 대하여 _남궁순금　　　　　59

함박눈 _강희진　　　　　　　　　　　87

현란한 여름 _박정윤　　　　　　　　115

오우무아무아 _권재이　　　　　　　143

교실 이데아 _태기수　　　　　　　　175

영애 언니 _양선미　　　　　　　　　203

눈 - 김과 함께 여행하는 법 _김도연　235

오른손이 한 일 _정길연　　　　　　 281

버벅 게임

허지영 | 경희사이버대학원 미디어문예창작과 졸업. 2025년 〈경상일보〉 신춘문예에 「빛의 그을음」 당선. 『비밀이 들려요』 그림책 번역.

컴퓨터가 죽었어. 주차장에 차를 세우고 열어본 핸드폰에는 시우가 보낸 문자가 있었다. 한국은 새벽 한 시가 넘었을 텐데, 시우의 시계는 늘 지구 반대편에 사는 내 시각과 별반 다르지 않았다. 어쩌라고. 혼잣말이 툭 튀어나왔다. 며칠 밤을 새웠을까. 자판을 죽기 살기로 두드렸을 거다. 컴퓨터 사망 진단에 미안함 정도는 있으려나.

지수 언니는 통화할 때마다 시우가 대학에 입학할 때만 해도 얼마나 괜찮았는지 되새김했다. 기숙사에 들어갔어야 했다고. 군대 다녀온 후 심해지더니 내가 멕시코에 들어간 뒤부터는 아예 커다란 모니터를 끌어안고 산다고 했다.

"그래도 네 말은 듣잖아. 자주 연락 좀 해줘."

여러 번 말했건만, 잘못된 기억이라고. 내가 한국에 있을 때도 마찬가지였다고. 무엇보다 지금 시우는 내 목소리가 닿지 않는 곳에 있다. 지수 언니나 내가 들어갈 수도, 머무를 수도 없는.

시동을 끄자마자 주차장은 쓸데없이 음침해졌다. 차 문을 열고 다리를 비틀어 두 발을 내디뎠다. 고인 물이 밟혀 찰박했다. 어두움에 익숙해지면 눈동자는 빛이 날까. 사방을 둘러보았다. 슬그머니 흩어지는 잿빛. 내내 켜져 있어도 몰랐던 시커먼 전등이 보였다. 언제나 밝음일 수는 없겠지. 뜨거워지는 열감은 아무도 만져주지 않았을 테니까. 나는 핸드폰을 열어 먹먹한 세계에서 보내온 시우 문자 아래에 컴퓨터 없이 괜찮은지 묻고는 주차장 밖으로 걸어 나왔다.

햇빛이 가림막 없는 망막을 기습했다. 질끈 눈을 감았다가 지그시 떴다. 거대한 괴물의 입안에나 있을 법한 들쑥날쑥한 이빨 모양의 산맥이 멀리서 병풍처럼 두른 채 크림 같은 구름을 삼키고 있었다. 산의 왕이라는 지명답게 몬테레이는 높은 산들로 둘러싸인 멕시코 북부의 도시다. 거친 이빨 모양의 산맥 외에도 뾰족해야 할 산꼭대기가 둥글게 패어 안락한 의자 같은 말안장 산이 있고, 말의 꼬리처럼 폭포가 떨어진다는 말꼬리 산도 있다. 나는 치핑케 산이 좋다. 치핑케에서 내려다보면 도시 전체가 한눈에 보일뿐더러 그 위를 커다랗게 맴도는 독수리들의 세찬 날갯짓도 볼 수 있다. 언젠가 독수리 날개처럼 펴질 줄 알았던 시우 어깻죽지는 시간이 갈수록 안쪽으로 말려 푹푹 꺼져갔다. 하늘 끝에 매달린 작은 새 같았다.

중문을 열고 들어서자마자 어려 보이는 경비원이 반갑게 알은 체했다. 건네준 볼펜으로 사인한 후 두 사람 정도 들어갈 좁은 공간의 엘리베이터를 탔다. 여닫는 것 말고 버튼은 세 개였다. 몬테레이에서는 엘리베이터를 탈 일이 별로 없었다. 땅이 넓으니 사실 높이 지을 필요도 지하를 뚫을 이유도 없어 보였다.

한국에 있는 우리 집은 고층 빌딩 숲속 101호였다. 베란다 너머로 소란스러울 것 같지만 바닥의 풍경이란 게 오히려 볼수록 편안했다. 기억으로는 십사층 엘리베이터 안에 갇힌 일이 있고 나서 이사한 집이었다. 어린 시우는 기다려야 한다고 말렸지만 어린 내가 고집 부리고 탄 엘리베이터 안에 우리는 갇혔다. 나는 무서워서 엉엉 울었고 따라 들어왔던 시우는 소리 없이 흠뻑 젖어 있었다. 문이 열렸을 때 엄마는 나를 끌어안고 울었다. 엄마 없는 시우는 지수 언니 손에 이끌려 사라졌다. 그날 이후 엘리베이터는 타기 싫다고 도망 다니느라 아침마다 우리 집은 전쟁이었다. 이사하기 전까지. 지금도 엘리베이터 문이 닫힐 때만큼은 기분이 좋지 않다. 꽃 한 송이 없는 엘리베이터 안에 갇혔다. 호흡량보다 적은 산소통이라 생각하는 순간 문이 열렸고 나는 밖으로 튕겨 나왔다. 삼층이었다.

건물 내부 중앙은 강당 넓이의 복도인데 삼층까지 통으로 뚫려 있었다. 보통은 유리 천상으로 빛이 들어오지만, 비 오는 날이면 물방울 떨어지는 소리가 요란하게 바닥까지 흔들어놓았다. 복도의 왼쪽은 같은 높이의 큰 강당이 있고, 복도 오른쪽이 삼 층 구조인데 일층에 카페와 식당이 있어서 쉬는 시간이면 학생들이 몰려들었다. 이층은 교실이 있고, 삼층에 행정실과 회의실이 있었다. 수업은 주로 교실에서 하고 토픽 시험은 강당에서 진행되었다. 나는 삼 층 높이의 낮은 세상이 마음에 들었다. 사층 하늘에 펼쳐진 구름이 솜사탕처럼 손가락 끝에 휘감길 것 같았다.

이번에는 '너의 목소리가 들려'로 이름 지은 고성방가 게임을 준비했다. 네 팀으로 나눈 후에 한 팀씩 칠판을 향해 줄을 세우고 헤드셋으로 귀를 덮어 K팝을 크게 들려주었다. 가장 뒤에 있는 여학생이 바로 앞에서 음악에 따라 어깨를 들썩거리고 있는 미겔의 등을 돌려세운 뒤 입을 크게 벌려 소리쳤다. 들어 올린 발바닥을 손바닥으로 내리칠 듯하면서 외쳤다.

"손, 발이 맞다. 손, 발이 맞다. 손, 발이 맞다."

미겔은 고개를 갸우뚱거리다가 자기를 뚫어지게 바라보고 있는 앞의 학생에게 손으로 발을 가리키며 '발이 맞다'를 한 음절씩 전달했다. 무슨 의미인지 모르는 것 같았다. 마침내 마지막 학생이 말했다.

"말이 많다."

다른 팀들 역시 시키지 않아도 음악에 맞춰 춤을 추었으며 노래를 따라 부르다가 순서가 되면 한국어 문장 하나씩을 크게 외쳤다. 게임은 말하기 연습에 효과적이었다.

사춘기를 보내는 동안 멀어졌던 시우와 다시 가까워지게 된 것 역시 게임 덕분이었다. 서름서름한 공기를 벗어나고 싶었던 순간에 시우가 버벅 게임을 가르쳐주었다. 하고 싶은 말을 음절 단위로 끊고 다시 한 음절을 쪼개어서 발음하는 언어유희였다. 한 음절을 받침 없이 분절 후 다시 첫소리에 ㅂ을 넣어 빠르게 이어 뱉으면 되었다. 예를 들어 '해뱅보복해배'는 '행복해', '사바라방하반다바'는 '사랑한다'처럼. 우리끼리만 소통하는 말하기였고 말이 꼬이거나 늦어지면 지는 게임이었다. 세상과 단절되어 있어도 말이 통하는 한 사람만 있으면 버벅거리는 것쯤은 괜찮을 것 같았다. 한 사람이 시우라서 좋았고 재미있었다.

우리의 대화를 듣고 있던 지수 언니는 대놓고 한심해했다.

"영어를 그렇게들 좀 하시지."

그러거나 말거나 만나서 심심해지면 우리는 버벅 떠들었고 틀리기라도 하면 도망갔고 잡으러 다녔으며 벌칙이 심하다고 싸우고 억울해서 다시 시작했다.

지수 언니에게 시우는 착하고 뭐든 잘하는 동생이었다. 자라는 동안 쌓였던 서운함조차 끝자락은 자랑이었다.

"너도 알지? 나 귀에 딱지 앉은 거. 시우 반만이라도 하라고."

"틀린 말은 아니지."

웃으려고 한 말이지만 그러지 못했다. 그즈음 시우는 언니의 자랑스러운 동생 자리에서 천천히 내려오는 중이었다.

내가 본 시우는 벌레 하나를 못 잡는 의대생이었다. 관심이라면 게임이 팔 할이었고 나머지는 이제 막 배우기 시작한 주식 정도였다. 시우는 전공이 적성에 맞지 않는다면서 하고 싶은 일이 무엇인지 모르지만 하고 싶지 않은 일은 몸이 먼저 알겠다고 했다. 군대는 허락된 도피처였다.

제대 후에 몇 번을 만났을까. 다시 만났을 때 버벅 게임은 하지 않았다. 시우는 현실이 게임보다 더 말이 안 된다고 했고 나는 군에서 무슨 일이 있었는지 궁금해 물었지만 거기까지였다. 어릴 때 엘리베이터에 갇혔던 기억을 꺼내려다 그만둔 것처럼. 시우는 방에 들어가 나오지 않았다. 이해한다는 말과 이별하자는 말, 둘 다 진실이 아닌데 어느 쪽이 더 서늘할까를 생각하며 나는 헤어지고 시작하는 연애를 혼자서 반복했다. 지수 언니는 살얼음 위를 걷는 것 같다며 시우 방 앞에서 굳게 닫힌 문을 사정없이 두드렸다. 안과 밖의 먼 거리를 압축해 놓았는지 방문은 한동안 열리지 않았다. 억지로 연다고 의미가 있을까 싶었다. 학교 앞에 독립시켜 주는 조건으로 복학했던 시우는 한 학기를 못 버텼고 이번에는 연락도 없이 증발해 버렸다. 실은 지수 언니의 적금을 주식으로 없애고 사라진 거라 했다. 금세 돌아오기는 했지만.

집에서는 강요와 회유가 있었다. 용서해 준다는 조건이었다.
"성적은 아무래도 괜찮으니까, 졸업만이라도 하자."
등 떠밀려 등록했던 시우는 다시 제 방으로 들어가 나오지 않았다.

나는 시우로부터 단호히 분리되어 가장 먼 곳으로 날아와 서너 개의 언어를 할 수 있는 대학생들에게 내가 할 줄 아는 단 하나의 언어를 가르치게 되었다. 자음과 모음의 조음 위치와 방법이 진짜 언어 사용 설명서가 될 줄 중고등학교 국어 시간에는 미처 몰랐다. 세종대왕은 당시의 백성들뿐만 아니라 후세의 백성까지 살핀 진짜 성군이었다.

나는 자음 ㅇ이 좋다. 첫소리 자리에 있으면서도 가운뎃소리가 말할 수 있도록 조용하게 배려하고, 앞 음절의 받침이 올라와 소리 낸다 해도 욕심 없이 자리를 내어주는 ㅇ, 그렇다고 무조건 양보만 하는 것도 아니다. '낟, 낫, 났, 낮, 낯, 낱, 낳'처럼 각각 다른 자음 받침들이 'ㄷ' 소리로 모일 때 끝소리 'ㅇ'은 맑고 청아한 제 소리를 고집한다. 혀의 뒷부분과 여린입천장 사이에서 나는 소리, 없는 듯 있는 소리 이응을 말하면 상큼해지는 느낌마저 든다. 각진 한글의 자음과 모음 속에서 시각 디자인으로도 부드럽게 동글동글 이어주는 'ㅇ'처럼 그렇게 나는 살고 싶었다. 다행스럽게도 내가 할 말을 미리 알고 챙겨주는 시우가 곁에 있는 동안 나는 노력 없이 첫소리 ㅇ이 되었다. 하지만 끝소리 ㅇ처럼 살아야 한다는 것을 직감한 후 나는 구르고 굴러 지구 반대편까지 옮겨 왔다.

몇 달 전 잠깐 한국에 들어갔을 때 찾아갔던 시우는 어느새 갑각류를 닮아 있었다. 단단한 껍데기 속으로 스스로 들어가버리는. 껍데기 안과 밖의 언어가 다르지 않을 텐데 밖에 있는 나로서는 껍데기 안의 시우를 꺼낼 수 있는 표현을 찾아내지 못했다. 버벅 게임을 기억하느냐는 말에 웃음기가 언뜻 스쳤을 뿐. 앞으로 쏟아진 머리카락과 깎지 않은 수염에 가려진 해쓱한 얼굴, 무슨 생각을 하는지 고정되어 있는 눈망울이 낯설기만 했다. 평범하지 않은 눈동자를 한 번에 몰아 본 적이 있었다. 남자 중학교에서 기간제 교사할 때 만났던 이글거리는 눈빛들. 그들끼리의 말은 조사를 제외하고는 알아들을 수 없었고, 억눌리고 있는지 억누르고 싶은지 모를 압력에 뭉개진 언어는 거칠기만 했다. 시우의 생기

없는 눈빛은 또 달랐다. 목표 없이 날아가는 화살을 따라가듯 먼 데를 바라보고 있었다.

한국에 다녀온 미겔이 오랜만에 와서 고성을 지르는 데 한몫했다. 키가 크지 않고 통통한 체구에 검은 턱수염으로 얼굴 삼분의 일을 덮은 채 웃고 있는 미겔은 젊은 산타처럼 보였다. 스페인어를 프랑스어처럼 발음하는 목소리가 낭랑하고 부드럽게 들렸다. 미겔의 한국어는 중급반이었다.

"미겔, 홍대 식당에 가서 한국어로 주문해 봤어요?"

미겔이 한국어를 배우는 이유라고 했던 말이 기억나서 물었다.

"당근이죠."

미겔은 웃으며 시원하게 대답했다. 한 여학생이 경복궁에 가서 한복 입은 사진을 찍고 싶다고 한국어를 배우기 시작했는데 페이스북 대문에 경복궁 사진이 올라온 후 수업에 들어오지 않았다고 했더니 미겔은 양손을 흔들면서 웃었다.

"한국어 더 배워서 한국 회사 취직할 거예요."

형편이 어려웠던 미겔은 학교 사무실에서 인턴으로 일하며 한국어 수업에 들어왔다. 실력이 조금씩 향상되면서 토픽 시험이 있을 때는 스태프로 전화 문의를 받고 접수자 명단을 작성했다. 시험 당일에는 복도 감독을 맡기도 했다. 약간의 아르바이트비를 받고, 한국어 수업을 듣는 것이 전부였는데 무슨 일이든 즐겁게 했다. 얼마 전에는 결연 맺은 한국 대학에 이 주간 연수 프로그램을 다녀왔다. 숙식은 개인 부담이라 난감해하기에 시우에게 도와달라고 부탁했다.

공항에 마중 나가주는 것까지 바란 것은 아니었지만 적어도 집으로 찾아갈 수 있게 안내 정도는 해줄 줄 알았다. 내심 미겔을 도와주면서 껍데기 밖으로 조금씩 나와주기를 바라는 마음도 있었는데 시우는 투명 인간이 되었다. 미겔이 들어오면 이불을 말고 침대 속으로 들어가는 듯했다. 애벌레도 아니고. 이 주 내내 당황했을 미겔을 생각하면 미안하기도 하고 괜한 오지랖이었나 후회되기도 했다. 미겔은 누워 있는 시우 대신 영상통화를 걸어왔다. 선생님이 보고 싶어서가 아니라 방문 옆에 있는 보일러 사용법 같은 것을 묻기 위해서였다. 의사소통이란 게 대부분이 그렇듯이 목적이 있을 때 가장 활발해졌다. 전원 버튼을 누르세요. 난방은 실내 온도 20도에 맞추세요. 샤워할 때는 온수 버튼을 누르세요. 사소하고 쉬운 말들이지만 턱수염 미겔에게는 번역기가 필요한 기호였고 누군가의 도움이 간절한 일이었다. 태어나 처음 보는 난방 시스템이니 진땀 뺄 만도 했다.

다시 혼자일 텐데 시우는 컴퓨터도 없이 어떻게 지내는지. 움직임 없는 핸드폰만 켰다가 껐다. 한두 살도 아니고 가족이 없는 것도 아니고 심지어 모국어로 살고 있는데 누가 누굴 걱정하는 것인지. 단단하게 서 있는 나무였으면 하고 바라는 건 기대고 싶은 나를 위한 소망일지도. 세상의 모든 길이 땅에만 펼쳐진 것도 아닌데, 바닷길 하늘 길 앞에서 몇 발 떼지 못하는 것은 너나 나나 마찬가지인데, 달리고 있다고 마음 놓을 일도 아니고 엎드려 있다고 한심해할 일도 아니었다. 그러므로 신경 끄고 살자는 결론에 도달했다. 앞길은 아무도 모르니까.

시우에게 다시 문자가 온 것은 잠자리에 들 때였다. 알람을 맞춰놓고 이불 속으로 들어가는데 카톡이 연달아 울렸다. 일어나 불을 켜고 앉아서 핸드폰을 열었다. 각도만 다르게 찍힌 손이 뭉개진 덩어리 같은 사진 서너 장과 파란 트럭 뒷바퀴 사진 그리고 아직 뜨거운 피가 흐르는 듯한 큰 돌 사진 하나가 순서대로 올라왔다. 잠이 확 깨버렸다.

이거 뭐니. 보낸 문자에 반응은 없었다. 보이스톡도 혼자 울다 멈췄다. 지수 언니 카톡을 찾았다. 언니 목소리를 듣자마자 시우가 보낸 사진을 말하려다 그만두었다. 무슨 일인지 지수 언니가 알고 있었다면 시우보다 먼저 연락했을 거다. 아니나 다를까.

"왜, 시우 연락 안 되니? 내 전화는 열 번 하면 한 번 받고 잊을 만하면 문자 하나 보내는 게 다야. 안 그래도 한번 가보려고. 애는 남들 다 지나간 사춘기가 늦게 온 것도 모자라서 끝이 없어."

"언니, 지금 시우한테 가볼 수 있어?"

결국 말하지 못했다. 시우가 보낸 사진을 오른손 엄지와 검지로 눌러 화면을 키워놓고 다시 보았다. 말 그대로 피범벅이었다. 불안은 스멀스멀 찾아오지만 검은 연기처럼 덮치는 순간 호흡하기 어려울 만큼 순식간에 생각과 논리를 마비시켰다. 찾아가 볼 수도 없고 답답했다. 살풍경스러운 골목 분위기 속 피 묻은 돌. 손은 왜. 사고일까. 앉아 있을 수도 서 있을 수도 없어 문자 폭탄을 쏘아댔다. 뭔데. 전화는 왜 안 받니. 괜찮아? 어딘데? 대답 좀 해. 보낸 문자들이 닿지 않는 보이스톡과 더불어 깨뜨리지 못한 테트리스 벽돌처럼 쌓여가고 있었다. 뒤척이다가 아침을 맞았다. 한국 시각은 밤일 텐데 지수 언니는 도착했다며 시우가 없어서 문 열고 들어왔다고. 냄새가 역해서 청소하면서 기다리고 있다고 했다.

눈에서 멀어지면 마음에서도 멀어진다는데 시우 일은 왜 안 되는지. 주식을 배워보겠다고 했다가 사라졌을 때도 그랬다. 다시 볼 일 없을 거라고 눈을 감는 순간 매일 집까지 데려다주고 가던 시우 얼굴이 떠올랐다. 지금도 역시 입으로는 미련 없다고 중얼거리면서 운전대를 잡은 손에는 힘이 들어갔다. 학교에 도착했다.

경비원의 웃는 얼굴을 피해 사인만 대충했다. 누군가 마주치게 될 것 같아 엘리베이터 대신 계단으로 뚜벅뚜벅 올라갔다. 사무실 책상에 앉아 번진 화장을 고쳤다. 못 보던 서류봉투가 있어서 열어보니 K 회사에서 보낸 구인 공고였다. 사 년제 졸업자로서 담당 업무는 따로 있고 통역 가능함이 조건이었다. 한국어 수업을 듣는 학생들 대부분은 아직 졸업 전이고, 졸업생들은 이미 어딘가에서 근무 중일 텐데. 공학도 미겔밖에 없었다. 한국어 실력이 부쩍 향상되었고 한국 회사에 취직하고 싶다고도 했으니 물어봐야 할 것 같았다. 구인 공고 사진을 찍어서 미겔의 왓츠앱으로 보냈다. 수업 끝나고 잠깐 보고 가라는 메시지까지.

지수 언니는 시우가 안 들어온다며 걱정했다. 뭐라고 답할까. 한국 시각 새벽 두 시, 조바심으로 보내고 있을 지수 언니에게 사진을 보내는 것은 불난 데 기름을 붓는 것 같고, 그렇다고 여기서는 아무것도 할 수 없는데. 지수 언니에게 경찰서에 가보라고 해야 하나. 머리가 복잡해졌다.

핸드폰을 잡은 손에 진동이 느껴졌다.

"서연아."

시우가 불렀다.

"어디야?"

"병원. 걱정 말라고. 배터리가 없어."

"어디 병원? 왜?"

끊어졌다. 짧은 목소리라도 들어서인지 두근거림이 조금은 가라앉았다. 걱정 말라고 했다. 그러면 일단 됐다. 지수 언니에게 시우 핸드폰에 배터리가 없는 것 같더라고 기다리지 말고 먼저 자라는 메시지를 보냈다.

교실에 들어갔더니 미겔이 자리 잡고 앉아 있었다. 얼굴에서 빛이 났다. 수업이 끝난 후 학생들이 교실을 우르르 빠져나갔고 미겔 혼자 남았다.

"미겔이 이력서와 자기소개서를 써야 해요. 저는 추천서를 써야 하고요."

"아, 할 수 있어요."

미겔의 입이 귀에 걸렸다. 한국 회사에 들어갈 기회가 빨리 온 것 같다고 했다. 몬테레이 학생들은 취업 선택의 폭이 넓은 데다가 이직도 쉬운 편이었다. 한국 회사는 일이 많아도 급여가 높다고 알려졌다. 미겔의 추천서는 내 과제가 되었다.

괜찮아? 시우에게 문자를 보냈다. 새벽이겠지만 기다릴 수 없었다. 시우가 아직 안 잔다고 그런데 통화는 어렵다고 했다. 환자들이 자고 있다면 그럴 수 있었다. 오른손이 다쳤다고도 했다. 왼손으로 문자를 누르고 있겠구나 싶었다. 긴 침묵 끝에 아침에는 집으로 갈 거라고 했다. 문자하기 버거우면 통화 가능할 때 다시 연락하라고 했다.

언제부터인가 시우에게 안 좋은 일이 일어나면 게임 탓을 했다. 시우의 게임 시간은 언제 종료될까. 지수 언니는 공부만 하던 시우가 대학 들어가고 게임에 빠진 거라 했으나 실은 훨씬 전부터였다. 시우는 공부만큼 게임도 잘했다. 프로게이머가 되고 싶어 했다. 가족들은 전혀 알지 못했지만 알 만한 게임 회사에서 캐스팅 제안도 있었다. 내 핑계를 대고 게임장에 다녔다. 때로는 같이 가기도 했다. 유치원 다닐 때부터 봐왔지만 모니터 앞에서의 시우는 새롭기만 했다. 말간 얼굴로 평소에 들어본 적 없는 박장대소까지. 시우는 게임에 집중했다. 진심으로.

"마음먹은 대로 되니까."

삶은 게임이 아니라 현실이라고 그만 나오라 했지만, 쉽지 않았다.

거의 끝나가는 추천서를 노트북에 저장해 놓은 후 주섬주섬 가방을 싸서 밖으로 나왔다. 여덟 시가 넘었는데 아직 환했다. 이곳의 낮과 밤의 경계는 노을이 지고 사방이 어둑어둑해시는 예열 같은 게 없었다. 낮과 밤이 선 하나로 만난 듯 아홉 시 전까지도 대낮처럼 환했다가 십여 분도 안 되는 어스름이 스치듯 지나며 끌어다 놓은 밤은 바로 칠흑이었다.

운전해서 집에 도착한 후 반복되는 일들을 했다. 청소하고 저녁을 먹고 씻고. 무슨 일을 했는지 물었을 때 '무슨'에 넣기 부끄러운 지극히 소소한 움직임들로 시간을 채웠다. 쳇바퀴 안에서 돌아가는 단순함이 싫어서 벗어나고 싶었던 때도 있었지만 지금은 한국에 두고 온 일상들마저 진하게 그립다. 어둑해지는 저녁에 핸드폰 하나 들고 현관문을 나와 아파트 단지 밖으로 이어진 길을 걷다가 슈퍼에 가고, 빵집도 들르고, 립스틱 하나 사서 바지 주머니에 넣고 돌아오는 일 같은 거 말이다. 끝날 것 같지 않은 길에서 더 이상 걷고 싶지 않을 때까지 걸어도 좋겠다. 어김없이 만나는 신호등의 초록 불빛처럼 반복적인, 그래서 예측이 가능한 일상으로 돌아온 시우가 아무렇지 않게 거기 서 있으면 더 좋겠다.

지수 언니에게 보이스톡이 왔다.

"시우 들어왔어. 어쩌면 좋니."

"왜?"

"히어로야? 왜 끼어드냐고."

"사고?"

"아니, 그냥 갈 길 가면 되잖아."

"트럭은? 돌은?"

갑자기 조용해졌다.

"언니!"

"알고 있었어?"

몰랐다고. 나쁜 놈이 피 철철 나는 손바닥 사진 보내놓고 아무 말 안 했다고. 걱정돼 죽겠는데. 언니가 알았어도 새벽에 뭘 어떻게 할 수 있었겠느냐고. 시우가 괜찮다고 해서 기다렸다고. 당황했는지 나도 모르게 쏟아내고 있었다. 울먹이면서. 전화기 안에서 퍽 소리가 들렸다. 등 때리는 소리 같았다.

비가 추적추적 내렸다고 했다. 택배 기사는 급경사 길에 작고 파란 트럭을 세워야 했고 미끄러질 것 같다는 불안감에 지나는 사람들을 불렀으나 누구 하나 들은 체하지 않았나 보다. 마침 올라가던 시우에게 트럭 뒷바퀴 쪽에 돌 하나만 놓아줄 수 있겠느냐 부탁했고 시우는 근처에서 큰 돌 하나 찾아 들고 바퀴 뒤에 내려놓았다. 젖은 땅 위에 돌을 침착하게 안착시키려는데 갑자기 차가 움직였고 미처 빼내지 못한 손바닥이 돌 아래에 깔렸다. 사고였다. 게임이라면 다치지 않았을 거다. 주인공이었을 테니까.

지수 언니는 택배 기사를 원망했다. 차를 세워놓고 자기가 하면 될 거 아니냐고. 시우 탓도 했다. 위험한 줄 알면서 해달란다고 그걸 또 하느냐면서.

"손 어쩔 거냐고."

지수 언니 물음에 전화기 건너 시우는 아무 말이 없었다. 얼마나 아플까.

"시우 상태는? 병원에서는?"

"깁스하고 있어서 모르겠어. 계속 치료받으면 된다는데."

"언니가 옆에 있어야겠어."

"저 손으로 학교는 어쩌니? 어휴."

지수 언니는 잠긴 목소리로 한국 들어오면 안 되겠느냐고 묻는데 나는 얼버무렸다. 현실을 살아가는 일이 녹록하지 않은 시우 옆에 있을 자신이 솔직히 없었다. 병원에서 주사도 맞고 조금 더 누워 있으라는데 시우는 통원 치료한다고 집으로 아니 껍데기 속으로 기어들어갔다. 비도 왔다면서 갑자기 왜 나갔는지 물어보지 못했다. 시우는 자퇴서를 제출했다. 깁스한 채 학교에 다녀온 모양이었다. 너무나 당연하게 다친 손으로 시험은커녕 학교 수업도 따라갈 수 없다는 말에 누구도 말리지 못했다.

미겔이 초콜릿 상자 하나를 내밀었다. 한국 회사에 취직했다고. 미겔이 보내온 이력서와 자기소개서를 추천서와 함께 보냈는데 혼자서 면접까지 보고 합격 통보를 받아 왔으니 무척이나 대견했다. 걱정되는 부분도 있었다. 한국 회사들은 대부분 몬테레이의 변두리에 있어 곧장 갈 수 있는 버스가 없고 자동차로 한 시간 정도 운전해야 했다. 간단히 말해 교통이 불편했다.

"출근은 언제부터예요? 출퇴근 시간도 알아요?"

"다음 주부터. 아침 일곱 시 전에 도착해야 해요."

혹시 직원들의 출퇴근을 돕는 회사 버스가 있는지 알아보라고 집에서 가까운 정류장이 있을 거라 알려주었다. 한 마디도 놓치지 않고 들으려는 미겔의 눈은 깊고 선했으며 반짝거렸다.

"면접 준비 어려웠을 텐데. 잘했어요."

"시우가 도와줬어요. 사진도 찾아주었고요."

미겔은 한국에서 증명사진을 찍고 찾으러 가지 않은 게 떠올랐다고 했다. 한국 핸드폰이 없어서 연락처를 남기지 않았는데 사진관에서는 기다리고 있을 것 같다는 생각이 들더라고. 미겔은 시우에게 부탁했고 금방 다녀오겠다던 시우는 며칠 지나서야 사진을 보내주었다고 했다. 그러니까 시우는 미겔의 사진을 찾아오는 길에 사고가 났고 미겔은 아직 모르는 거였다. 포토샵 잘된 사진을 받고 미겔은 마침 사진이 필요해 기다리고 있었다며 K 회사에 제출할 이력서를 쓰는 중이라 했나 보다. 시우는 늦어 미안하다면서 주먹구구식으로 준비하고 있던 미겔의 면접을 위해 예상 질문을 만들어 보냈을 뿐만 아니라 묻고 대답하는 모의 면접까지 도와주었다고 미겔은 진심으로 고마워했다. 시우는 미겔을 보내고 나서야 미안했던 모양이다. 어둡게 닫혀 있던 방문이 삐그덕 열리고 무기력하게 누워 있던 시우가 밖으로 엉거주춤 나왔다.

시우의 손은 시간이 갈수록 빠르게 좋아졌다. 재활치료도 잘 받고 있다고 했다. 무엇보다 오랫동안 컴퓨터 없이 잘 버티고 있었다. 시수 언니에게 시우의 고장난 컴퓨터는 어떻게 됐는지 물은 적이 있었는데 언니는 노트북 있고 핸드폰 있으면 된다고 했다. 다시 보니 컴퓨터 없이 괜찮은지 물었던 내 문자 아래에 모음 없는 ㅇㅇ이 있었다. 사진에 놀라 미처 보지 못했던 시우의 답이었다. 내려놓은 핸드폰 화면 위로 미겔이 보냈다는 메시지가 떠올랐다. K 매장에서 쏘울 자동차 문을 열고 서 있는 사진 한 장이 함께 있었다. 계약했다고. 삼 년 동안 열심히 일하면 자기 차가 된다며.

시우는 낮에 자고 밤에 나갔다. 지수 언니의 한숨이 깊고 뜨거왔다. 시우를 흔들어놓은 게 게임일까. 흔들리는 시우를 붙잡고 있는 게 게임일까. 이십 대에 놓아버린 삶은 어느 지점에서 중심을 잡고 일어날까. 언제쯤 다시 첫소리 'ㅇ'의 모음이 되어줄까. 마음먹고 컴퓨터값을 보냈다. 생일 축하 카드와 함께. 보이스톡이 울렸다. 시우가 말했다.

"괘밴차밚아바."

해야 할 말이 떠오르지 않았다. 시우는 운전할 만큼 손이 괜찮아졌다고, 돌아다니면서 차근차근 생각해 보겠다고 했다. 사진 속 파란 트럭의 택배 기사와 함께.

언어도단

원경란 | 경희사이버대 문예창작과 졸업. 2012년 캐나다 신춘문예 수필 당선. 2024년 '강원문학신인상' 소설부문에 「봄의 왈츠」 당선. 수필집으로 『수요일에 만나요』 외 동인지 다수 출판.

파헤쳐진 세 개의 구덩이는 그들의 살아온 세월만큼이나 어수선했다. 내가 일 년에 한두 번 왔던 이곳에는 세 구의 묘가 있었다. 후손들의 관리를 믿을 수 없다는 문중 어른들 의견으로 윤달이 있는 올해 이 거사를 치르기로 했다. 조씨네 어르신들께서는 산 아래 땅을 조금씩 팔아버리더니 펜션이 들어서고 곧 아파트도 건립될 예정이라고 했다. 한순간 이곳 산봉우리까지 무너져 내릴 줄 모르니 조상의 묘를 정리하는 일은 잘한 일이라고 했다.

마디마디 흩어져 있던 뼛조각을 주워서 짝을 맞추고, 맞추어진 뼈들은 한지 위에 모아 쇠 절구에 쿵쿵 빻았다. 추스른 뼈를 화장터에 가져가기로 했으나 굳이 그렇게 하지 않아도 될 만큼 시신은 모두 사그라지고 있었다. 자식들은 뼈 한 개도 놓치지 않으려고 흙 속에서 잔해를 찾았다. 그 일에 가담한 사람들은 모두 남자였다. 나를 비롯해 엄마와 고모들이랑 큰어머니 작은어머니는 마치 봄이 되어도 잎이 나오지 않는 고목 같은 자세였다. 한 치 건

너 며느리가 된 촌수로 뭘 크게 관심이 가겠냐마는 고모들은 딜 랐다. 자기 어머니 뼈가 다른 시신과 섞이기라도 할까 봐 커지지도 않는 동공을 확대하며 신경을 곤두세웠다. 살아생전 이미 섞고 살았는데 섞인들 뭐가 문제라고 그리 몰두하는지.

가운데 묘에서 나온 뼈는 할아버지라고 했다. 처음 할아버지 뼈를 빻는다고 했을 때는 누구도 선뜻 나서지 않았다. 조상의 뼈를 절구에 담고 콩가루 만들듯이 쿵쿵거리는 것은 아무리 생각 없는 사람이라고 해도 조심스러운 일이었다. 할아버지는 장손인 큰댁 오빠 몫이었다. 오른쪽 큰할머니의 뼈는 둘째 큰아버지의 아들인 사촌 오빠가 절굿공이를 들고 절구질을 했다. 다시 왼쪽 작은할머니의 뼈는 막내 작은아버지가 하겠다고 나섰다. 여자들은 멀찌감치에서 남자들이 하는 일들을 보다가 마음에 들지 않으면 구시렁대는 것이 고작이었다.

나는 오랜만에 벼르던 일 몇 가지를 하려고 월차를 냈다. 아침 일찍 엄마에게 다녀오는 일이 첫 번째였다. 엄마가 자주 등이 아프다는 소리를 듣고 안마 기계를 샀는데 그것을 주려고 집에 들렀다. 가던 날이 장날이라고 하필 그날 묘를 이장한다고 했다. 아버지의 자동차에 문제가 생겨 택시를 부를 뻔했는데 적절한 시간에 내가 나타난 것이다. 본의 아니게 손자도 아닌 손녀 입장으로 참석하게 되었다. 굳이 참석 조건을 따진다면 자격은 되지만 불참해도 누가 뭐라 할 이유는 없었다. 내친김에 가족들을 둘러보았다. 낯익은 얼굴도 있었고 낯선 사람도 있었다. 남자들은 말이 없었으나 몇 명의 여자들은 무엇인가 불만이 있는 눈치였다. 흥미로운 사건이 일어날 것 같은 찬 기운이 돌았다. 작은아버지의 절구질이 시작되자 둘째 고모의 넋두리가 시작되었다.

"아이고 엄마 살아생전 작은댁이라고 기죽어 살았던 우리 엄마 죽어서도 서럽네."

"아니, 왜 기가 죽어? 남의 자리 빼앗아 남편 챙겨서 살았는데, 억울한 것을 따지자면 우리 엄마지. 아이고 분해."

작은고모와 큰고모의 통곡 소리와 억지스러운 소리가 아랫마을까지 들릴 것만 같았다. 산 아래 보이는 푸른 바다는 말이 없었다. 네까짓 것들이 뭘 안다고 그러냐는 것처럼 검푸른 바다는 두 할머니의 속앓이로 멍든 가슴 색깔만큼이나 짙었다. 뼈가 사그라들 정도의 세월이 흐르기는 하였지만, 남편을 빼앗긴 할머니와 아내가 있는 남편을 빼앗아간 할머니의 마음을 어렴풋이 느낄 것만 같았다. 왜 그렇게들 살았을까 하는 답답함이 이해하기조차 싫었다. 어른들의 눈을 피해 나는 웃음을 지었다. 사내가 없으면 살 수 없었던 여자들의 무지함이 싫었다. 파헤쳐진 주변은 모두의 인생살이같이 금방 마무리가 될 것 같지 않았다. 급한 일이 생겼다는 핑계를 대고 나는 홀로 산에서 내려왔다. 서너 번 넘어질 뻔하면서 살아 있는 동안에는 산에 오지 않아도 되겠다는 생각을 했다. 사람들 대부분은 산에 묻히게 되니 굳이 바쁜 생활 속에 시간을 쪼개어 등산은 하지 않아도 될 것 같았다.

"어디가 아파서 오셨나요?"
"제 몸 안의 피를 다른 것으로 바꿀 수 있을까요?"
 오랫동안 생각했던 일이었다. 병원에 예약된 시간을 맞춰 담당 의사를 찾았다. 의사는 침착했다. 그와 다르지 않게 나도 침착했다. 의사는 콧등에 내려온 안경 너머로 나를 바라보았다. 앞에 있는 작은 원형 의자를 손가락으로 가리키는 것이 그곳에 앉으라고 하는 것 같았다. 자리에 앉기 전에 먼저 예의를 갖추었다. 내가 자리에 앉자 의사는 의자 깊숙이 처박고 있던 엉덩이를 의자 언저리로 밀고 나와 엉거주춤 앉더니 간호사가 갖다 놓은 메모지를 당겼다. 다시 모니터에 시선을 던지더니 자판을 두드렸다. 아주 짧은 내용이었다. 은근히 놀라는 모습이었지만 애써 표정을 바꾸지 않은 채 내 얼굴을 뚫어지게 보았다. 이 여자 정신이 있는 거야, 하는 표정이었다. 그도 그럴 테지 나 같은 환자가 흔치 않았을 테니까. 목에 걸고 있는 청진기로 가슴에 손이라도 넣으면 어쩌나 하는 쓸데없는 생각을 하는 동안 의사는 잠깐 혼란이 온 것처럼 눈을 감았다 떴다. 의사가 입고 있던 흰 가운의 가슴에는 작은 주머니가 있었다. 그곳에 꽂혀 있던 만년필 같은 것을 뽑아 들고 가까이 오라고 했다. 나는 한쪽 발에 힘을 주고 앞으로 살짝 의자를 당겼다. 의사의 무릎과 맞닿을 정도로 가까워졌다. 의사는 왼손으로 내 눈꺼풀을 까뒤집고는 손에 들고 있던 것을 눈 가까이 가져왔다. 만년필인 줄 알았던 것은 작은 손전등이었다. 그것으로 양쪽 눈의 아래 눈꺼풀을 뒤집어보았다. 분명 내과에 왔는데 왜 눈을 까뒤집고 난리인가 묻고 싶었으나 의사의 말을 기다려보기로 했다. 빈혈이 이렇게 심한데 어지럽지 않느냐고 물었다. 늘 어지럼을 동반하고 살았기에 그게 병이라고 생각지 않았던 무지함에 몸 둘 바를 몰랐다.

"환자분, 피를 뽑아야 할 것이 아니라 반대로 수혈을 해야 할 상황입니다. 일단 오늘은 몇 가지 검사를 하겠습니다."

"선생님 피를 바꿀 수 있나요?"

"일단 검사부터 합시다."

의사는 징그러운 물건이 가까이 있을 때 얼른 치우고 싶은 것처럼 나와의 대화를 마무리하려는 눈치였다. 종합병원이라 사람들은 많았다. 간호사가 가르쳐준 대로 지하 1층 채혈실에 갔다. 병원이 익숙하지 않아서인지 조금 겁이 났다. 주사기를 꽂은 상태에서 피가 담긴 작은 유리관을 세 개나 바꿔가면서 적지 않은 양의 피를 뽑았다. 일어나려는데 현기증이 났다. 의사 말처럼 빈혈 때문인가, 여자라면 대부분 빈혈쯤은 가지고 있는 것으로 생각했는데 좀 심한 건가. 머리를 흔들어보았다. 잠시 의자에 앉아서 눈을 감았다. 자신을 너무 소홀히 했던 것은 아니었을까. 간호사가 두 가지를 하라고 시킨 것 중에 가야 할 곳이 한 곳 남았다. 정신건강의학과에 꼭 들르라고 했던 말을 잊을 뻔했다. 다시 승강기를 타고 두 층을 올라갔다. 아래층의 시끌벅적한 것과는 다르게 분위기가 조용하고 쾌적했다. 조수인 님, 하고 부르는 소리에 얼른 일어나서 소리 나는 쪽을 향했다.

"조수인 님 혹시 우울증약을 복용한 일이 있나요?"

"아뇨 한 번도 먹은 일이 없어요."

"환자분께서는 피를 바꾸고 싶다고 하셨다는데, 이유를 물어도 될까요?"

이유를 듣고 싶어 하는 의사는 나를 측은한 눈빛으로 바라보는 것 같았다.

"물려받은 피가 마음에 들지 않아서요."

"나는 정신건강의학과 의사입니다. 여기 심리상담사도 있습니다. 상담이 필요하시면 편한 시간에 이 번호로 예약하고 오시도록 하셔요."

나보다 열 살쯤 많아 보이는 여의사는 전화번호가 적혀 있는 명함을 건네주었다. 다소 마음이 편안해지는 것 같았다. 잔잔한 호수에 작은 돌멩이 하나 던졌을 때처럼 가슴에 파문이 일었다. 정신건강의학과 의사라서 마음을 꿰뚫어보는 것은 아닐까. 남에게 내놓지 않았던 마음을 들키기라도 한 것처럼 얼굴이 화끈거렸다. 타인으로부터 위로를 느꼈다는 것이 새삼스러웠다. 나는 늘 혼자 생각하고 결정하면서 살았다. 누구에게 상담 같은 것은 한 번도 생각하지 못했다. 상담해 주는 사람이 있다는 것조차 몰랐다. 세상과 소통하지 않고 살았다고 해야 맞는 말이다. 내과 의사를 만났을 때 나는 괜한 일을 만들었나 하고 잠시 후회했다. 그러나 정신건강의학과 의사를 만나고 돌아설 때는 마음이 편해졌다. 약을 먹고 삼 주 후에 다시 오라는 이야기와 처방전을 듣고 약국으로 가는 동안 나는 조금 흥분했다. 겹겹이 접어둔 내 안의 이야기를 친구나 엄마도 아닌 타인에게 말할 수 있다는 생각에 막혔던 혈관이 터진 기분이라고 할까. 드디어 무엇인가 원하는 일이 이루어질 것만 같았다. 친절한 말 한두 마디가 내 마음을 이렇게 만들 수 있는 것이 놀라웠다. 더욱이 나같이 외골수에, 고집불통인 사람의 마음을 흔들어놓는 것이 신기했다. 내가 외골수라고 하는 데는 몇 가지 짚이는 곳이 있어서 좋은 뜻은 아니지만 솔직하게 말한다. 그중 대표적인 일이 아버지를 좋아하지 않는 일이다. 싫어하는 데는 그만한 이유가 있다. 모르고 살았어야 하는 일을 알게 되었고, 그 일로부터 아버지가 싫어졌다. 그러지 않으려고 애써 보았지만 나는 변하지 않았다. 친구 관계도 싫다고 생각하면 두 번 다시 만나기 싫어 외면했다.

 약국을 저만치에 두고 지나쳐 온 것은 밖으로 나가는 회전문 앞에 서서 알게 되었다. 정신건강의학과에 다녀온 것이 정신을 혼미하게 만든 것 같았다. 마스크 속에 있는 입꼬리가 양쪽으로 올라가는 느낌이었다. 약국으로 가기 위해 오던 길을 돌아갔다. 약을 받아들고 성분을 물었더니 철분제와 신경 안정제라고 했다. 철분은 빈혈 때문이니 이해가 갔지만 신경 안정제는 썩 내키지 않았다. 졸음이 올 수 있으니 운전할 때는 삼가는 것이 좋다고 했다. 받아든 약을 먹을지 안 먹을지는 집에 가서 결정해도 될 것 같아서 가방에 대충 구겨 넣었다. 내과 의사가 정신건강의학과 진료를 받으라고 한 것이 옳은 일일 것 같기도 했다. 피를 바꾸겠다는 환자를 정신질환이라고 생각한 것인가. 콧등에 안경을 걸치고 있었던 내과 의사의 모습이 뇌리에서 떠나지 않았다.

갑자기 온몸이 가려웠다. 점점 증세가 심해졌다. 양쪽 다리에서부터 가렵기 시작했다. 처음에는 한 손으로 다리 위를 오고 가면서 긁었다. 어느새 양손은 다리 두 개를 바쁘게 긁고 있었다. 다시 허벅지도 가려웠다. 그리고 양팔과 엉덩이까지, 한참을 그렇게 긁다가 멈추었다. 온몸에 상처가 날 정도로 긁어서 부풀어 오른 곳도 있었다. 갑자기 피부병이 생긴 것도 아닌데 이유가 없었다. 가려움증에 대한 정보를 찾아 인터넷으로 들어갔다. 혈관과 스트레스가 문제될 수 있다고 했다. 그렇다, 아버지에 대한 거부 반응이었다. 별로 반갑지 않은 통화를 하였거나 반항하고 싶은 충동이 생겼을 때였다. 가려움증뿐만 아니라 스멀스멀 벌레가 기어다니는 것 같기도 했다. 나는 혈관을 바늘로 찔러보고 싶은 충동을 느꼈다. 처음 그 충동이 왔을 때는 손을 바들바들 떨면서 살갗 껍질 부분만 찔러보았다. 한 번 더 용기를 내서 찔렀을 때 붉은 피가 방울방울 떨어졌다. 꾹 눌러서 피를 빼고 나면 가려움증도 사라지고 온몸이 시원한 느낌이었다. 아버지의 부도덕한 일을 알고 난 후부터 생긴 이 가려운 증세는 마치 거짓말 같았다.

아버지는 경제 파동이 오면서 가지고 있던 사업체를 접게 되었다. 수입은 별로 없는데 직원들 급료가 많이 나가게 되자 빚더미 속에서 벗어나지 못했다. 재산이라고는 달랑 아파트 하나 있던 것마저 처분하고 엄마와 우리 남매를 수도권에 남겨놓고 지방으로 취업되어 갔다. 엄마는 일에 절어 살았고 아버지 혼자 어떻게 생활하는지 걱정이 많았다. 엄마의 걱정을 덜어준다는 생각으로 지방에 갔던 길에 아버지를 찾게 되었다. 가지 않았어야 했던 것을 괜히 오지랖을 떨고 얼마나 후회했던지, 나는 이틀을 고열에 시달렸다. 아버지가 아닌 낯선 여자가 문을 열었을 때 피가 거꾸로 솟는 것 같았다. 집에 불을 지른다거나 사람을 죽일 수 있는 감정이 바로 그런 순간이었을 것 같은 생각에 나는 침착하려고 했다. 두 사람 모두를 죽이고 싶었다. 내가 아닌 엄마를 배신했다는 것이 더 참을 수 없었다. 그러나 나를 설득하는 아버지는 노련했다. 못 볼 것을 보게 하여 아버지가 잘못했다. 순간적으로 만난 여자였고 당장 정리할 것이다. 네 어미에게 죽을 때까지 비밀로 해달라는, 뻔뻔스러운 설득에 나는 동의했다. 그렇게 동의한 이유는 오직 엄마를 위한 것이었다. 엄마가 아버지에 대한 신뢰를 평생 간직하면서 살기를 바랐기 때문이었다. 아버지는 약속대로 지방 근무를 접고 집으로 돌아왔다. 나는 아버지를 아버지라고 부르기 싫었다. 할 말이 있을 때도 앞의 명사는 덜어내고 목적어만 뱉어내곤 했다. 아버지의 간절한 소원을 들어주기 위해 영원히 비밀로 하는 일은 미워하는 것보다 힘겨운 나와의 싸움이기도 했다. 삼류 드라마 같은 이야기라고 생각하면서 나도 상큼하게 잊으려고 노력했다. 중요한 것은 잊는다는 것이 아니라 아버지라는 사람을 아버지로 볼 수 없다는 것이었다. 망자를 통해 대단한 할아버지의 자손임은 확실한 증거가 되었다. 죽어서도 두 여자를 양쪽에 모셔놓고 누워 계셨던 산소 이장 현장이 떠올랐다.

한약상을 하던 할아버지는 큰할머니가 살아 계실 때 작은할머니를 모셔 와서 함께 살았다고 했다. 새삼스러운 생각이기는 하지만 할아버지의 설득력도 놀라웠다. 두 여인을 한집에서 살게 했던 것은 할아버지의 능력이었다. 돌아가신 뒤에 같은 그곳에 묘를 썼던 일도 자식들이 동의한 일이었으니 말이다. 물론 양쪽 할머니들 간의 자식들이 다 있었다. 우리 아버지는 작은할머니 자식이었다. 뼈를 부수어 할아버지와 함께 봉안당에 모셔야 하는데 어떤 할머니와 함께하느냐는 것이다. 자식 중 입김이 센 쪽의 할머니가 유리했다. 큰아버지 의견은 평생도 그렇게 살았는데 이제 그것이 무슨 소용이냐고 했다. 그러나 양쪽 할머니의 딸, 즉 고모라는 사람들이 팔을 걷고 나섰다.

"우리 불쌍한 엄마는 살아생전에도 작은 여자 때문에 한을 안고 살았는데 죽어서도 혼자 차지하지 못했으니 이제라도 할아버지와 함께해야 한다."

"언니, 살아생전에도 당신 것이 아니라고 생각하며 살았을 우리 엄마는 죽어서라도 같이하게 해주어야 하지 않겠어?"

큰고모와 작은고모는 한 치의 양보도 없었다. 나이가 많은 큰고모는 동생을 이기려고 안간힘을 쓰는데 젊은 고모는 기가 살아서 악을 썼다. 역시 딸들의 힘 앞에 거센 회오리바람이 일고 있었다. 아들들은 말 같지도 않은 소리에 함구하고 있었다. 큰고모가 절대 양보할 수 없다고, 작은고모도 평생 할아버지가 사랑한 사람과 합을 해야 한다고 나섰다.

절구에 빻은 가루는 차례대로 한지에 담겼다. 눈앞에 보이는 한 줌의 가루가 머지않아 우리의 모습임에도 인간들의 하는 짓거리는 가소로웠다. 나는 멀찌감치에서 고모들의 거센 입김 바람에 미소를 지었다. 그때 장남인 큰아버지가 파헤친 산소 언저리에서 넙죽 절을 하더니 모두 부모님 가시는 길에 마지막 인사를 하라고 했다.

"아버지, 어머니, 작은어머니 편히 떠나십시오. 이제 멀지 않아 저희도 뒤따르겠습니다."

산소 앞에서 악을 쓰던 고모들도 큰아버지의 목소리에 잠시 숙연해졌다. 훌쩍거리고 우는 고모도 있었고, 아직 씩씩거리면서 분이 안 풀린 고모도 있었다. 여름 내내 비를 맞고 푸르름을 자랑하며 자랐던 잔디도 누렇게 힘을 잃어가고 있었다. 냉랭해진 분위기에 큰아버지는 싸놓은 한지 뭉치 세 개를 모두 한곳에 모았다.

"아휴, 우리 엄마 살아생전에 아버지의 바람기 때문에 얼마나 많은 날 눈물로 지새웠는지, 죽어서도 불쌍해 죽겠어."

"언니, 우리 엄마라고 마음 편하게 살았겠어요? 작은댁이라고 그 긴 세월을 어깨 한 번 펴지 못하고 기가 죽어 살았잖아요."

고모들은 서로 자기 엄마의 애절함을 토해 내고 있었다. 한참 아랫것인 나는 그들의 대화를 들으면서 오래전의 할아버지를 생각했다. 별로 부를 누리며 살았던 것 같지도 않건만 웬 여자를 한 명도 아닌 둘씩이나 데리고 살았단 말인가?

그 잘난 할아버지의 작은 부인에게서 태어난 자식이 바로 나의 아버지, 시대와 경제적인 문제가 아니라면 할아버지와 다를 게 하나도 없는 잘난 아버지다. 딸 앞에 손이 발이 되도록 빌면서까지 바람기를 비밀로 해달라고 했던 조씨 문중 첩의 자식이었다. 이것은 인위적으로 막을 수 있는 일이 아닌 것 같았다. 물보다 진하다는 피, 증거가 되어 선명하게 눈에 보였다. 나는 아버지를 싫어했던 지금보다 더 멀리 조씨 성을 가진 우리 가문의 피를 저주했다. 그 피를 받은 나는 다른가. 다를 것이 없었다. 아버지의 모습을 보고 분노를 참지 못했던 나였는데, 나도 아내가 있는 남의 남편을 도둑질했었다. 그래, 도둑질이 맞다. 주인 있는 것을 빼앗으려 하면 그것이 도둑이다.

그는 잘생기지도 훌륭하지도 않았다. 그렇다고 일류 대학을 나오지도 않았으며, 명문가도 아니었다. 그에게 매력이 있다면 기혼자라는 것이었다. 꼭 한 번 나도 그렇게 해보고 싶었다. 자기 남편은 절대 남의 여자를 쳐다보지도 않고 자기만을 평생 사랑할 거라고 자랑질을 했던 여자를 무너뜨리고 싶었다. 할아버지와 아버지도 여자 앞에서 자기 몸의 아주 작은 일부분을 관리하지 못해 평생 지을 수 없는 흉터를 만들었다. 그들의 보기 흉한 생채기들을 소름 돋칠 정도로 저주했다. 남자라면 별로 관심을 두지 않았던 내가 어느 날 술좌석에서 그 남자에게 눈웃음을 흘리며 요즘 말로 꾀었다. 다른 여자는 절대 탐내지 않는 남편이라고 했던 이 남자를 나는 일주일 정도 시간을 투자해서 얻어냈다. 마치 남자의 아내에게 복수라도 하듯이 피는 속일 수 없다는 것을 확인하며 쾌락을 느꼈다. 그렇게 나를 버릴 수 있다고 생각했다. 그리고 더러워진 피를 바꾸고 싶었다. 나의 무지에서 온 행동이 다른 사람을 아프게 할 수 있다는 것도 알았다. 남자의 아내가 이혼을 요구했다는 소리를 들었을 때, 나는 남자에게 결별을 선언했다. 너를 사랑하지 않았다 미안하다고 했다. 흘러가는 소리로 '피' 때문이라고 했다. 무슨 뜻인지 모를 일이겠지만 그렇게라도 변명을 하고 싶었는지 모르겠다.

피가 문제다. 나의 몸속에 음탕하고 쾌락을 즐기려는 추한 피가 흐르기 때문이었다. 피를 모두 뽑아버리고 새 피를 넣을 수만 있다면 새로운 사람으로 변신하고 싶었다. 아버지가 싫고 내가 싫어서 나는 견딜 수 없었다. 어떻게 피를 바꿀 수 있을까를 집착했다. 두 번의 자살 소동은 지울 수 없는 에피소드로 상처만 남기는 일이 되었다. 샤워실에서 몸의 상처를 내어 피를 흐르게 했던 일과, 진통제 과다 복용으로 응급실에 실려 갔던 일이었다. 죽고 사는 것보다 더 중요한 일이 어디 있을까. 나에게는 그렇게 중요한 일이었다. 내가 중요하게 생각하는 것만큼 신중하지 않은 의사의 행동이 불만스럽기는 했지만, 생각해 보니 내가 이상해 보이는 것이 당연한 일일 것 같았다. 병원에 가려는 생각은 그렇게 오래전부터 했는데 결정적으로 병원을 찾게 된 것은 아버지의 느닷없는 전화 때문이었다.

책상 위에 있던 전화기가 몸을 흔들면서 밝은색으로 바뀌더니 액정에 '노노'가 떴다. 순간 짜증이 확 났다. 뭐야, 무슨 일로 전화한 거야. 아버지였다. 밖으로 나오지 않는 소리가 입안 가득 채웠다. 입속 가득 담긴 말들이 뭉글거리고 돌다가 한 번에 쏟아질 때 그 말은 퉁명스럽다. 망설이다가 통화 버튼을 눌렀다.

"네, 무슨 일 있으세요?"

"많이 바쁜 모양이구나. 얼굴 본 지 오래돼서 전화했다. 한번 다녀가렴."

오래돼서 내 얼굴 잊어버려 준다면 정말 고마울 텐데, 어찌 다녀가라니. 숨겼던 일이 발각될까 불안한 건가. 역시 오래돼서 아버지의 얼굴이 생각나지 않는다면 '하느님, 부처님 감사'로 두 손 모아 합장할 만도 한데 내 생애 그런 일은 없을 듯싶다. 무더운 여름날 손에 묻은 엿처럼 끈적이며 떨어지지 않는 연이다. 필연은 억지로 자를 수 없다는 것을 알기에 더 괴로웠다. 아버지를 의식적으로든 아니든 자꾸 배척하고 있었다. 이런 내 마음을 아버지는 정녕 모른단 말인가. 무선으로 들려오는 말처럼 정말 얼굴 본 지 오래돼서일까. 내가 나타나지 않으면 아버지의 작은 양심이 숨을 쉬며 고개를 들고 있는 것은 아닐까?

"네, 알았어요."

아버지를 알렸던 '노노'가 사라지고, 친절함이란 일도 묻어 있지 않았던 통화 내용이 마음을 무겁게 했다. 답답한 마음에 창문을 열었더니 훅, 하고 바람이 코끝을 간지럽혔다. 그 순간 아버지 특유의 스킨로션 냄새가 코를 자극했다. 아버지는 아주 오래전부터 수입품 중에 값이 싼 녹색 스킨로션을 썼다. 어쩌다 맡는 향이 그리 싫지 않았는데 어느 순간부터 그 향은 역겨움으로 바뀌었다. 사무실 직원 중에 같은 스킨로션을 쓰는 사람은 없는 것 같은데 아버지를 떠올린 순간 그 향이 났다. 음식을 먹다가 무심코 내가 먹은 것이 아버지가 좋아하는 음식이었을 때 역겨워 자리에서 일어나는 일도 종종 있었다.

"엄마, 나는 아버지가 싫어. 좀 더 솔직하게 말한다면 조씨 성을 가진 것이 싫어. 너무 싫어서 미안해."
"왜 그렇게 아버지가 싫은 거니? 아버지가 너를 미워하지도 않는데 왜 그래?"

나의 잘못된 이성관이 마치 할아버지와 아버지 때문인 것 같았다. 조상의 피 때문이라는 고정관념이 나를 망가뜨리고 있었다. 내가 죽든지, 아니면 조씨의 피가 아닌 다른 피로 바꾼다면 온전히 다른 사람으로 살아갈 수 있을 것 같았다. 나를 의아해하는 엄마를 이해시킬 수 없었다. 보통의 부녀 사이처럼 투정으로 보는 엄마가 야속했다. 평생 아버지를 하늘처럼 받들며 사는 엄마에게 미안했다. 그런 내게 엄마도 미안하다고 했다. 엄마를 속상하게 해서 미안해하는 나에게 괜찮다면서 남자 친구는 아직 없느냐고 조심스럽게 물었다.

"엄마, 그냥 이렇게 혼자 살다가 나중에 아이 하나 입양하고 싶어."

"입양이라고?"

"입양하면 조씨 피가 흐르지 않는 아이잖아."

"훌륭한 일이지. 하지만 결혼도 하고 아이도 낳아봐."

엄마는 몹시 놀라는 표정이었다. 엄마가 생각지 못한 말을 해서 놀라는 것 같았다. 상관없었다. 안타까운 표정으로 바라보는 엄마와 나는 생각이 너무 달랐다.

아버지를 좋아하지 않는 내게 아버지 생일에 오라고 하지 못하는 엄마의 안타까운 마음이 그려졌다. 그냥 궁금해서 전화했다고 했지만 간절한 목소리에 내가 오기를 바람이 묻어 있었다. 그렇게 애쓰는 엄마가 가여워 조만간 한번 가겠노라고 했다. 엄마가 좋아하는 모습이 보이는 것 같았다. 내가 좋아하는 잡채를 해야겠다고 제일 먼저 떠올렸을 엄마다. 아버지 생일이라서 가는 것이 아니라고 가슴은 말했다. 머리에서는 벌써 선물 준비에 바빴다. 필연의 관계란 이렇게 묘한 것이었다. 이번이 마지막이라 마음먹고 선물 대신 현금을 담고 집으로 향했다. 아버지 얼굴을 마주하지 않게 멀찌감치 대각선으로 앉았다. 아버지의 긴 사설은 그날도 예외가 아니었다. 모두 알고 있는 이야기의 서론은 시곗바늘을 붙잡고 있는 것 같았다. 식탁 위의 기름진 음식은 식어서 굳어가고 국은 한 번 더 데워서 바꾸기까지 했다. 잡채의 당면이 접시 옆에 늘어져 말라가고 있었다. 이런 시간에 이력이 난 동생은 그러거나 말거나 식탁 아래 전화기를 만져가며 아버지의 이야기가 끝나기를 묵묵히 기다렸다. 이제 나는 아버지의 끝없이 이어져 가는 연설을 참는 것에 한계가 온 것 같았다. 내 표정이 심상치 않다고 생각한 엄마는 자꾸 눈치를 살폈다. 좌불안석의 엄마, 아버지의 이야기를 끊어보려고 애쓰지만 별로 효력을 내지 못했다. 엄마의 그런 모습이 민망해서 드디어 나의 인내력은 바닥을 드러냈다.

"저어, 말씀 끊어서 죄송한데요. 여기 식구들의 얼굴을 한번 보세요. 특별한 날이라고 시간 맞춰 모인 식구들이잖아요. 웃음을 주는 이야기는 아니더라도 식사를 맛있게 먹을 수 있게는 하셔야

죠. 모두 사약이라도 받은 인상들이잖아요. 저희 모두 성인이에요. 그리고 지금까지 아버지가 말씀하신 모든 이야기, 눈만 뜨면 쏟아져 나오는 보도로 모르지 않아요. 언제까지 그 고리타분한 이야기로 식구들을 괴롭히려고 해요. 식구들의 식사 시간이 각기 다른 것도 누구 때문인지 알기나 하세요? 저는 이제 집에 오지 않을게요. 안녕히 계세요."

얼굴이 벌겋게 달아오른 아버지를 정면으로 보고 있던 나는 정강이에 힘을 주고 앉았던 의자를 뒤로 확 밀었다. 그 바람에 의자가 뒤로 넘어갔으나 나는 의자를 세우지 않고 밖으로 나왔다. 이렇게 난처할 때 가장 힘들어하는 것은 엄마였다. 그것을 알기에 번번이 참았다. 이제 아버지가 있는 이 집과 인연을 멀리하고 싶었다. 억지로 삼켰던 나물과 전 몇 조각이 뱃속에서 뒤틀렸다. 참아보려 했으나 그것들은 들어간 길로 튀어나오는 흉한 꼴을 보이고 말았다. 뒤따라 나온 엄마가 놀라서 호들갑을 떨었지만 나는 미안하다는 말만 되풀이했다. 진심으로 엄마에게 많이 미안했다.

학벌을 마치 금메달이라도 되는 듯 매달고 고상하게 품위를 유지하는 아버지의 허상을 생각하면 자꾸 토악질이 나왔다. 인간은 몇 개의 탈을 쓰고 사는 것인지, 내가 아버지로 인해 세상에 나왔다는 것이 참을 수 없었다. 아버지의 외도가 엄마에게 알려지게 되면 아버지의 멋진 가면은 그날부터 산산조각 된다. 나의 뜻밖의 행동으로 적잖은 충격을 받은 아버지는 한동안 말이 없었다고 했다. 더욱이 놀라운 일은 식사 중에는 꿀 먹은 벙어리로 변했단다. 아버지는 지난날의 부끄러웠던 일을 뒤늦게나마 뉘우치고, 당신의 약속을 잘 지켜주고 있는 내게 고마워하는지.

아버지는 아들보다도 딸인 나를 많이 의지했다. 그리고 닮은 데가 많은 나를 사랑했다. 그런 사랑이 나는 부담스럽고 그 부담이 숨을 쉴 수 없을 만큼 호흡 곤란이 올 때도 있었다. 아버지를 닮은 것 중 끊고 맺는 성격은 누가 봐도 아버지 딸이라고 할 만했다. 지난번 아버지의 여자 문제와 내가 기혼자를 좋아했던 일도 역시 피를 속일 수 없었다. 그토록 싫다고 하면서 그런 것마저도 닮아 있는 것이 나를 더욱 미치게 했다. 아버지의 피가 내 몸에 흐르고 있는 한 나는 아버지의 딸로밖에 살 수 없다. 이 일에서 벗어나려면 병원을 찾아가는 길이 가장 빠를 것 같았다. 요즘 암에 걸린 사람들도 살려낸다고 들었다. 피를 뽑아내고 그만큼 수혈하면 간단할 것 같았다. 내 몸 안의 피는 아주 질이 좋지 않은 것이 분명했다. 유난히 나는 한 가지 일에 집착하고, 그 집착한 일이 완성되지 않으면 다른 일을 하기가 힘이 들었다. 이 피에 대한 것도 일상생활 속에서 지울 수 없다. 몇 번이고 피를 뽑아보고 싶어서 위험한 일을 겪은 것도 천만다행으로 목숨을 건졌다. 살아 있는 것이 불행한데 천만다행이란 언어도단이다.

나는 무기력해졌다. 충전이 필요했다. 열흘간의 휴가를 냈다. 여행용 가방에 여벌 옷 몇 개와 세면도구를 담았다. 언제라도 집을 떠나고 싶을 때면 갔던 수평 마을이다. 끝없이 펼쳐지는 수평선이 좋아서 만들어놓은 아지트 같은 곳이다. 전화 한 통화면 혼자 사는 아주머니는 계절에 상관없이 나를 반겨주었다.

번지 없는 곳을 휘젓고 돌아온 파도가 모래를 적셨다. 신발을 벗어 들고 걸었다. 걸을 때마다 발등에 있던 모래가 발가락 사이로 흘러내렸다. 사르륵 내려가는 느낌이 싫지 않았다. 더 많은 모래가 발등에 올라가도록 모래 깊숙이 발을 집어넣었다. 발가락 사이로 모래가 들어가는 것이 재미있었다. 아무도 없는 겨울 바다는 쓸쓸했다. 하지만 혼자만이 가질 수 있는 여유에 만족했다. 발톱 사이에 모래가 박혔다. 장난기가 발동해 보폭을 더 넓게 벌렸다. 모래 속으로 발을 집어넣는 순간 날카로운 무엇이 발바닥을 스쳤다. 얼른 주저앉아 보니 그사이 모래가 꿀꺽꿀꺽 피를 삼키고 있었다. 유리 조각이었다. 당황해서 처음에는 손에 힘을 주어 상처를 눌러보았다. 상처가 크고 깊어서인지 움켜쥐고 있는 손가락 사이로 검붉은 피가 새어 나왔다. 팔에 힘만 빠지고 지혈은 되지 않았다. 난감했다. 나는 아무 생각 없이 지혈하기 위해 애를 쓰고 있었다. 본능이었다. 내 안에 있는 피를 버리고 싶어 했던 순간들을 잊고 있었다.

바로 전에 상처를 움켜쥐고 있던 나를 보고 소름이 돋았다. 내 안의 피가 밖으로 나가는 것을 막으려고 했던 사실에 몸서리치며 놀랐다. 그토록 원하던 일을 누구의 도움도 없이 얻을 절묘한 기회였다. 벌떡 일어나서 상처 난 발을 들고 오른쪽 다리를 껑충거려 바닷물이 들어오는 곳에서 다친 발을 내려놓았다. 거품을 돌돌 만 파도가 발아래 쏟아놓고 다시 돌아 나갔다. 쏟아놓은 거품은 투명한 물이 되어 발에서 흐르는 피를 삼키며 사라졌다. 고통도 없이 이렇게 오래도록 피를 흘려보내면 거품이 사그라지듯 시나브로 나도 그렇게 되려나. 더는 지혈을 위해 애쓰지 않았다. 마음껏 쏟아내고 싶었다. 시간이 얼마나 지났는지 발에 감각이 없었다. 차가운 물에 너무 오래 서 있었던 것 같다. 발을 들고 뭍으로 나왔을 때 피는 미세하게 흐를 뿐이었다. 유리에 베인 자국이 입을 벌리듯이 열려 있었다. 현기증이 나서 조금 휘청거렸지만 쓰러질 정도는 아니었다. 다행히 왼발이라 운전을 하는 데는 지장이 없었다. 갑자기 몸이 오그라드는 것 같더니 오한이 났다. 곧

장 가까운 병원을 찾았다.

응급실 의사는 상처를 보자 엎드리라고 했다. 왼쪽 발을 들고 밑에 무엇인가 고이는 것 같았다.

"마취 없이 꿰맬 겁니다. 많이 아플 테니 참으세요."

"살을 꿰매는데 아픈 거야 당연하겠지."

의사가 들릴까 말까 한 소리로 대꾸했다. 간호사가 젤리같이 생긴 것을 입에다 물려주었다. 떠들지 말고 입 다물고 있으라는 줄 알았다. 너무 아파서 이를 악물고 참으려면 이가 상할 수 있으니 보호해 주는 것이었다. 바늘이 발바닥의 두꺼운 피부를 통과하는 데는 시간이 걸렸다. 마치 가죽 신발을 꿰매는 것처럼 여러 번 찔러댔다. 감각이 없는지 참을 만했다.

"아프지 않으세요?"

"대신 아파주실래요?"

"발바닥이라 모양에는 신경 쓰지 않았습니다. 염증이 생길지도 모르니 약을 먹어야 합니다."

"바닷물에 절여왔으니 괜찮지 않을까요."

나는 삼십 년 넘게 살면서 아프면 아프다고, 싫으면 싫다고 하는 것이 익숙하지 않았다. 혼자 삭이며 참는 것이 옳은 줄 알았다.

종합병원에 다녀온 지 삼 주가 지났다. 다시 병원을 찾았을 때 내과 의사는 빈혈 치료가 급하니 그것부터 해야 한다고, 심각하면 환자분이 원하는 새로운 피를 수혈해야 한다, 고 했다. 잠시 큰 숨을 쉬더니 피를 만드는 곳은 골수라고, 그것은 아버지로부터 만들어져 나온 것이라는 것도 덧붙였다. 빈혈이 심해서 심장에도 문제가 생길 수 있다고 했다. 만약 수혈해야 할 때 아버지와 혈액형이 같으면 아버지의 피를 수혈해도 된다고 했다. 갑자기 심장이 멎는 것 같았다. 얼굴이 창백해지는 나를 향해 의사의 날카로운 소리가 들렸다.

"심장에서 뿜어내는 피도 모자라는데 피를 바꾸고 싶다고 찾아온 환자가 제정신입니까? 어찌 되었든 병원에 온 것은 환자분 운입니다. 간호사, 조수인 환자 수혈해. 빨리."

피 순환이 안 되어서였는지, 아니면 아버지의 피를 수혈하라는 소리에 충격을 받았는지 나는 잠시 정신을 잃었다. 몽롱한 상태로 환청인지 아련하게 말소리가 들렸다.

"분명 아버지라고 했는데 혈액형이 안 맞으면 주워다 키웠을까?"

"조용히 해. 누가 들으면 어쩌려고?"

보호자로 온 아버지의 피를 수혈하기 위해 검사한 결과였다.

간호사들의 소리에 눈을 뜨지 않고 생각을 거듭했다. 이해할 수 없는 일이었다. 머릿속이 복잡해서 터질 것 같았다. 그리 간절히 피를 바꾸고 싶어 했는데, 이 당혹스러운 기분은 무엇이란 말인가? 상상할 수 없었던 일 앞에서 아버지의 마음을 헤아려야 했다. 내가 부정한 일을 했다가 들킨 것처럼 눈을 뜰 수 없었다. 아버지를 어떻게 보아야 할지 실눈을 뜨고 혈액 주머니에서 검붉은 피가 내 몸으로 들어가는 것을 보았다.

얼마나 원했던 일이었나. 그렇게 원했던 일이 눈앞에 있는데 기쁘지 않은 것은 무엇 때문이란 말인가. 마치 거대한 코끼리가 코만 내놓고 늪으로 스며들어 가는 것 같았다. 나는 무엇부터 확인해야 할지 혼란스러워 눈을 뜰 수 없었다. 알 수 없는 무엇들이 뒤범벅되어 늪 속에서 허우적거렸다. 내가 태어나기 전에 엄마는 불임으로 오랫동안 병원에 다녔다는 이야기가 떠올랐다. 나를 낳을 때 배가 많이 아팠다거나 진통 시간이 길었었다는 등의 이야기는 어렴풋이라도 들었던 기억이 없다.

내가 산에서 내려온 뒤에 큰아버지는 봉분이 있던 주변을 한 바퀴 걸었다. 아무 감정이 보이지 않은 무표정한 모습으로 상석이 놓여 있었던 자리에서 걸음을 멈추었다. 웅성거리던 가족들도 조용했다. 큰아버지는 서 있던 자리에서 무릎을 꿇었다. 그 앞에 넓은 한지를 펼쳤다. 절구질로 가루가 된 세 개의 작은 뭉치를 나란히 놓았다. 할아버지의 뼛가루를 한지 위에 쏟았다. 쏟아놓은 가루 양옆으로 큰할머니와 작은할머니 뼛가루를 쏟아놓았다. 하얀 장갑을 낀 큰아버지는 가루를 골고루 섞었다. 흰 장갑 위에 먼지처럼 날리는 가루는 형체를 알 수 없었다.

 망자의 혼이 무엇을 할 수 있을까. 홀로 긴긴밤을 보냈던 큰할머니를 할아버지는 안아주기라도 했을까. 호적에도 오르지 못한 작은할머니의 영혼에는 또 무엇을 줄 수 있단 말인가. 살아서 허우적대는 고모들의 악다구니는 영혼에 무슨 위로가 되었을까. 봉안당에 모시기로 했던 세 구의 영혼은 허공에서 웃었을까. 잠시 묵상하던 큰아버지는 자손들을 바라보며 모두 한 움큼씩 손에 담으라고 했다. 흩어진 봉분 주변에 훌훌 뿌렸다. 아니 뿌린 것이 아니라 훨훨 날리고 있었다. 세찬 바람이 불어와 그렇게 만들고 있었다.

평화로움에 대하여

남궁순금 | 서울예술대학 문예창작과, 강원대 문화인류학과 졸업. 2022년 〈한국일보〉 신춘문예에 「바둑 두는 여자」 당선. 단편 「아파트를 바꿔드립니다」 「이디오피아의 집」 「지렁이의 안부」 「헤어지는 법」 등 발표.

아버지는 '요셉 방'에서 돌아가셨다.

내가 아버지와 잘 지내보기로 결심한 날로부터 채 일 년이 지나지 않은 어느 봄날이었다. 마치 남의 일처럼 덤덤했다. 애정이 없거나 곧 돌아가실 걸 알고 있어서는 아니었다. 아버지의 죽음에 온전히 몰입하지 못했다는 자책이, 슬픔을 압도했기 때문이다. 함께 살던 누리가 집을 나간 지 한 달 만이었고, 그가 권유한 시시한 작업으로 지쳐 있었고, 내 일상은 만성 장염에 지배당한 채였다.

인도 여행에서 돌아오던 날, 입국장을 빠져나온 내 앞에 꽃을 든 누리가 서 있었다. 뜻밖의 상황에 소리를 지르고 싶을 만큼 반가웠지만, 나는 조용히 꽃을 받아 들었다.

"온누리, 우리 기념으로 커피 마시고 갈까?"

내 제안에 누리의 표정이 조금 어두워졌다.

"사실, 내가 차를 가져왔거든. 해 지기 전에 가는 게 낫지 않을까?"

　나는 할 말을 잃었다. 집에서 인천공항까지 두 시간이 넘는 거리였다. 초보나 다름없는 누리가 여기까지 왔다는 건 기적이었다.

　"무사히 왔으니 됐잖아."

　누리가 겸연쩍게 웃었다. 그럼에도 내 화는 풀리지 않았다. 누군가에겐 용기로 볼 수도 있는 일이었지만 내겐 무모함으로만 보였다. 공항리무진 좌석에 기대 부담 없이 수다를 떨고 싶었는데, 힘이 쭉 빠졌다. 운전대를 잡고 오는 동안 나는 거의 입을 다물었다.

　집으로 향하는 갈림길을 앞두고였다.

　"큰일은 아닌데……, 사실 아버지가 병원에 입원하셨어."

　"그 얘길 왜 이제야 하는데? 그리고 그게 큰일이 아니면 뭐가 큰일이야?"

　소리치는 내게 그가 덧붙였다.

　"지금 가면 되지, 미리 말해 봐야 소용도 없었잖아."

　그동안 별일 없었냐고 묻지조차 않았다는 걸 그제야 알았다. 아버지는 수술을 앞둔 상태라고 했다. 나는 핸들을 꺾어 아버지가 입원한 대학병원으로 향했다.

　"아버지가, 계속 너만 찾았어."

　누리는 아버지가 교통사고를 당한 이후 경찰서, 택시회사, 보험사와의 문제를 혼자 해결하느라 학교 수업을 빼먹기도 한 모양이었다.

심리학 강사로 전국을 다니던 그가 정주를 결심하게 된 것은, 어쩌면 나의 이혼과 무관하지 않다. 이혼은 내가 했는데 충격은 누리가 더 받았다. 고등학교 1학년 때 같은 반이었던 누리는, 언제나 날 챙겨주고 이해해 주는 멘토 같은 친구였다. 믿음이 과해서일까, 난 대책 없이 툭툭거리며 그를 엄마의 대용쯤으로 여겼다.

결혼에 생각이 없다는 건 오래전부터 그의 소신이었다. 일찍 이혼한 부모덕에 외할머니 손에 자랐다. 그에게 부부란 서먹하고 어려운 사이, 그 이상도 이하도 아니었다. 아버지가 학비를 대주어 경제적으로 쪼들리지는 않았지만 그게 전부였다. 심리학을 전공한 것도 인간에 대한 이해를 찾아서라고, 그는 농담하듯 떠벌였지만 그게 진심이라는 걸 나는 알고 있었다.

"누리 넌 계속 혼자 살 거야?"

"혼자긴? 어딘가 살고 있을 내 이름과 똑같은 고양이도 있을 테고……."

"있을 테고, 그 담엔?"

내가 이혼한 지 2년을 넘길 즈음, 우린 한집에 살기로 했다.

짙은 눈썹에 동서양의 이미지를 모두 가진 공은, 큰 키까지 더해 언뜻 러시아인을 연상시켰다. 그를 내게 소개한 사람은 김이다. 학원에서 수학을 가르치는 김은 사람 좋다는 평을 듣지만, 내겐 약속 관념이 흐리고 술자리를 지나치게 좋아하는 사람으로 박하게 평가되어 있다. 거기엔 남편의 후배라는 점도 작용했을지 모르겠다. 그럼에도 내가 이 자리에 나온 건 누리의 권유가 있었기 때문이다. 더 늦기 전에 뭔가 쓰기를 바랐던 그는 괜찮은 기회라고 여겼던 모양이다.

세 사람 앞에 놓인 버섯전골은 이미 끓는 속도를 높이는 중이었다. 이야기는 여전히 겉돌고 전골 국물이 사방으로 튀기 시작했다. 작업을 의뢰하는 당사자는 입을 다문 채, 김 혼자 공과 나의 과거 이력을 지루하게 이어갔다. 가스 불을 낮추고, 건더기와 줄어든 국물을 적절히 배분하기 위해 나는 국자를 들 수밖에 없었다. 음식은 대체로 짜고 매웠다. 가라앉지 않는 내 속은 또 수난을 당할 것이다.

자전거를 탄 채 택시와 부딪친 아버지는 오른쪽 어깨를 크게 다쳤다. 수술은 간단하지 않았다. 내가 수술실 앞에서 초조하게 기다리던 날, 마취에서 깨어난 아버지는 의사의 질문에 열심히 답을 하는 중이었다. 회복 중이라는 전광판 앞에 앉아 있는 내게 아버지의 상기된 목소리가 들려왔다. 겁 많은 아버지가 차가운 수술대 위에 누워 얼마나 무서웠을까. 따뜻하지도 못한 딸이나마 옆에 없었다는 게 미안했다.

"내 이름은 서정욱이고 우리 딸 이름이 서지연, 서수연. 난 초등학교 교장으로 퇴임했고, 여기? 여긴 병원이지. 10에서 2를 빼면 8, 다시 2를 뺀다고 그러면 5? 6······."

환자의 상태를 알아보기 위해선지 많은 질문이 쏟아졌다. 난 안쓰럽고 짜증도 났다.

병실로 돌아온 아버지는 어딜 갔다가 이제 왔냐며 나를 나무랐다. 한 선생도 보이질 않는다고 불안한 기색까지 보였다. 아버지는 사위를 한 서방이 아닌 한 선생이라고 불렀다. 학교 선생이 되지 못한 딸이 고등학교 수학 선생과 결혼한 것으로 위안을 삼았다. 그가 타지로 전근을 가지 않았다면 아마도 이번 사태를 두고 보지만은 않았을 터다. 아버지는 아직도 내 이혼을 받아들이지 못한다. 아버지가 그를 찾는 이유이기도 하다.

간병인은 이런 분을 여태 집에서 모셨냐며 혀를 찼다. 아버지가 정상이 아니라는 말이었지만 나는 간병인의 말에 개의치 않았다. 여러 특수한 상황이 아버지의 DNA 속에 내재되어 있음을, 며칠밖에 보지 않은 간병인이 이해하기를 바란다는 건 무리였다.

 러시아인 분위기의 공은, 타이가 숲에서 혹한을 이겨낸 투지와 달리 이야기의 맥락을 조리 있게 전달하는 요령은 없어 보였다.
 유력 방송사에서 자연 다큐를 만들어온 그가 한국호랑이에 관한 전문 다큐를 찍기 위해 독립했다는 것, 이후 후원사 없이 시베리아의 맹추위 속에 한반도 호랑이의 흔적을 쫓아왔다는 것, 독보적인 그 작업이 마침내 결실을 볼 시점이 다가왔다는 것, 구성과 오디오를 제대로만 입힌다면 괜찮은 작품이 나올 거라는 확신이 들어 영화로 완성하고 싶어 한다는 것이, 그에 대해 내가 내린 결론이었다.
 공은 찍어둔 테이프의 양이 꽤 된다, 그걸 모두 보아야 한다, 그리고 3분 정도의 트레일러를 만들어달라고 마지못한 듯 말했다.
 점심시간에 모여들었던 손님들이 모두 빠져나가도록 함께 있었지만, 그날의 이야기는 거기까지였다. 다큐가 아닌 영화라는 점이 의아했고, 촬영 테이프 외의 다른 자료 여부, 작업 기간이나 고료 등 구체적인 내용이 없어 애매했지만 일단 호기심은 일었다. 호랑이는 차치하고라도, 텐트 하나로 섭씨 영하 삼사십 도의 혹한을 견딘 것과 먹고 자는 기본적인 일상이 궁금했다. 영상을 통해 그것을 확인하고 싶었다.

세 사람은 어색함이 가시지 않은 상태에서 자리에서 일어났다.

3대 독자인 아버지는 할머니가 만든 온실 속에서 살았다. 귀하디귀한 아들이 딸만 둘을 두었다는 건 할머니에겐 천형이었다. 네 살 된 첫아들과 뒤이어 난 둘째 딸을 연이어 홍역으로 잃은 결과였다. 그 슬픔은 엄마와 아버지의 몫이 가장 컸을 테지만 할머니에 비할 바가 아니었다. 아버지는 하나만 더 낳으라는 할머니의 곡진한 권유를 물리쳤다. 엄마를 향한 할머니의 구박이 심해질수록 둘의 금슬이 그만큼 단단해진다는 걸 할머니만 몰랐다. 할머니에게 아버지는 눈에 넣어도 안 아픈, 세상 사랑스럽고 유약한 아들이자, 집안의 대들보 같은 상반된 정체성을 지닌 존재였다.

할머니가 돌아가신 후에도 아버지의 유약함은 쉬 사라지지 않았으므로 그 역할의 상당 부분을 엄마가 감내해야 했고, 나중에는 나와 동생의 차지가 되었다. 못하는 운동이 없을 정도로 건강했던 아버지였다. 발병 후, 아버지는 날로 무기력해졌다. 물론 할머니의 죽음이 갑작스러웠다는 사실을 부정할 수는 없다. 할머니는 독감으로 입원했던 병원에서 아흐레 만에 돌아가셨다. 원인을 알 수 없다는, 병원 측 설명 외에 우리가 할 수 있는 건 할머니의 죽음을 받아들이는 것뿐이었다.

　대학병원과 유명하다는 한의원을 다 찾아다녀도 아버지의 병세는 나아지지 않았다. 친척들은 물론, 친자매 이상으로 가까웠던 재숙네 할머니까지 굿을 해야 한다고 주장했다. 할머니의 원혼을 달랠 유일한 방법이라고. 두통에다 원인을 알 수 없는 기침까지 이어지자 더는 버티지 못하고 마침내 굿을 하기에 이르렀다.

　공을 다시 만난 건 처음 만나고부터 일주일의 시간이 흐른 뒤였다. 그가 자신의 작업실로 나를 초대했다. 그의 작업실은 집도 사무실도 창고도 아닌 그저 하나의 공간이었다. 흔한 책상 하나 놓여 있지 않았다. 그나마 벽 이곳저곳에 걸린, 날카로운 이빨을 드러낸 호랑이 사진만이, 주인이 뭘 하는 사람인지 보여주는 듯했다.

　"여긴 작업실 겸 홍보 부스처럼 쓰는 곳인데 본격적으로 작업이 시작되면 다른 곳으로 옮길 생각입니다."

　작업 공간이 부실하다고 말하는 걸 들은 사람처럼 공은 묻지도 않은 말을 늘어놓았다.

　'왜 다큐가 아니고 영화인가요? 당신이 생각하는 다큐와 영화의 차이는 무엇인가요? 영화를 만든다면 계약된 영화사는 있는 건가요? 있다면 어디인지요? 작업 기간은 언제까지로 잡혀 있나요? 영상을 다 보려면 대략 얼마나 걸릴까요? 제작비는 마련되었나요? 전체 스토리의 기본 구성은 잡아놓았나요?'

머릿속에선 숱한 질문이 이어졌다. 내가 물은 건 한 가지였다.

"트레일러 원고는 언제까지 쓰면 될까요?"

"저야 빠를수록 좋죠."

공의 대답은 의외로 명료했다.

"제가 다른 일정도 있고 해서 구체적이었으면 좋겠어요."

그래서 잡힌 날짜가 한 달. 사실 내게 다른 일정이란 존재하지 않았다. 할 일이 없어서가 아니라 아무 일도 할 수가 없는 상태였다. 누리가 떠난 이후, 아버지의 일에 매달리는 걸 빼면 내가 하는 일이란 '마지못한 것'들뿐이었다.

최소한으로 먹고 최소한으로 잤다. 최소한으로 말하고, 최소한으로 움직이고, 최소한으로 생각하고, 최소한으로 누군가를 만났다. 최소한의 범위를 넘어서는 건, 부실한 잠 속에서도 끝없이 이어지는 악몽과 복통뿐이었다.

새로 생긴 종합병원의 머리가 벗겨진 의사는 스트레스로 인한 과민성 장염이라고 진단 내렸다. 5일 치 약을 처방받았다. 낫지 않았다. 두 번째 진료에선 아무래도 심인성 요인이 큰 것 같다며 자율 신경 조절제를 추가 처방했다. 우울증약과는 다르니 안심하라는 말도 성의 있게 덧붙였지만, 그마저도 효과는 없었다.

동네 오래된 병원으로 바꿨다. 아침에 주로 먹는 게 무엇인지, 복용하는 약이 있는지 물었다. 의사는 자신이 주는 약을 먹고 5일 후에 다시 오라고 했다. 의례적 처방이었지만 다시 오라는 말에 기대를 걸었다. 별 차도 없이, 5일이 지났다.

"요즘, 뭐 힘든 일 있어요?"

나는 모든 게 힘들다고 말하고 싶었지만, 살고 싶지 않다고 들릴까 봐 그렇게 말하진 않았다. 진찰실은 어두웠고, 고슴도치 같은 몸을 가진 의사는 어딘가 둔해 보였다. 그가 컴퓨터 자판을 두드리며 내게 단호히 말했다.

"환자분, 알아두세요. 장이 무의식을 지배합니다. 필요하면 상담도 받고."

신내림을 받은 지 얼마 되지 않았다는 처녀 무당은 어린 내가 보기에도 날씬한 몸에 작고 예쁜 얼굴을 가지고 있었다. 관사에서 굿을 하다니, 이보다 좋은 구경거리가 없는 시골 사람들이 모여든 건 삽시간이었다.

제단을 향해 다소곳이 절을 하며 굿은 시작되었다. 주문을 외던 처녀 무당은 곡예사처럼 작두 위에서 사뿐사뿐 춤을 추었다. 나는 가슴이 조마조마했다. 아버지는 죄인처럼 움츠린 채 멍석 한가운데로 불려 나갔다.

신기가 제대로 올랐을까. 무당은 갑자기 아버지 주위를 성큼성큼 돌기 시작했다. 그의 열두 폭 치맛자락이 금방이라도 아버지를 휘감아 어디론가 데려갈 것만 같았다. 겁에 질린 나는 고개도 들지 못한 채 옆눈으로 엄마를 쳐다봤다. 아버지를 구원해 줄 사람은 할머니가 아니라 엄마였다. 그 순간, 아버지만이 아니라 실제 구원이 필요한 사람은 정작 나였다. 그러나 엄마는 두 손을 비벼가며 기도에 열중할 뿐, 아버지에 대한 걱정은 안중에 없어 보였다.

'저러다가 아버지가 치맛바람에 숨이라도 넘어가면 어쩌지?'

가슴이 답답해진 난 소리라도 지르고 싶었다. 제발 그만둬! 그러나 아무 소리도 입 밖으로 새어 나오지 못했다.

"내가 아들을 두고 어딜 가, 가긴! 여기가 내 집이다. 난 못 떠나. 애비야, 난 여기서 너랑 같이 살란다!"

족히 내 키는 돼 보이는 은빛 칼. 무당은 아버지 머리 위로 그 칼을 차르륵 휘두르더니 우리 할머니가 된 것처럼 굴었다. 저승으로 떠나지 못한 할머니 때문에 아버지에게 사달이 났다며 이번엔 구경꾼들 앞으로 다가갔다. 고모와 재숙 할머니가 무당에게 몇 장의 천 원짜리 지폐를 찔러주었다. 두 사람의 동작은 예비된 듯 날랬다. 나는 빙빙 돌아가는 무당의 치맛바람에 정신이 아득해졌다. 이윽고 숨이 막힌 건지 두려움 탓인지, 나는 빈 자루처럼 그 자리에 쓰러졌다.

맥북에 들어 있는 자료를 받고 보니 공의 말만큼 양이 많지는 않았다. 문제는, 나무 위에 설치한 카메라와 텐트에 부착한 카메라, 그가 직접 들고 다니거나 호랑이가 나타날 만한 길목에 심어 둔 카메라, 그 모두에 잡힌 영상이 매일의 반복처럼 보인단 점이었다.

보자, 오늘 기온이 섭씨 영하 34도.

그의 혼잣말이 반가웠다. 인적 없는 낮이나 불빛 하나 없는 밤이나, 고요하긴 마찬가지. 액정 화면에서 깜박이는 시간의 초 단위 흐름을 감지하지 못한다면, 그날 비가 내리지 않았다면, 공의 텐트가 바람에 조금 더 서걱이지 않았다면, 호랑이가 아닌 고라니나 다람쥐가 나무 위에 설치한 카메라를 스치지 않았다면, 누룽지를 끓이기 위해 얼음을 깨러 간 개울에서 공이 넘어지지 않았다면, 텐트 내 등잔불이 갑자기 꺼지지 않았다면, 감기 들린 공이 기침을 하지 않았다면……. 내가 화면 안에 있는 건지 화면 밖에 있는 건지 헷갈렸다.

3년이 넘도록 이 짓을 했다니.

나도 공처럼 혼자 중얼거렸다.

아버지가 이상하다고 느낀 건 깎은 손톱을 베란다 밖으로 던지던 날로부터다.

"아버지! 지금 밖에다 뭘 버린 거야?"

"뭐긴, 손톱 깎은 거지."

아무렇게나 접은 신문을 탁자 위에 내려놓으며 아버지는 당당했다.

"손톱은 쓰레기통에 버렸어야지!"

"보이지도 않는 그까짓 부스러길 가지고, 왜 이리 소란이야?"

아이들이 걸려 넘어질세라 작은 돌조각이나 사금파리 따위를 손으로 줍던 아버지였다. 학교는 마치 잘 가꾸어놓은 정원처럼 안팎으로 조화로웠다. 자신의 이름을 쓰지 못하는 아이, 산수에 서툰 아이들은 방과 후 아버지가 직접 가르쳤다. 아버지 혼자 한 일은 아니었지만, 어디 한구석 아버지의 손길이 닿지 않은 곳이 없었다.

 뒷산으로 연결된 작은 공터엔 각종 화초와 묘목을 심어 철철이 곤충과 새들이 모여들었다. 새집은 물론 토끼장에 닭장도 만들었다. 집에서 키우는 토끼와 닭은 '자연학습장'에서 키우는 그것들과 같고도 달랐다. 모이 주고, 관찰하고, 우리 안을 청소하는 일까지 아이들에겐 신나는 놀이였다. 야외수업이 가능하도록 책걸상도 갖췄다.

 가난한 시골의 작은 학교였지만 펜글씨, 웅변, 글짓기, 그림 그리기, 탁구, 육상, 테니스 등 모든 분야의 대회에서 탁월한 성적을 냈다. 군 대회를 넘어 도 대회에서도 아이들의 참여가 높아지고 학교 이름이 알려질수록 아버지의 이름이 박힌 표창장과 상패도 쌓여갔다. 분리수거도 되지 않는 아버지의 상패를 돌아가신 다음에 어찌할 것인지 그때는 상상조차 하지 못했다.

 자전거 사고로 다쳤던 수술 부위가 아물어가던 즈음, 정신과 의사는 아버지의 상태가 그리 나쁘지 않다고 말했다. 난 그동안 망설여오던 무거운 질문을 하기로 작정했다. 대답 여하에 따라 아버지를 가늠해 볼 요량이었다.

 "아버지, 우리가 언젠가는 저세상으로 가잖아. 아버진 그게 두렵지 않아?"

난 가슴 졸이며 아버지의 대답을 기다렸다.

"하늘이 부르면 언제든 가는 거야. 두려울 게 뭐 있어."

아버지가 달라졌나. 내가 아는 한, 아버지는 겁이 많은 사람이었다. 오죽하면 엄마 장례식에도 가지 않았다. 안정이 우선이란 의사의 평생 반복된 권유, 괜히 쓰러질지 모르니 가지 않는 게 좋겠다는 고모의 만류. 아버지는 모르는 엄마의 유언까지. 그래도 그렇지……, 하면서 막상 나조차 아버지를 원망할 생각은 들지 않았다.

가톨릭 재단에서 운영하는 호스피스병원은 시 외곽에 있었다. 굴다리를 지나 시골도 도시도 아닌 경계쯤에 숨어 있듯 모습을 드러냈다. 암 환자가 아니면 입원할 수 없다는 호스피스병원으로 옮기게 된 아버지를 두고 주변에선 운이 좋다고들 했다.

텔레비전 화면에서나 보았던 마리아 수녀님이, 처음 아버지의 대학병원 병실로 들어섰을 때, 난 놀라 엉거주춤 일어선 게 다였다. 실제로 풍채 좋고 온화한 미소를 가진 수녀님은 나에게 앉으라는 손짓을 한 후 아버지에게로 다가섰다.

"서정욱 님, 이제 힘든 시간은 지나갔어요. 마음 편히 가지시고 기도하세요. 그러면 주님이 함께하실 겁니다. 혼자 애쓰지 마시고 주님에게 의지하세요!"

외국인 특유의 발음으로 건넨 수녀님의 몇 마디는 아버지에게 잃어가던 생기를 잠시나마 찾아주었다. 그 순간, 언젠가 엄마가 했던 말이 떠올랐다. 지극정성으로 절을 찾는 할머니와 달리, 한때 아버지는 교회에 다녔다는 것. 물론 할머니는 모르는 일이었다. 짐작건대 여선생들을 따라서 갔을 거라는 추론이었다.

그걸 알면서 엄만 가만히 있었어?

내 말에 엄마는 그저 웃어넘겼다.

병실 밖으로 나가 수녀님을 배웅하며 어떻게 오셨냐고, 물었다.

"제가 하는 일이지요. 될 수 있으면 아버지를 호스피스병원으로 모시도록 노력해 볼게요."

젊어 한때 교회에 나간 덕분이었는지 아버지는 무사히 호스피스병원에 입원했다.

수녀님은 마당에 나와 우리 일행을 기다리고 있었다. 차를 세우고 수녀님과 인사를 나누는 사이, 아버지는 이미 간호사들에게 인계되어 병원 안으로 사라졌다. 나는 아버지의 소지품이 든 가방을 챙겨 한발 늦게 현관으로 들어섰다. 미닫이문을 열자 바로 장판 깔린 커다란 방이 나타났다. 들어오기 전, 신발을 벗어야 했던 이유였다. 쪼그려 앉은 한 노인이 걸레질을 하고 있어 갑자기 남의 집 거실에 들어선 듯 당황스러웠다. 창가 쪽 소파에 앉은 노인들의 시선도 모두 내 쪽을 주시하고 있었다. 환자복을 입지 않은 그들의 표정은 밝아 보였다. 적어도 죽음을 앞둔 노인들처럼 보이진 않았다. 아버지의 방은 2층 가장 안쪽에 위치해 더 조용했다.

간호사는 입원환자에게 필요한 물품 몇 가지와 아버지가 현재 복용하고 있는 약, 환자의 주요 증상, 병원에서 주의할 점, 응급상황 시 연락처를 세 사람까지 적어놓고 면회 시간을 알려주었다. 면담이 끝나자, 내 얼굴을 주시하며 덧붙였다.

"혹시 모르니, 멀리 가지 않는 게 좋겠어요."

멀리라면, 어디까지일까. 누리가 간 곳이면 먼 곳일까.

아버지는 괜찮아.

딸기도 두 알 드셨고

이도 닦았어.

얘기도 몇 마디 나눴어.

여기 걱정 말고 일해.

익숙하지 않은 맥북으로 똑같은 화면을 들여다보고 있는 내게 동생이 문자메시지를 보내왔다. 평생 소식으로 단 한 번도 살찐

적 없는 아버지였다. 딸기 두 알은, 그래도 너무 적었다. 영상 작업에 진전은 없고 오늘도 누리에게선 아무 소식이 없다. 내 마음은 지금 어디에 머무르고 있는 건지 모르겠다. 노트북 안의 타이가 숲인지, 굴다리 건너 호스피스병원의 아버지 병상인지, 누리에게 엽서를 보냈던 인도의 고아 해변인지, 복잡한 머릿속인지, 다시는 맡을 수 없는 엄마 냄새 그 언저리인지 알 수 없다. 뭘 먹으면 먹어서 아프고 거르면 거르는 대로 아팠다. 효과도 없는 복통약을 빈속에 또 삼켰다.

엄마가 떠난 자리는 구멍이 뚫린 정도가 아니라 다리가 끊어진 형국이었다. 독립적인 것과는 담을 쌓은 아버지를 가장 잘 이해하는 사람은 엄마 단 한 사람뿐이었다.

겉으론 서로를 인정하고 모든 대화가 가능한 것처럼 보이지만 비슷한 성정을 지닌 난 아버지와 자주 부딪혔다. 인정 많은 우유부단함에 참을성 없는 성질까지. 못 말릴 고단함을 아버지와 난 공유하고 있었다.

"지연아, 넌 어쩜 그리 네 아버질 닮았냐."

고모의 말은 늘 내 귀를 어지럽혔다.

엄마와 동생은 물론, 고모와 심지어 돌아가신 할머니까지 집안에서 아버지를 거스르는 사람은 없었다. 아버지가 언제나 옳은가

와는 상관없이. 일찍 승진하여 교육계에서 인정받아 온 아버지에게 성가신 일이라면 술 먹고 찾아오는 학부모 정도였다.

그러나 모든 경제권을 엄마에게 주었다면서 의논 없이 빚보증을 섰을 때, 불량 출판사의 세계문학전집, 최신식이라는 국수 기계, 전기장판, 성분을 알 수 없는 영양제 등속을 사들여올 때, 화를 낼 수 있는 사람은 내가 유일했다. 이 모든 게 아버지가 가르친 제자들의, 제자들에 의한, 제자들을 위한 아버지의 대책 없는 아량이었다. 아버지가 사주는 만큼 제자들의 발길은 잦았다.

"다 쓸 만한 거야. 지금이 어떤 세상인데 사기를 쳐? 어림없지."

큰소리 나는 걸 극도로 싫어하는 엄마로선 웬만하면 아버지에게 맞서지 않았다. 엄마는 아버지가 퇴직하면 배낭 하나 둘러메고 두루 다니고 싶다며 그 시간을 견뎠다. 정년퇴직 기념 단체여행으로 태국에 갔던 것으로, 엄마의 여행은 끝났다.

호랑이는 좀처럼 모습을 드러내지 않고 있다. 흐릿한 텐트 안에서 공 혼자 부산스럽다. 캠핑용 버너 위 코펠에선 누룽지가 끓고 공은 비닐봉지를 열어 무장아찌를 집어 먹는다.

어머니가 해주신 반찬인데, 멸치볶음도 떨어지고 이제 이거밖엔 안 남았어요.

그는 못내 아쉽다는 표정으로 아껴먹어야 한다고 다짐하듯 말했다.

아, 그러고 보니 콩자반이 좀 남았군요.

후후 불어가며 코펠에서 누룽지를 뜨는 장면에서 전화가 울렸다. 나는 소리만으로 전화를 건 인물을 추정하는 버릇이 발동되었다. 누리는 아닐 터였다. 어쩐지 동생도 아닌 것 같았다.

공의 전화였다. 자기가 새롭게 만든 작업실에 한번 와보지 않겠냐는 제안이었다. 생각해 보겠다며 전화를 끊었다. 성가신 일이지만 만날 이유가 없진 않다. 트레일러에 시놉시스까지 쓴다면 원고료로 얼마나 줄 것인지 아직 답을 주지 않았기 때문이다.

아버지의 병실은 양호실처럼 하얬다. 아버지는 조금 퀭해진 눈으로 나를 맞았다. 아버지, 라고 내가 부르기도 전 아버지가 다급하게 말했다.

"아버지 머리 보기 싫제?"

그러고 보니 이발을 한 탓에 눈이 더 퀭해 보이는 것도 같았다. 한번 정해진 단골을 쉬 바꾸지 않는 것도 나와 닮은 점이다. 엄마가 돌아가시고 지금의 아파트로 이사한 후, 아버진 집에서 멀지 않은 태양이발관만 줄곧 다녔다. 경력 50년에 건물도 가지고 있다는 그 이발사는, 단정하되 금방 자르지 않은 것처럼 자연스러운 스타일을 연출할 줄 알았다. 그런데 그가 아닌 다른 누군가에게 맡겨졌으니 아버지 마음에 들 리가 없었을 터다. 난 진실을 말해야 하나, 잠시 망설였다.

"며칠 전엔 약간 지저분했는데 산뜻하니 좋은데."

눈치 빠른 아버지가 그 말을 믿을 리는 없었지만, 기분은 좀 나아진 듯 머리를 한 번 쓸었다. 아버지와 나눈 대화가 이걸로 마지막이란 사실을, 난 전혀 예상하지 못했다. 머릿속이 뒤죽박죽인데다 어느새 트레일러 원고를 마감해야 할 시간이기도 했다. 이럴 때 누리가 있었다면 노트북 싸 들고 와 일하라며 자신이 아버지 옆에 있겠다고 자릴 펴주었을지도 모르겠다.

괜한 일을 맡아 이 고생인가, 싶었다. 우유부단한 내게 다시 화가 치밀기 시작했다. 남편은 결국 나의 화를 이겨내지 못했다. 그와 나 사이에 아이가 없는 걸 문제로 보는 시선도 있었지만 그게 이유는 아니었다. 누리와 살게 되지 않았다면 난 아마도 날 이해하지 못하는 남편을, 나 역시 끝내 이해할 수 없었을지 모르겠다.

공중목욕탕에서 발가벗은 채, 물 많이 쓰는 일가족과 싸우던 날, 누리는 처음으로 내게 화를 냈다.

"말이 통하지 않는 사람들과 끝까지 가보겠다는 거야? 그래서 네가 얻는 게 뭔데? 저 사람들이, 네 말 몇 마디에 쉽게 바뀔 거 같아? 도대체 언제까지 이럴래?"

욕탕 밖 탈의실로 나왔을 때, 모든 시선이 내게로 쏠렸다. 저 여자라고 써 붙이기라도 한 듯 그들은 나를 훑어보았다. 대강 주워 입고 탈의실을 벗어났다. 등 뒤로 오지랖이란 소리가 따라붙었다. 운전석에 앉자, 그제야 숨이 쉬어졌다.

개념 없는 일가족보다, 알지도 못하면서 쑥덕거리는 한심한 여자들보다 누리가 더 괘씸했다. 그런 중에 누리가 내게 화를 냈다는 사실을 상기해 냈다. 누리에게도 화가 있다, 나는 그것도 모르면서 누리를 안다고 생각했다.

대통령 훈장까지 받은 아버지에게 집은 곧 관사였다. 아버지는 관사가 주어지지 않는 장학사 자리를 마다했다. 남는 출장비를 십 원짜리까지 반납하는 사람이 아버지였다. 바보 서정욱이란 말은 어린 내 귀에도 들렸다. 도시로 전학 온 우리를 위해 작은 주공아파트를 마련해 주긴 했지만, 그걸 아버지의 집이라고 여기지는 않았다.

퇴직을 앞둔 아버지는 마치 갈 곳 없는 사람처럼 불안해했다. 도시도 싫고 아파트도 내키지 않는다는 아버지의 뜻에 따라, 퇴임한 지역에 집을 짓기로 정하기까지, 집을 짓는 과정에서도 아버지의 마음이 부대끼긴 마찬가지였다.

텃밭 달린 전원주택. 단아한 그 집을 도시에 사는 이모며 삼촌, 고모와 조카들까지 모두 좋아했다. 집주인인 아버지만 탐탁지 않아 했다.

허리 굽은 노인들이 김매고 밭 가는 옆에서 고기 냄새 풍길 수 없다는 이유를 들었다. 자전거를 타는 일조차 꺼렸다. 그들 역시, 자식들이 오면 숯불 피워 고기 굽는다는 걸 아버지가 모를 리 없었다. 다들 그렇게 산다, 아무리 설득해도 아버지는 좀처럼 평상에 앉지 않았다. 그런 아버지를 위해, 친척들까지 마을회관에 들러 인사를 챙겼다. 아버지를 이방인 취급한 사람은, 정작 아버지 자신이었다.

아버지 병실 옮겼어.
언니 괜찮으면 오늘 중으로
다녀가면 좋겠어.

허름한 농가를 개조한 공의 작업실에서 나와 막 시동을 걸었을 때 동생에게서 문자메시지가 왔다. 예감이 좋질 않았다. 전화를 걸자, 잠시 후 고모도 올 거고 사촌들도 다녀가기로 했다는 얘길 전해 주었다.

곧바로 호스피스병원으로 차를 몰았다. 쓸데없는 일을 하다 들킨 사람처럼 가슴이 쿵쾅거렸다. 어렴풋이 임종이 임박해지면 방을 옮긴다는 설명을 입원 첫날 들었던 기억이 났다.

아버지의 방은 간호사실 바로 옆에 있는 임종실로 바뀌어 있었다. 방문 앞에 붙어 있는 '요셉 방'이란 이름이 나를 압도했다.

급한 마음과는 달리 선뜻 문 열기가 두려웠다. 아버지는 말했었다. 언제든 하늘이 부르면 가는 거라고.

혼자 애쓰지 말고 주님에게 의지하세요.

처음 아버지 병실을 찾아왔을 때 해주었던 마리아 수녀님의 말이 어디선가 들려오는 것 같았다.

아직 친척들은 오지 않았고 마리아 수녀님과 담당 간호사, 동생만이 아버지 곁을 지키고 있었다. 수녀님을 보자 마치 이제 모든 상황이 종료되었다는 신호처럼 느껴졌다. 소파까지 마련된 '요셉 방'은 옮겨오기 전의 병실보다 좀 더 크고 고급스러운 분위기였다.

깨끗이 면도한 아버지는, 침대에 촬영을 위해 대기하는 배우처럼 얌전히 누워 있었다. 뭘 해야 할지 몰라 허둥거리던 난 의자를 끌어당겨 침대 옆으로 다가앉았다. 아버지의 손을 잡았다. 따뜻했다. 그새 아버지의 머리칼은 조금 자라 있었다. 아버지는 마치 아쉬운 거라곤 하나도 없는 사람처럼 편안해 보였다.

"아버지?"

내 입에서 흘러나온 말이었다. 아버지는 연하게 웃었다. 내 눈엔 그렇게 보였다.

"베로니카는 언제 온대요?"

마리아 수녀님이 날 향해 물었다.

"아, 수녀님이 누리를 아세요?"

베로니카는 누리의 세례명이다.

나, 한 시간 안으로
도착할 수 있어.

누리에게서 문자메시지가 온 건 그때였다. 눈앞이 흐려졌다. 누리는 이곳을 알고 있었다. 누리의 박사논문 주제가 임종을 앞둔 사람들의 심리변화였다는 게 그제야 떠올랐다. 누리가 도착하고, 아버지는 눈을 감으셨다. 아버지는 '요셉 방'에서 돌아가셨다.

'요셉 방'은, 아버지에게 관사처럼 편안했을까.

함박눈

강희진 | 2011년 장편소설 「유령」으로 〈세계일보〉가 주최한 1억 원 고료 제7회 세계문학상 수상. 이후 우리 사회의 소외자 문제를 다룬 장편소설 다수 발표. 작품으로 「이신」 「올빼미 무덤」 「포피」 등이 있다.

암 병동 바깥으로 가을이 완연한 교정이 한눈에 들어왔다.

한줄기 바람에도 떨어질 듯, 탈색한 잎들을 매단 나무들이 줄지어 있었다. 그 뒤쪽으로 아직 가을이 끝나지 않았다며 알록달록한 겉옷을 뽐내는 나무도 드문드문 눈에 띄었다. 하지만 교정을 오가는 학생들의 옷차림엔 늦가을의 정취가 물씬 배어 있었다. 개중엔 겨울을 재촉하는 푸근한 복장도 보였다. 아무래도 올 겨울 추위가 빨리 몰려올 것 같았다.

그녀는 환자용 간이 변기통을 깨끗하게 씻어내고, 조그만 겹창 앞으로 다가가 약간 열려 있는 틈 사이로 손을 넣어 창문을 열었다. 유리문 밖에 쳐진 철망 사이로 차가운 공기가 확 밀고 들어와 얼굴을 때렸다. 아까부터 정수리에서 맴돌다가 어깻죽지로 내려온 뒷시중의 피로가 일시에 달아났다. 문을 닫자 덜컥 바깥 날씨가 걱정되었다. 서울이라지만 가을 날씨치곤 너무 추웠다. 남편의 귀향길이 여간 힘들 것 같지 않았다. 공연히 조바심이 났다. 의사에게 내일 떠나겠다고 말하고, 방정맞게 짐을 서둘러 꾸리는 게 아니었다. 경솔한 판단이었다. 그녀는 손까지 가늘게 떨렸다. 퇴원에 필요한 서류들이 처리되어 지금쯤 원무과로 넘어가 입원비 정산에 들어갔을 것이고, 내일 병실에 들어올 환자에게 이미 연락이 갔을지도 모른다. 간호사에게 날씨가 추워 먼 길을 떠나기 곤란하다고 사정해야 할 것 같았다. 문제는 남편이었다. 그에게 뭐라고 둘러댈 것이며, 기껏 준비하고 상경했을 아들에겐 또 무슨 변명을 늘어놓을 것인가. 아들은, 어차피 내려갈 길인데 뭐가 춥다고 호들갑이냐며 역정을 낼 것이 분명했다. 아들에게 남편은 오래전에 없어진 존재였다. 실은 사라진 아버지가 아니라 자기의 앞길을 사사건건 방해하는 달갑잖은 망령이었다. 그녀는 아들 태도가 야속하거나 매정하다고 생각해 본 적은 없었다. 자신도 한동안 그렇게 생각한 적이 있었으니까. 아니 그보다 더한 원망을 곰삭히면서 얄궂게도 꼬인 자신과 남편의 운명을 저주했다. 그녀는 남편의 형이 확정되고 옥살이를 시작할 때부터 재심(再審) 청구 준비 서류를 들고 사람들을 찾아다녔다. 남편이 살인자가 아니라는 사실은 그녀가 누구보다도 잘 알고 있었다.

 재심이란, 확정판결로 종결된 사건에 중대한 잘못이 발견되어 판결을 취소하기 위해 다시 재판을 하는 비상구제 수단이다. 그래서 재심은 열리기 힘들었다. 어렵게 재판이 성사된다고 해도 사법부가 내린 판단을 뒤집기는 결코 쉬운 일이 아니었다. 실제로 재심을 통해 법원의 판결이 바뀐 경우는 아주 드물었다. 분명하고 명백한 증거를 가지고도 좌절하는 이가 없지 않았고, 끝내 묻히는 사법 살인도 있었다. 그녀는 남편의 재심을 위해 무려 25년을 뛰어다녔다. 당시는 이런 정보들을 지금처럼 쉽게 접할 수도 없었다. 그녀는 5년 가까이 변호사를 만났고, 법원을 들락거리면서 재심은 허물 수 없는 벽이라 것을 알았다. 한마디로 철옹성이었다. 감옥에서 자포자기하고 있던 남편이 그녀가 지쳐 무너질 즘에 자신이 하겠다고 나섰다. 그는 감옥에서 외롭고 질긴 투쟁을 이어갔다. 하지만 그것은 애초에 불가능한 싸움이었다.

"할머니, 할아버지가 아프신가 봐요."

아버지 조씨를 간호하고 있는 여대생이었다.

그녀는 화장실에서 너무 오래 서성였다. 병실로 들어가자 간호사가 남편의 침대 한쪽 공중에 매달려 줄을 타고 똑똑 한 방울씩 내려와 남편의 혈관 속으로 주입되고 있는 링거액에 진통제를 주사했다. 그녀는 변기통을 내려놓고 환자 침대 밑에 있는 보호자 베드를 당겨 앉았다.

"고통스러울 텐데, 아프시면 소리라도 지르고 그러세요."

간호사가 남편에게 말했다. 약을 주사할 때면 항상 하는 말이었다. 여간해선 내색하지 않고, 매번 꾹 참는 남편이 안쓰러운 모양이었다.

남편은 입을 꽉 다물고 눈가에 가는 미소를 지었다. 간호사는 환하게 웃고, 머리맡에 놓인 체온계를 남편의 입에 물렸다.

그녀는 이 병동에서 가장 불친절한 간호사로 꼽혔다. 누가 데려갈지 걱정이라며 혀를 차며 궁시렁거리는 보호자도 있었다. 그런 그녀도 남편에게는 함부로 하지 않았다. 대체로 이 병동 간호사들은 상냥하기로 정평이 났다. 그런데도 환자들이 호소하는 통증 때문에 이따금 마찰이 일어나곤 했다. 금방 진통제를 놓아주었는데도 돌아서면 또 아프다고 환자가 고함을 치는 바람에 보호자는 다시 진통제를 주사해 줄 걸 요구했다. 간호사 입장에서는 자기 마음대로 약을 줄 수 없어 의사가 올 때까지만 참아보라고 한다. 그나마 낮에는 의사나 레지던트가 있어 수습할 수 있으나 밤에는 당직 의사라도 자리를 비우면 언성이 높아지기 일쑤였다.

"여보, 불 좀 꺼줘요!"

남편은 체온계를 입에 문 채로 들릴 듯 말 듯 나지막이 말했다.

누가 병실의 형광등을 죄다 밝혀놓았다. 그녀는 남편 위쪽의 등을 껐다. 남편은 빛을 싫어했다. 이 병실에 들어올 때도 처음

배정된 창가 자리를 피해 침침한 안쪽으로 자리를 옮겼다. 환자들 대부분은 햇살이 드리워지는 창가 자리를 선호한다. 그러나 남편은 햇빛이 눈부시다면서 자리를 바꾸길 원했다. 햇빛이나 전깃불에 주눅이 든 것 같았다. 그런 증세는 병이 깊어갈수록 더 심해졌다. 해가 중천에 떠올라 실내가 환해지면 환자도 간병인도 좋아했다. 그런 때면 남편은 안대를 달라고 해 눈을 가렸다. 청춘 이후의 삶을 모두 어둡고 칙칙한 감옥에서 보냈으니 그럴 만도 했다.

"내려갈 차는 준비됐어요?"

남편은 말라 금이 가고, 까칠하게 살갗이 일어난 입술을 움직여 물었다. 남편은 죽기 전에 자신이 나고 자란 고향 산천을 가보고 싶다고 했다.

"준수가 올라와 부르면 금방 온대요."

아들이 서울로 올라와 환자 수송 차량을 불러 함께 내려가기로 약속이 되어 있었다.

"정말로 준수가 직접 올라온다고 했어요?"

"네."

남편은 아들이 올라와 자신을 데려간다는 사실이 믿기지 않는 모양이었다. 그것은 그녀도 마찬가지였다. 하지만 아들의 태도가 바뀐 이유는 알고 있었다.

그녀는 날씨가 좀 풀리면 떠나는 게 좋겠다는 말을 하지 못하고 머뭇거렸다. 공연히 그 소리를 했다가 겉으론 내색하지 않지만 울적해 있는 남편의 마음을 더 무겁게 할 것 같았다. 하지만 더 미룰 시간이 없었다. 이왕에 입을 떼려거든 지금 말문을 열어야 했다. 망설이던 그녀는 옆 침대에 입원해 있는 양씨 시중을 들다가 의자에 앉아 꾸벅꾸벅 졸고 있는 그의 아내를 힐끔거리다 넌지시 말을 걸었다.

"바깥 날씨가 춥죠?"

느닷없이 질문을 받은 푼더분한 양씨 아내가 놀라 고개를 퍼뜩 쳐들었다. 그녀는 어리둥절한 표정을 지었다.

"겨울이 훨씬 빨리 오려나 봐요."

뜻밖에 다른 이들과 거의 말을 섞지 않는 여대생이 『성경』을 읽다 말고 대답했다. 그녀는 사족까지 덧붙였다.

"남도에서 올라오셔서 더 추울 거예요."

그제야 정신을 차린 양씨 아내가 엉뚱한 말로 입을 열었다.

"암 환자들한텐 그저 따뜻한 방이 최고야."

"그러게 말이에요. 너무 추워서 아무래도 내일 떠나긴 무릴 것 같아요."

그녀는 남편에게 들으라는 듯 말했다.

"서울 날씨야, 풀려도 그게 그거죠."

그녀의 속도 모르고 양씨 아내가 괜한 말을 보탰다.

"그래도 지금보다야 낫겠죠. 날씨가 정상이 아닌데요."

그녀는 말을 하고 남편을 쳐다보았다. 아늠살이 거의 없이 말라버린 얼굴에 잔주름이 잔뜩 잡혔다. 문득 젊은 시절 남편의 얼굴이 떠올랐다. 자작나무 껍질처럼 뽀얗고 밝은 기운을 띤 말쑥한 얼굴. 출소 후에도 좀 탈색이 되긴 했지만 크게 변한 모습은 아니었다. 그런데 재심 재판이 힘들어지자 한순간 얼굴이 망가져버렸다. 나이 때문인 것도 같았다.

"내가 얼마 남지 않은 것 같아요. 늦기 전에 떠납시다."

남편은 그녀가 무슨 말을 하려고 뜸을 들이는지 알고는 채근했다. 날씨가 어떻든 한시바삐 병원을 벗어나 고향으로 되돌아가고 싶어 했다. 남편만 승낙하면 아들은 어떻게든 구슬려볼 수 있을 것 같았다. 마지막이 될지도 모르니, 편안하게 보내드리자고 하면 못 이기는 척 따를 것이다. 얼마 전 남편은 아들의 청을 들어주기까지 하지 않았던가.

남편이 아들의 그런 무리한 요구를 받아들이리라고는 상상도 하지 못했다. 그것은 남편의 인생 전부를 부정하는 일일 수도 있었다. 아들이 원한다고 해도 그런 결정은 쉬운 일이 아니었을 것이다. 남편이 아들의 청에 동의했다는 사실이 믿기지 않았다.

아들에게 남편은 아버지가 아니라 어머니의 남편일 뿐이었다. 고등학교 시절 아들은 그렇게 말했다. 그는 아버지를 아버지라고 하지 않고, 어머니 남편이라고 불렀다. 희한한 호칭이었다. 그런 명명 행위를 통해 죄인인 아버지와 자신을 분리하려는 것이었다.

"네가 성호냐?"

남편은 난생처음 손자를 보고 물었다.

"예, 준수 둘째 아들이에요. 당신을 닮아 공부도 일등이에요."

"이 할애비 없이도 정말 잘 잘랐구나."

그는 감격해 눈물을 흘리고, 자신을 닮아 하얀 손자의 얼굴을 어루만졌다. 그리고 손자의 손을 잡았다.

"할머니, 이분은 누구예요?"

성호가 그녀에게 물었다.

"이분이 할……."

그녀는 더 이상 말을 할 수가 없었다. 맞은편에서 아들 준수가 눈을 부라리고 달려왔기 때문이었다.

"당신, 누구세요!"

준수가 남편을 향해 소리를 질렀다. 남편은 성호의 손을 놓았다. 그러곤 아들의 태도에 놀라 당황해하는 손자를 바라보았다. 남편은 아들이 자기를 싫어한다는 것을 잘 알고 있었다. 수감생활을 할 때 그 사실을 눈치채고 아들을 보고 싶다는 말을 차마 입 밖으로 내지 못했다.

아들은 아버지가 한때 세상 사람들의 지탄을 받았던 살인자라는 사실을 알고부터는 면회를 하지 않으려고 했다. 누명을 쓴 거라고, 죄가 없다는 사실이 밝혀질 거라고 아무리 말해도 아들은 엄마의 얘기를 믿으려고 하지 않았다. 나이가 더 들어서는 자기 앞에서 더 이상 아버지를 변명하면 엄마와의 관계도 끊어버리겠다고 했다. 이후 그녀는 남편 면회 가는 것도 아들 눈치를 봐야 했다. 재심을 위해 사람들을 만나러 다니는 것도 조심스러웠다. 모든 일을 아들 몰래 진행했다.

남편은 오랜 수감생활을 끝내고도 집으로 돌아갈 수 없었다. 그녀가 서울에 오피스텔을 얻어 남편과 함께 살았다. 아들이 어머니가 세상 사람들이 살인자라고 믿는 남편과 사는 것을 묵인하는 데는 시아버지가 남기고 간 재산이 큰 역할을 했다. 얼마 지나지 않아 아들은 본색을 드러냈다. 서울 오피스텔로 찾아와 할아버지 땅을 자신에게 이전해 달라고 했다. 그녀는 마치 맡겨둔 땅이라도 찾으러 온 듯 당당하게 요구하는 아들에게 언성을 높였다.

"네가 언제 아버지를 아버지로 인정한 적이 있느냐? 그런데, 땅을 달라고!!"

그녀의 몸이 부들부들 떨렸다.

"그 땅은 제 땅도 누구 땅도 아닙니다."

"뭐라고?"

"그렇잖아요. 조상 대대로 내려온 땅이잖아요. 그러니 적자인 제가 갖고 있다가 아들에게 넘겨주는 게 맞죠."

"적자? 적자란 놈이 다른 이들은 믿는 아버지의 무죄를 믿지 않는 거냐."

그녀는 목이 멨다. 눈물이 나려는 것을 꾹 참았다. 그녀의 노력과 남편의 옥중 싸움 덕분에 사람들은 하나둘 남편의 무죄를 믿고 받아들였다.

"저도 엄마처럼 무죄를 믿어요. 제가 고등학교 때, 다락에서 엄마 남편이 고교 시절에 썼던 일기장을 발견했어요. 그것을 보고, 그런 짓을 할 사람이 아니라는 것을 알았어요. 그렇지만 세상 사람들이 살인자라잖아요. 우리만 아니라고 믿으면 뭐 해요. 세상 사람들이 믿지 않는데요. 살인을 했든 하지 않았든 그게 뭐가 중요해요. 중요하지 않아요. 세상 사람들이 그렇다면 그런 거죠. 그

것 때문에 저도 미치겠어요."

아들은 말을 하고, 갑자기 눈물을 흘렸다. 소리 없이 굵은 눈물만 계속 흘렸다. 옆에서 잠자코 앉아 있던 남편이 아들의 우는 모습을 견디지 못하고 일어나 밖으로 나갔다.

며칠 뒤, 남편은 아들에게 재산의 반을 상속했다. 나머지 반은 그녀에게 남겼다. 이후에도 아들은 남편을 아버지라고 부르진 않았다. 다만 둘의 관계는 눈에 띄게 좋아졌다. 이유가 무엇이었든 간에 부자 사이가 개선되었다는 사실에 그녀는 만족했다.

남편은 출소 후, 25년 전에 끝난 살인사건 재심을 위해 대학 친구들을 만나고 다녔다. 3년여 동안 정신이 나간 사람처럼 자신의 무죄를 입증해 줄 만한 사람들을 포기하지 않고 찾아다녔다. 그것은 교도소에서 했던 일의 연장이었다. 마침내 남편은 자신이 범인이 아니라는 증거를 찾아냈다. 하지만 법원은 재심의 증거로 더 구체적이고 확정적인 것을 요구했다. 한번 내려진 판결을 뒤집는 것은 결코 쉬운 일이 아니었다.

친구들은, 이제 그 사건을 기억하는 사람도 없으니 힘든 일에 매달려 얼마 남지 않은 생을 소진하지 말라고 충고했다. 외국 여행이라도 다니면서 편히 즐기라고, 그렇게라도 해 그동안 놓친 삶을 위로받으라고 했다. 정말로 남편도 점점 지쳐가고 있었다.

그런데 포기하려고 할 때, 전혀 생각지 못한 곳에서 구원의 손길이 다가왔다.

공중파 PD 출신의 한 유명한 유튜버가 남편 사건에 관심을 보였다. 정확하게는 당시 남편 사건을 담당했던 A 형사의 비리를 탐사하던 중 남편 사건에도 관심을 가지게 된 것이었다. A 형사는 줄곧 피의자를 고문하거나 강압 수사로 허위 자백을 받아냈으며, 증거를 조작하기까지 했단다. 그동안 A 형사가 맡은 사건의 상당수가 그렇게 처리되었고, 무고한 사람들이 범인으로 만들어졌다고 한다. A 형사와 B 형사가 담당한 남편의 사건 역시 조작한 증거를 가지고 남편에게 누명을 씌웠던 것이었다. 얼마 전 B 형사가 양심고백을 함으로써 이러한 사실들이 세상에 드러나게 되었다. B 형사는 나이를 먹고 독실한 불교 신자가 되었고, 속죄의 마음으로 자신이 경찰에 몸담았을 때 저질렀던 죄상을 모두 밝혔다. 그렇다면 남편뿐 아니라 적잖은 사람들이 재심을 받아야 할 상황이었다.

그 PD는 남편과 함께 25년 전에 일어난 〈울산 거구산 살인사건〉을 새롭게 구성해 영상을 찍었다. 유튜브 영상에서 남편이 범인으로 몰린 건 연극배우인 피해 여성이 예전에 남편과 공연했고, 또 남편과 동거한 적이 있었기 때문이라고 설명했다. 그 영상에는 남편의 결백을 증명할 만한 현장을 직접 목격했고 또 재심을 위해 뛰어다녔던 그녀의 인터뷰도 실렸다. 피해 여성이 단지 남편을 만나기 위해 울산에 왔었다는 이유만으로 형사들이 남편을 의심했으며, 증거 조작 가능성이 있다는 내용이었다. 이 영상이 공개되면 어느 정도의 반향을 불러일으킬 것이고 남편의 재심도 끌어낼 수 있으리라. 그런데 A 형사가 B 형사의 주장을 강하게 반박하고 나섰다. B 형사의 정신상태가 정상이 아니며, 그의 말도 사실이 아니라는 것이었다.

"추운 날씨에 떠나면 위험할 수 있어요."
그녀는 남편을 보고 약간 퉁명스럽게 말했다.
"의사도 지금 내려가지 않으면 나중엔 가고 싶어도 못 갈 거라고 했잖아요."
남편은 날씨 핑계로 병원에 하루라도 더 머무르려는 그녀의 바람을 단호히 거절했다.
"제 생각엔 연세도 있고 하니 집에서 임종을 맞으시는 게 좋을 것 같아요. 빨리 결정하십시오. 저희는 보호자가 환자를 단념하지 못해 서로 힘든 경우를 많이 봤습니다. 저희가 보기엔 할아버님은 이미 준비가 되셨어요."

일 년 넘게 남편을 치료했던 여자 교수가 그녀를 연구실로 불러서 해준 말이었다.

"환자분께서 의연하시긴 한데, 어느 날인가부터 병과 싸워 이기려는 의지가 뚝 끊어졌어요. 무슨 이유인지 모르겠으나 그걸 느낄 수 있었어요. 그럴 땐 사실 저희도 별 도움……."

한 번 만나려면 며칠씩 기다려야 한다는 의사였다. 하지만 자기가 쭉 치료해 왔던 환자라 그런지 꽤 오랜 시간을 할애해 주었다. 나중에는 남편을 두고 정말 점잖은 분이라면서 그런 남편을 잃게 돼 얼마나 상심이 크시겠냐고 위로도 해주었다. 그녀는 남편의 의지가 언제 무엇 때문에 꺾였는지 알고 있었다. 아들 때문이었다. 실은 자식 때문이 아니라 힘들고 지쳐 스스로 포기한 것이었다. 한 달 전에 갑자기 배에 물이 차오른 것은 이런 상황과 무관하지 않았다. 의사에게 선고를 받고 그녀는 가슴이 심하게 쿵쿵거렸고, 진한 통증이 온몸으로 번져나갔다.

의사의 조치에 따라 이제 남편은 호출 단추만 누르면 언제든지 진통제를 맞을 수 있었다. 그런데도 남편은 진통제를 쓰려 들지 않았다. 육체는 이미 관심의 대상이 아니었고, 헌신짝 정도로 여기고 있었다. 그래서 매일 적잖게 소모되는 비용만이 아니라 사후 처리를 걱정해 빨리 고향으로 돌아가고 싶어 했다. 그것이 아버지와 남편 역할을 제대로 못 한 자신이 자식과 아내에게 해줄 수 있는 마지막 배려라고 생각한 듯했다.

문득 기억하고 싶지 않은 그 옛날 젊은 남편의 모습이 스쳐 지나갔다. 자신도 모르게 온몸이 옥죄어드는 오싹한 한기가 느껴졌다. 그날 남편의 흰 얼굴에는 핏방울이 뿌려졌고, 옷에도 온통 피범벅이었다. 남편은 한때 자기 연인이었던 그 배우를 죽이려 한 것이 아니라 살리려고 안간힘을 썼다. 그것을 그녀가 옆에서 다 지켜보았다. 남편을 만나기 위해 울산으로 내려온 그 배우는 산속에서 이미 누군가에게 칼을 맞은 상태였다. 그 배우가 그 자리에서 죽지 않았다면 진범이 밝혀졌을 것이다. 그 유명한 '울산 거구산 살인사건'의 진범이 말이다.

경찰이 남편을 범인으로 의심할 만한 충분한 정황이 있었다. 남편은 그 배우와 함께 연극을 했고, 동숭동에서 방을 얻어 살림을 차렸다. 그 배우는 임신 중이었는데, 경찰은 아이의 아버지를 남편이라고 주장했다. 남편은 아니라고 했다. 수개월 동안 그녀를 만난 적도 없다고 했다. 결국 뱃속의 아이 아버지는 밝혀지지 않았다. 경찰은 그 배우가 아이 아버지를 찾아 울산에 내려와 유부남인 남편을 만났다고 추정했다.

만일 애초에 남편이 범인으로 지목됐다면 사건이 쉽게 풀렸을

지 모른다. 그때는 남편이 범인이 아니라는 증거들이 차고 넘쳤다. 그런데 시간이 한참 지나도록 범인을 잡지 못하자 형사들은 남편을 의심하기 시작했다. 처음 그녀가 경찰조사를 받을 때, 그들은 남편을 범인으로 의심하지 않았다. 나중에 형사들은 살인이 남편의 여성 편력 결과라는 식으로 엉뚱하게 몰고 갔다. 참으로 황당한 주장이었다. 산속을 헤매고 다녔던 그 배우가 산기슭에서 남편을 만났을 때, 이미 칼을 맞은 상태였다는 것은 그녀의 주장이 아니라 직접 목격한 사실이었다. 그러나 그녀의 진술을 형사도 검사도 판사도 믿으려 들지 않았다.

그때 자신이 좀 총명하게 행동했다면 남편을 구할 수 있지 않았을까? 재심을 청구하려고 다니면서 그녀는 자신의 진술이 잘못됐다는 것을 알았다. 또한 당시 변호사는 사건을 너무 쉽게 보았다. 공중파 PD 출신의 유튜버는 이런 내용들을 모두 영상에 담았다. 더구나 당시 사건을 수사했던 담당 형사의 증거를 조작했다는 충격적인 양심선언도 있었다. 그녀는 이 유튜브 동영상이 제대로 방송을 타고 재심의 사회적인 분위기가 만들어지길 고대했다. 그런데 A 형사가 B 형사를 정신적으로 문제가 있는 사람이라고 몰아붙이며 방송을 막았다. 아들 역시 남편이 이런 유튜브를 찍어 사람들에게 모두 잊힌 사건을 들춰낸다며 노골적으로 불만을 토로했다.

　그녀는 침을 삼키고 한기를 떨쳐버리기라도 하듯 간호사가 남편의 입에 물리고 간 체온계를 꺼냈다. 그걸 잡은 손가락이 가늘게 떨렸다. 가슴의 쿵쾅거림이 숨결을 타고 귀에까지 전해졌다. 남편에게 허둥거리는 모습을 보이고 싶지 않아 체온계를 내렸다. 체온계의 나무막대 눈금이 보일 듯 말 듯 제대로 식별할 수 없었다. 눈을 몇 번 깜박거려 보았지만 마찬가지였다. 구석에 앉아 아버지에게 나지막한 소리로 『성경』을 읽어주고 있던 여대생이 다가와 체온계 온도를 봐주었다. 엊저녁부터 조금씩 오르던 열이 아침나절 좀 떨어졌다. 이제는 정상이었다. 그녀는 머리맡에 둔 체온 체크 용지에 온도를 적고 남편에게 미음을 권했다. 그것을 거절한 남편은 산달 여자처럼 부풀어 오른 배를 만졌다. 이어 지그시 어금니를 깨물어 통증을 깊숙이 삼키고 이내 가쁜 숨을 몰아쉬었다.

　남편이 삼켰을 가늠할 수 없는 통증이 그녀의 등줄기를 타고 올라와 뒷골로 전해졌다. 차라리 다른 환자들처럼 손이나 발등에 꽂힌 바늘을 귀찮다고 뽑아 집어던지든지, 죽기 싫다고 병간호하는 아내를 달달 볶아댔으면 좋겠다. 아니면 어떤 사람들처럼 자기 살을 물어뜯어 의사나 간호사를 기겁하게 했다면 그녀의 마음이 한결 편했을 것 같았다. 다른 보호자들은 점잖은 남편을 두었다고 그녀를 부러워했다. 하지만 누운 사람의 아픔을 가늠할 수 없다는 사실이 얼마나 견디기 힘든 일인지 그들은 모를 것이다.

남편은 소변을 보고 싶다고 했다. 얼른 침상 커튼을 치고 변기통을 들고 일어났다. 그녀는 옆으로 돌아눕는 남편의 바지 단추를 풀고 변기통을 밑에다 갖다 댔다. 제법 센 오줌 줄기가 아직도 우멍거지인 채로 쪼그라든 성기를 타고 내려 변기통으로 노랗게 흘러들었다. 변기통을 내려놓고, 조심스럽게 바지춤을 올려 단추를 채웠다. 오줌은 유리병에 깔때기를 끼워 부었다. 유리병의 목까지 소변이 올라오자 깔때기 위로 거품이 차오르다가 잠잠하게 내려앉았다. 다시 누운 남편의 얼굴이 한결 가벼워 보였다.

아침 회진 때 의사가 버거우면 뱃속의 물을 빼주겠다고 했지만, 남편은 아직은 견딜 만하다고 했다. 회진이 끝날 때까지 그녀는 의사를 기다리고 있다가 가능하다면 복수(腹水)를 빼달라고 말하자, 의사는 참을 수 있는 데까지 놓아두는 게 좋다고 했다. 뱃속에 차는 물을 인위적으로 줄이면 혈압이 떨어져 갑자기 혼수상태가 될 수도 있다고 했다. 나이 때문에 더더욱 위험하다는 것이었다. 남편의 혈관 속으로는 배뇨작용을 일으키는 약이 지속적으로 들어갔다. 소변으로 자연스럽게 조절하는 것이 안전하다고 했다. 그녀는 오줌 양을 표시하는 용지에 숫자를 적어 넣었다. 금방 남편은 곤히 잠들었다.

그녀는 깔때기를 빼낸 병을 들고 오물 처리실로 갔다. 대학 교정이 내려다보이는 창가로 다가갔다. 창밖으로 내려다보이는 8차선 대로 건널목 앞에는 대학생들이 신호가 바뀌기를 기다리고 있었다.

"여보 내가 저 대학에 적을 둔 적이 있다는 걸 기억하오?"

두 번째 항암제를 맞고 파김치가 된 남편이 택시를 타고 가면서 말했다. 차가 막 대학 정문을 지나고 있을 즈음이었다. 그 말을 듣고 나서야 남편이 여기 대학을 몇 년 다녔다는 걸 기억해 냈다.

"이 벌은 내가 젊은 시절을 허투루 보낸 죗값인 것 같소."

남편이 혼잣말처럼 중얼거렸다.

그때 그녀는 아무런 대꾸를 하지 않았다.

처녀 시절 만난 남편은 시골 동네에서 몇 안 되는 서울 유학생이었다. 지금은 번화가가 되었지만, 당시는 울산의 아주 외진 벽촌이었다. 그녀에게 남편은 어느 모로 보나 과분한 상대였다. 일제강점기를 거치면서 집안이 좀 기울었으나 그래도 동네는 물론 군에서도 알아주던 부자였다. 남편은 그 집안의 독자로 어디에 내놓아도 빠지지 않는 사내였다.

당시 외지로 유학을 떠난 남편이 새 여자를 사귀어 자신을 잊어버릴까 봐 얼마나 마음을 졸였는지 모른다. 도무지 간섭받기를 싫어했던 남편은 자기 마음대로 대학을 그만두고, 연극판을 쫓아다녔다. 그곳에서 만난 여자와 살림도 차렸다. 여자도 한둘이 아니었다. 남편은 그런 사실을 굳이 숨기려 하지도 않았다. 그녀는 머리 좋고 잘생긴 부잣집 도련님과 결혼하려면 그 정도는 눈감아 줘야 한다고 믿었다. 실은 그런 것들은 사소한 일이라고 치부할 만큼 남편을 좋아했다. 그는 주변에 여자가 많아 그런지 몸을 허락하려는 그녀를 지켜주었다. 처녀 시절에는 바보처럼 그것을 사랑이라고 믿었다. 당시는 산골 사람들의 햇볕에 검게 그을린 얼굴과 달리 남편의 귀티 나게 생긴 흰 얼굴이 유난히 눈에 띄었다. 지금은 오히려 다른 사람들보다 거칠고 짙게 탄 얼굴로 변했다.

A 형사는 〈울산 거구산 살인사건〉 관련 동영상에 대해 방송금지 가처분 신청을 했다. 그는 양심선언을 한 B 형사가 오랫동안 정신과 치료를 받은 정신질환자라며, 그의 진술을 믿을 수 없다고 했다. 가처분 신청을 한 사람은 그 외에도 둘이 더 있었다. 그들과 함께 가장 적극적으로 방송금지 가처분 신청에 뛰어든 이는 아들이었다. 아들은 그녀를 어디론가 불러냈다. 그러곤 그녀가 없는 틈을 타 병원으로 찾아와 남편을 설득해, 자신은 방송을 원

치 않는다는 남편의 사인을 받아갔다. 그녀는 그런 황당한 일이 있었는지도 몰랐다. 유튜브 영상을 만든 PD의 전화를 받고서야 그 사실을 알았다. PD는 딱 한 번 병원으로 찾아왔지만 배가 부른 남편을 보고는 아무 말 없이 그냥 나갔다. 그녀가 병원 문 앞까지 쫓아가 정말 죄송하게 되었다고 거듭 사과를 했다. PD가 오히려 정말 고생하신다며 그녀의 손을 잡아주었다. 그 영상에 담긴 인터뷰를 찍을 당시 그녀는 몇 번을 울었는지 모른다. 그때도 PD는 아무런 내색하지 않고, 울음이 그칠 때까지 기다려주었다.

"주님이 우릴 지켜주시니……."

병실 복도에서 성가대의 찬송가 소리가 불쑥 튀어나왔다. 다시 천장을 보고 돌아누운 남편은 노랫소리에 귀를 기울이는지 멍한 채로 천장을 응시했다. 며칠 전 의사는 남편에게 필요하다면 자기가 아는 목사를 소개해 주겠다고 했다. 남편은 아무 대답도 하지 않았다. 하지만 저녁이면 가끔 찾아와 구성지게 읊조리는 찬송가는 싫지 않은 눈치였다. 항상 『성경』을 읽는 여대생 딸의 간병을 받다가 잠들었던 조씨가 일어나 낮은 소리로 찬송가를 되뇌었다. 눈동자가 고정된 남편의 호흡도 노랫소리의 박자에 맞춰 오르락내리락하는 것 같았다.

간호사가 항암제를 가지고 병실로 성큼 들어왔다. 침대 위에 앉아 있던 조씨가 몸을 일으키다가 움찔 놀라 뒤로 물러났다. 그녀는 그의 몸짓에 아랑곳하지 않고 항암제 병을 침대 위 걸대에 고정했다. 이어 손목을 끌어와 노란 고무줄을 묶어 주삿바늘 꽂을 혈관을 찾았다. 잠시 후 바늘이 혈관으로 들어갔는지 조씨의 눈 주위 살갗에 잔주름이 잡혔다. 그는 혈관으로 주입될 항암제 때문에 미리부터 주눅이 들어 약간 과장된 표정을 지었다. 다시 눈가에 주름이 잡히더니 이번엔 이마까지 찌푸렸다.

"혈관을 못 찾겠으면 다른 사람을 보내요."

조씨가 손목을 뿌리치며 말했다. 간호사가 혈관을 제대로 잡아내질 못해 두 번이나 다른 곳을 찌른 모양이었다.

"주삿바늘을 많이 꽂아 그렇잖아요!"

"정 간호사는 단번에 찌르는데, 왜 그래."

간호사 말이 기분이 나빴던지 조씨는 이 병동에서 핏줄을 가장 잘 찾는 정 간호사를 들먹였다. 그는 여대생 딸까지 그러지 말고 다시 해보자는 말에도 손목을 내밀지 않았다. 간호사는 그럼 발이라도 달라고 했으나 그마저 거절하자 가져온 항암제 병을 들고 나가버렸다.

저녁 미음이 들어올 즈음에 남편은 일어나 앉았다. 그녀는 더운 물로 빨아온 수건으로 거칠어진 남편의 얼굴을 한 부분씩 꼼꼼하게 닦았다. 엊저녁에 상당량의 수혈을 한 때문인지 얼마 후 북망산으로 향할 것 같진 않았다. 의사는 늘 준비하라고 했지만……. 물수건으로 닦아내자 비록 야위긴 했으나 예전의 귀티 나는 윤곽이 하나씩 살아났다.

"아버진 못 오신대요. 갑자기 회사에 일이 생겼나 봐요. 대신 타고 내려가실 차는 제가 연락해 놓았어요."

남편이 막 잠들자 이 대학을 다니는 손자가 찾아왔다. 두 아들 중 큰놈 성진이었다. 가방을 메고 있는 것으로 봐 도서관에 있다가 하숙방으로 가는 길인 모양이었다. 그 말만 전하고 앉은 손자는 남편의 몸속으로 떨어져 내리는 혈액을 가만히 올려다보았다. 손자는 남편에게 딱히 혈족의 정을 느끼고 있는 것 같진 않았다. 어쩌면 당연한 일이었다. 손자는 뚝뚝 떨어져 내리는 핏방울의 수를 헤아리고 있지 않나 싶을 정도로 피 봉지에서 눈을 떼지 않았다. 손자가 무슨 생각을 하는지 그녀는 알 수 없었다. 혹시 가망도 없는 사람에게 이처럼 피를 공급한다는 게 무슨 의미가 있을까를 골똘히 생각하고 있는 건 아닐까 싶기도 했다.

손자는 일어나 남편의 얼굴을 찬찬히 한번 뜯어보곤 내일 오후에 전공 시험이 있다면서 나갔다. 그녀는 배웅하러 병실 밖까지 손자를 따라갔다가, 그의 눈에 고인 물기를 얼핏 보았다. 갑자기 죄책감이 밀려들었다. 할머니가 자기 손자를 혈육의 정도 모르는 사람 취급을 한 것 같아 몹시 당황스럽고 미안했다.

"여보, 불이 너무 밝아요."

그녀는 보호자 베드에 앉아 꾸벅꾸벅 졸다가 남편의 소리에 눈을 떴다. 남편이 자면서 구시렁대는 잠꼬대였다. 그녀는 병실 안의 공기가 후덥지근해 침을 삼켰다. 졸음에 겨워 다시 고개가 스르르 수그러지려는데 남편이 다시 같은 소리를 뇌까렸다. 그 순간 몸이 굳어지면서 물벼락을 맞은 것처럼 정신이 번쩍 들었다. 죽음이 남편 주위에 다가와 서성이고 있다는 걸 확연히 느낄 수 있었다. 남편의 몸을 흔들었다. 죽음이 남편을 덮쳐 누르기 전에 자신이 먼저 남편을 깨워야 했다. 한참만에 눈을 뜬 남편이 여기가 어디냐고 중얼거리곤 다시 눈을 감았다.

아침에 남편이 먼저 일어나 침대 아래로 내려왔다. 그녀는 놀라 몸을 일으켰다. 남편은 배만 임산부처럼 부풀어 올랐을 뿐 도무지 아픈 사람 같지 않았다. 남편은 환자복 상의를 벗었다. 그녀는 서둘러 침상 커튼을 두르고 밖으로 나가 캐비닛을 열어 평상복을 챙겼다. 그 사이 남편은 알몸으로 변했다. 그녀는 놀라 잠시 뒤로 물러났다. 오래전에 홀랑 벗은 남편의 알몸을 본 적이 있었다. 그런데 남편의 등짝이며 다리까지 이렇게 밝고 환했나? 기억이 나질 않았다. 그의 피부가 하얀색이란 사실을 오늘 처음 안 것 같았다. 병간호를 하면서 수도 없어 옷을 갈아입혔는데, 그의 하얀 피부를 모르고 있었다. 남편은 그녀의 도움 없이 산뜻한 평상복으로 차려입었다.

그녀도 이제 더 이상 병원에 남편을 묶어둘 수 없다는 걸 깨달았다. 의사는 진통제 처방을 해주면서 하루 세 알이 정량이지만 고통스러워하면 더 많이 먹어도 괜찮다고 했다.

퇴원 절차를 끝내고, 손자가 데려온 환자 수송 봉고차에 올랐다. 남편의 표정은 병실에 있을 때보다 훨씬 좋아 보였다. 귀향길은 생각보다 따뜻했다. 고향 근처로 차가 막 돌아설 때부터 호흡이 거칠어지기 시작한 남편은 집 안으로 들어서면서 정신이 오락가락하는지 다시 엊저녁처럼 뭐라고 구시렁거렸다. 저녁 무렵 혼수상태를 헤매던 남편의 정신이 차츰 밝아져 올 즈음 갑자기 전깃불이 나가버렸다. 아랫동네에 한 달째 전기 공사 중이었다. 그런데 어둡고 음침한 방에 금세 흰 꽃이 피어오르기라도 한 것처럼 천천히 밝아졌다. 손자 성진도 알 수 없는 감응에 휩싸였는지 한쪽 구석에 우두커니 붙박여 창밖을 지켜보았다.

"어머, 눈이 오네!"

물통을 들고 병실로 들어오던 여대생이 창밖을 보고 중얼거렸다. 그녀는 멍하니 앉았다가 알림 벨에 정신이 들었다. 아들에게서 온 문자였다. 그것을 보고 놀라 핸드폰을 바닥으로 떨어뜨렸다. 방송금지 가치분 신청이 받아들여졌다는 내용이었다.

새까만 색으로 질퍽하게 물든 병실 바깥에 흰 눈이 어둠을 몰아내면서 하나둘 떨어졌다. 좀처럼 보기 드문 참으로 근사한 눈이었다. 조금 전에 봤던 남편의 맑고 밝은 피부 같은 함박눈이었다.

남편의 얼굴엔 환한 미소만 감돌 뿐 숨소리는 들리지 않았다.

현란한 여름

박정윤 | 서울예술대학 문예창작과 졸업. 2001년 〈강원일보〉 신춘문예에 「바다의 벽」으로 등단했고, 2005년 《작가세계》 신인문학상에 「길은 생선 내장처럼 구불거린다」가 당선되었다. 2012년 장편소설 『프린세스 바리』로 제2회 혼불문학상을 수상했다. 작품집으로 『목공소녀』 장편소설로 『연애독본』 『나혜석, 운명의 캉캉』 『꿈해몽사전』 등이 있다.

1.

모란이 지고 작약이 꽃잎을 펼쳤다. 이때가 한여름이다.
담홍색 작약에 바람이 닿자 흙 위로 짙은 향이 흩뿌려진다. 나는 흰 고양이 도도를 품에 안고 어지럽게 흔들리는 작약의 그림자를 노려보았다.

노란 흙을 다져놓은 절 마당으로 목탁 소리와 스님의 염불 소리가 울려 퍼졌다. 노래를 부르는 것도 아니고, 낭독하는 것도 아니다. 발음이 명확하지 않고 영 거슬리는 소리인데 또 귀에 콕콕 들어와 박힌다. 목탁 소리는 대체로 규칙적이다가 느닷없이 탁탁탁, 두드려대면 도도가 흰 털을 바짝 세우고 파란 눈동자를 무섭게 빛내며 가르릉거렸다.
"괜찮아."
나는 도도의 포슬포슬한 흰 등허리에 코를 박고 꽉 안았다. 여름 땡볕에 달궈진 도도의 뜨거운 정수리에서 작약 향이 난다. 예민해진 도도를 안고 짧아진 탑 그림자 아래 앉아 핸드폰을 펼쳐 가족 단톡방으로 들어갔다. 새롭게 올라온 톡이 없다. 이곳에 온 지 나흘째 되었다.

 이럴 줄 알았다. 엄마는 날 여기에 버려둘 셈인 거다. 조짐이 보였다. 학부모 상담 기간에도, 공개 수업 때도 학교에 오질 않던 엄마가 지난주 학교에 왔다. 여름 방학까진 열흘이나 남았고 방학식 날, 친구들과 이사한 우리 집에서 파자마 파티하기로 약속이 되어 있었다. 사전에 나와 의논도 없이 엄마는 장기간 현장 학습을 신청했다. 그래서 그날 저녁, 엄마랑 조금 다퉜다.
 엄마는 넷플릭스 드라마도 보질 않고, 이태리제 흰색 엔틱 식탁에 앉아 외할머니와 통화했다. 이사는 했죠, 여기 사정이 정말 안 좋아서 그래요, 여름 방학만 여기 오셔서 아름이 좀……. 지혜 언니네 간다고요? 뭐, 언니는 방학 때만 되면 해외로 가고. 얼마를 준다고요? 오백만 원? 아, 엄마한테는 그게 좋겠죠. 용돈도 받고, 에어컨 빵빵한 집에서 다 큰 애들 관리만 하면 되고, 호캉스가 따로 없겠네. 알겠어요. 서운하죠. 뭐, 됐어요.
 엄마는 다른 이모에게 전화해 하소연했고, 외할머니에 관한 섭섭함을 말하곤 끊었다. 아빠 학원 수업 쉬는 시간에 맞춰 전화해 저녁 내내 한 통화 내용을 불만 섞인 목소리로 전했다. 그리고 덧붙였다.

당신, 도련님한테 부탁할까? 그럼, 어떡해? 내가 월차 쓰고 데려다줄게.

그때부터 계속 궁리 중이었던 거였다. 나를 이곳에 떼어낼 궁리.

사실 불길한 예감은 더 일찍 했더랬다. 이사한 날 저녁, 옆집 정원의 빨간 파라솔 아래에서 바비큐 파티를 하며 술을 마시고 담배를 피우는 청년 다섯 명을 봤을 때부터.

일요일이었고 이삿날임에도 학원에서 고3 전담 수학 수업을 끝내고 밤늦게 온 아빠와 말다툼하다가 엄마가 향수병을 결혼사진 액자에 던졌다. 샤넬 NO.5 향수는 아빠가 작년 크리스마스 선물로 사준 거였다. 엄마는 좋아하는 향이라며 내 귀 뒤에도 뿌려줬다. 우아한 향이 기분 좋게 만들었다. 그때 우리 가족은 타운하우스로 이사 갈 날만 손꼽으며 설레는 마음으로 하루하루를 보냈다.

엄마는 옆집 청년들이 불량스럽고 무례하다고 말했고 아빠가 건성으로 듣자 조폭, 이라는 단어와 조합해 설명했다. "그러게 왜 외딴 데 집을 사. 이 타운 하우스, 당신이 고집부린 거잖아." 아빠의 냉정한 말에 엄마는 거실 복도 엔틱 콘솔에서 집어 든 향수를 던졌다. 하필 복도 벽에 걸린 액자에 부딪혔고 사진 속 엄마의 웨딩드레스에 황금빛 액체가 흘렀다. 견고한 유리병이 깨지면서 값비싼 향이 독하게 확 번졌다. 순식간에 우아함이 불안감으로 변했다.

2.

"아름아, 점심 공양하러 와."

공양주 보살인 혜주 보살의 부름에 나는 정신을 번뜩 차렸다. 어느새 스님의 염불이 끝났다. 그걸 알아차리자마자 기다렸다는 듯 신경을 긁는 매미 소리가 맹렬하게 들렸다. 노란 흙 위로 빛이 그림자 없이 떨어졌다. 촘촘히 떨어지는 빛을 쳐다보니 어지러웠다.

혜주 보살의 뒤를 따라 대웅전 마당을 지나 공양간으로 갔다. 공양간은 학교 급식실과 외관으론 별 다를 바가 없다. 부엌살림을 맡은 공양주 보살들과 처사, 법당 보살, 기와 보살과 행자 스님이 한 테이블에 앉아 있었다.

나는 시선을 내리고 작은 목소리로 인사했다. 음식 냄새를 맡은 도도가 작은 고개를 쳐들고 호기심을 드러내며 에옹, 소리 냈다.

아무 이야기도 나누지 않으며 식사하던 그들이 한마디씩 했다.

아름이 왔구나? 어서 오렴. 아침 공양 안 해서 배고프겠다. 열세 살이면 한창 클 나인데. 꼼짝하지 않고 방에서 뭐 했어? 안 심심해? 그런데 고양이는 뭘 먹나.

안 심심했다. 공부했고 책도 읽고 다이어리도 꾸몄다. 이것도 저것도 다 귀찮으면 아무 생각 없이 그냥 멍하니 앉아 있었다. 데이터만 넉넉하다면 핸드폰으로 연관 검색하며 종일 잡지식을 쌓으며 시간을 보낼 수 있었다.

어릴 때부터 나는 혼자 시간을 관리했고, 계획을 세워 실천하는 것이 몸에 뱄다. 그런데 그런 시간을 곧이곧대로 대답하면 순수하게 믿는 사람은 엄마와 아빠밖에 없었다. 특히 친구 엄마들은 텔레비전은? 게임은? 웹툰은? 핸드폰은 안 하니? 의심하고 꼬치꼬치 캐물었다. 그래서 나는 부모 외의 어른들에게 대체로 대답하지 않고 그냥 배시시 웃었다.

도도를 안은 채 숟가락과 젓가락을 들고 나무 그릇을 들었다.

반찬은 대충 봐도 어제와 비슷한 녹색과 미색 나물, 김치 위주였다. 눈으로 봐도 밍밍해 보이는 음식은 안 먹어봐도 절 맛이다. 아침 공양 시간을 놓쳐 배가 고팠기에 어쩔 수 없이 나는 누리끼리한 잡곡밥과 나물 몇 가닥을 집어 들었다. 설거지를 고려해 나무 그릇에 닿는 면적마저 최소화해 담았다. 나야 원래 먹는 것에 관심 없지만, 문제는 도도였다. 어제 아침 사료가 떨어져 어제 오늘 내내 물만 마신 도도는 입에 맞는 게 없는지 커다란 눈만 천천히 감았다가 뜨곤 고개를 홱 돌렸다.

   태국 시암 왕족이 키웠다는 카오마니 품종인 백묘, 도도는 입맛이 까다로웠다. 한국, 미국, 캐나다산 등 사료를 다양하게 먹여봤지만 2킬로그램 건식 사료를 끝까지 탈탈 털어먹은 건 프랑스산 로얄캐닌뿐이었다. 엄마는 도도의 사료를 여유롭게 미리미리 쟁여놨는데 타운 하우스로 이사 갈 준비하느라 여분 사료가 없는 줄도 몰랐다. 엄마는 올라가자마자 복합 쇼핑몰에 있는 펫샵에서 로얄캐닌을 사 택배로 보내겠다고 했다. 아직 도착하지 않았는지 아무도 나에게 택배에 관해 말해 주지 않았다.

   내가 담은 음식을 보곤 처사님이 뭔 입이 그리 짧으냐며 쯧 혀를 찼다. 공양간 부엌에서 나온 혜주 보살이 그 테이블에 참외를 담은 접시를 놓았다. 처사 일행들이 참외를 하나씩 먹은 후 설거지하기 위해 줄을 섰다.

나는 마음이 급해져 맨밥을 한술 떠먹었다. 언제 왔는지 혜주 보살이 천천히 먹으라며 호박전이 담긴 접시를 내 앞에 놓아줬다. 나를 위해 한 거라 했다. 난 평소에도 호박은 싫었지만, 예의상 한 입 먹어봤다. 오, 맛있어요. 나도 모르게 저절로 감탄했다. 나흘간 쓴 나물과 밍밍한 반찬만 먹었더니 호박전에서 고소하고 달착지근한 맛이 났다. 나는 전을 뜯어 도도 앞에 놓아줬다. 도도는 연분홍색 코를 벌름거리며 킁킁 향을 맡고는 흥미를 보이지 않았다. 혜주 보살이 내 앞에 앉아 도도의 턱 아래에 손을 내밀었지만 도도는 고개를 팩 돌렸다.

내년에 환갑이라는 혜주 보살이 맨손으로 호박전 귀퉁이를 뜯어 밀가루 부분은 제 입에 넣고 호박만 발라내 도도의 하얀 앞발 앞에 놓았다. 엄마가 맨손으로 기름기 도는 전을 뜯는 걸 봤다면 나는 질색하며 이맛살을 찌푸렸을 게 분명했다. 그런데 혜주 보살의 거칠한 손은 비위가 상하지 않았고 자연스러웠다. 더 이상한 건 손에 꿀을 발랐는지 도도가 연두색 호박을 촉, 가져가 먹었다. 도도는 몇 번을 받아먹곤 그녀가 만질 수 있도록 턱을 내밀었다. 심지어 꼬리를 바짝 세우고 테이블 위를 걷다 보살의 무릎 위로 뛰어내려 바짝 마른 보살의 무릎을 꾹꾹 눌렀다.

"뭔 고양이가 이리 예쁘냐, 여우처럼 예쁘네."

혜주 보살은 만나는 사람마다 운전하시는 처사님, 법당 보살, 행자 스님을 알려주고 그렇게 부르라고 했지만 내키지 않았다. 선생님, 아줌마, 이모, 아저씨도 아니고 실장님, 원장님도 아닌 보살님, 처사님 이런 호칭은 부르기가 영 어색했다. 그래서 나는 가능한 호칭은 생략했다.

"저기요, 혹시, 저한테 택배 온 거 없어요?"

"택배? 이름이 앞으로 왔으면 처사님이나 행자님이 전해 줄 텐데. 별말씀 없던데."

엄마한테 다시 확인해야겠다. 정신없이 바쁜 엄마가 아직 안 보냈을지도 몰랐다. 아니 어쩌면 스님 앞으로 보냈을 수도 있다.

"그런데요, 그……, 스님은 식사 안 하세요?"

"누구? 아, 효천 스님?"

"네."

"능엄선원에 계시잖아. 안거 동안은 발우공양이라고 선방에서 드시지."

"아, 그럼 여긴 안 오시는 거네요."

나는 핸드폰으로 능엄선원, 안거, 발우공양 뜻을 검색해 보려 했으나 인터넷 접속이 안 됐다. 아침에 일어났을 때 데이터가 0퍼센트였던 걸 확인했다. 분명 이렇게 큰 절이니깐 와이파이가 있을 것 같은데 비밀번호를 알 수가 없었다.

"혹시 와이파이 비밀번호 아세요?"

"뭔 파이?"

"인터넷 아니. 핸드폰으로 인터넷 사용할 수 있는 공유기요."

"아, 그건 행자님께 물어보는 게 좋겠네."

슬쩍 본 공양주 보살의 핸드폰은 폴더폰이었다. 나는 보살에게 능엄선원은 어디에 있는 곳인지 물었다. 보살은 뭐 그런 걸 묻느냐는 표정으로 삼성각 지나 산길을 한참 올라가면 있다고 했다.

"험하고 멀기도 하지만, 가봐야 스님은 만날 수 없어. 저녁 발우공양 전에 찬거리 가지러 오실 테니 공양간서 기다리던가."

한적하고 느긋한 절 생활이라 여겼는데 사람들은 각자의 자리에서 부지런히 일했다. 나만 게을렀다. 아무도 나에게 뭘 하라 지시하진 않았지만 뭔가를 하고 싶었다. 그래서 나는 엄마 나이와 비슷해 보이는 법당 보살님을 따라가 대웅전과 관음전, 삼성각 등 법당 소제를 거들었다. 실내용 목줄이 없어 도도에게는 외출

용 하네스를 착용해 쇠 문고리에 걸어두었다. 도도는 마루 위로 올라가 낡은 나무를 앞발로 긁다가 새소리가 나는 쪽으로 고개를 쳐들었다. 가끔 앞발을 들어 허공을 할퀴었다.

법당 소제를 끝낸 후 공양간으로 가 행자 스님과 옥수수 알을 뜯었고 여름 감자 껍질을 숟가락으로 긁었다.

저녁 전 공양 거리를 가지러 선원에서 스님 세 분이 내려왔지만, 기다리는 스님은 오질 않았다. 나는 효천 스님에 관해 묻고 싶었지만 묻지 못했다. 그들이 밥과 찬, 국을 담은 나무 함지를 들고 삼성각 뒤 외진 산길로 올라가는 걸 말없이 바라보았다.

3.

아빠의 동생이며 나에겐 삼촌 되는 사람이 스님이라는 건 여기로 내려오면서 처음 알았다. 정확히 처음 안 건 아니겠지만 내가 인식하기로는 처음이다. 나는 삼촌 존재도 몰랐기에 좀 놀랐다. 엄마는 어릴 때부터 아빠랑 같은 고향, 같은 골목에서 살았고 두 살 아래인 아빠 동생과도 친했다고 했다. 불교계 대학 철학과에 갔는데 수련회에서 큰 스님과 차를 마시게 되었고 화두를 탔고 곧장 출가했다는……. 내가 알아듣지도 못하는 걸 굳이 장황하게 설명했다.

엄마의 시아버지이자 나의 할아버지가 격노해 집안과 연을 끊었다가 할아버지 임종 직전에 화해했다고 했다. 그게 언제 적이야? 십 년 전이지. 하아, 십 년 동안 안 만난 건데 나더러 거기 가 있으라고? 넌 기억 안 나겠지만 몇 번 만난 적 있어. 스님이 강화도 절에 계실 때, 아빠랑 너, 템플 스테이도 했고. 그때는 또 몇 살이었는데? 너 다섯 살. 기억 안 나. 사진 봤잖아. 몰라.

휴게실에 들러 라면을 먹은 후 차에 올라 엄마가 생각났다는 듯 말했다.

"아, 효천(曉天) 스님이라고 불러. 새벽하늘이라는 의미로 큰 스님이 내려주신 법명이래."

"내가 부를 일이 있겠어? 절에서도 그냥 혼자 방에 처박혀 있을 거야."

"까탈 부리지 말고. 나중에 생각하면 너한테 좋은 추억이 될 거야."

좋은 추억이라니. 엄마의 말에 나는 톡 쏘아붙이려다 참았다. 여름 방학 동안 친구 예슬이는 일본 가고, 은비는 유럽 여행 간다. 그래서 방학 날 이사한 우리 집에서 하룻밤 자기로 한 거였다.

나는 좀 짜증 났다. 기억도 안 나는 어린 시절부터 혼자 시간을 관리했다. 구시가지에 있는 커다란 복합 쇼핑몰의 기획 경영 팀장인 엄마는 늘 시간에 쫓겨 허덕였다. 특히, 여름과 겨울 정기 세일 때에는 귀가 후 침대에 잠깐 기절하고 출근하는 식이었다. 대형 입시학원 수학 강사인 아빠도 엄마 못지않게 바빴다.

저학년 때까지는 엄마가 고용한 태국 이모가 엄마 퇴근 때까지 나를 돌봐줬다. 방과 후 수업, 피아노, 태권도, 논술, 영어 학원에는 내가 알아서 시간 맞춰 다녔다. 고학년부터는 일주일에 두 번 청소해 주는 이모가 왔고. 나는 아파트 상가에 있는 반찬 가게에서 사놓은 반찬에 밥을 차려 먹었다.

애초에 엄마와 계획한 바로는, 이번 여름 방학은 학원을 끊고 인터넷 강의를 듣기로 했고 프리패스권도 구매해 놨다.

그런데 옆집에 엄마가 조폭, 용역이라 규정한 청년들이 살고 타운 하우스 환경이 불안하다는 이유로 나를 첩첩산중 낯선 절에서 지내라는 거다. 나는 이딴 식의 일방적인 결정이 불만이었다.

나는 타운 하우스가 마음에 들었다. 특히, 2층 내 방에 연결된 미니 테라스의 나무 덧창을 열면 보이는 강, 습지와 구름 사이를 날아가는 여름 철새 떼, 붉게 지는 노을을 마음껏 보고 싶었다. 그래서 나는 방학 동안 가사 도우미 이모를 부르자고 주장했지만, 신경질적으로 목소리를 높인 엄마의 뜻대로 실행되었다.

고속도로를 달리는 내내 엄마와 나는 티격태격 싸웠다. 서로의 상황을 이해해 주지 않는 이기심에 불만을 토로했다.

"그래, 내 잘못이야. 내가 더 알아봤어야 했어. 그럴 줄 어떻게 알았겠어?"

결국 운전대에서 한 손을 뗀 엄마가 눈물을 훔치는 걸 보고서 나는 입을 다물었다. 나는 고개를 돌려 창으로 연둣빛 논과 녹색 산이 빠르게 지나가는 풍경만 봤다.

고속도로에서 빠져나와 한참을 달려 한갓진 산길로 접어들었을 때 엄마의 핸드폰으로 전화가 왔다. 스님, 거의 다 왔어요. 아, 일주문이 보여요. 주차장에 주차할까요? 종무소 마당까지 올라오라고요, 아, 저기. 차체가 낮은 엄마의 차가 가파른 모퉁이를 꺾어 오르자 붉은 꽃이 단정한 배롱나무 옆에 서 있던 스님이 두 손을 모아 합장했다. 엄마는 차에서 내려 두 손을 모으고 허리를 깊숙이 숙여 인사했다.

밀짚모자를 벗은 스님이 아빠와 너무 닮은 모습에 놀라 나는 스님을 물끄러미 바라보았다. 아빠와 닮았지만, 달랐다. 형광등 불빛에 희게 바랜 아빠의 낯빛에 비해 스님의 얼굴은 검게 탔다. 둘 다 깡마른 체격이었는데 에어컨과 히터 바람에 살이 깎여 비실비실해 보이는 아빠와 달리 스님은 어딘가 뾰족했고 강단져 보였다. 무엇보다 건강해 보였다.

엄마가 고개를 절레절레 젓고 눈짓하며 내 어깨를 툭 쳤다. 엄마는 평소에도 내가 사람 무안할 정도로 빤히 쳐다본다고 그러지 말라고 경고했다. 나는 시선을 내리고 어설프게 고개를 숙였다. 스님이 내 손을 잡고 톡톡 두드렸다.

"아름이구나? 많이 자랐네."

스님은 잠깐 내려온 거라고 우리를 종무소 직원에게 소개하곤 밀짚모자를 쓰고 어디론가 걸어갔다. 종무소 직원의 안내로 나는 공양주 보살인 혜주 보살의 옆방을 배정받았다. 엄마는 큰 스님이나 주지 스님께 인사드려야 하는 거 아니냐고 조심스럽게 물었다. 차차, 당면할 연이 있겠지요.

달랑 트렁크 하나 방 안에 들여놓고 엄마를 따라 다시 종무소 앞까지 갔다. 차에 타려던 엄마가 갑자기 몸을 돌려 나를 와락 안았다. 엄마에게서 집에서 사용하는 섬유유연제 냄새가 났다. 세련되고 우아한 향은 아니지만 포근하고 평온한 향이었다. 아름아, 잘 지내, 늦어도 개학 전에는 데리러 올게. 엄마는 울먹이며 말했다. 엄마 나, 개학 8월 19일이야. 18일에는 꼭 와야 해. 나는 가라앉지 않는 원망을 숨죽인 울음과 함께 삼켰다. 응, 엄마가 미안해. 그런데 이게 최선이야. 그 집은 위험해. 가슴에 커다란 돌이 박힌 듯 저렸다.

4.

엄마와 아빠는 15년 전에 결혼했고, 신도시 구시가지 작은 평수 아파트에 전세로 살며 주택 청약 저축을 넣었다. 15년 동안 신축 아파트 청약 때마다 넣었는데 매번 떨어졌다. 엄마의 언니인 지혜 이모는 이모와 이모부, 시부모 명의로 세 번이나 당첨되었다. 새 아파트에서 2, 3년 살다 아파트를 팔고 다시 청약, 당첨, 이사하기를 반복해 15년간 엄청난 돈을 벌었다고 했다.

엄마는 직업 없는 이모가 친구들과 아파트 청약 정보를 들으러 다니는 걸 한심하게 여겼지만, 실질적으로 몇십억씩 이윤을 남기는 걸 보고는 믿고 싶진 않지만 믿을 수밖에 없는 현실에 개탄했고 부러워했고 질투했고 상대적인 박탈감으로 씁쓸해했다.

그러다 복합 쇼핑몰 동료 직원을 통해 알게 된 타운 하우스에 엄마는 완전히 꽂혔다. 구시가지 외곽에 있었지만, 우리 가족의

주 활동지인 구시가지까지는 교통량이 없는 소로를 차로 달리면 딱 10분 걸렸다.

아무리 좋은 가격에 나왔고, 외딴곳에 있어도 타운 하우스의 가격은 턱없이 비쌌다. 아빠는 반대했지만, 엄마가 집요하게 설득했다. 아빠는 전세로 살아보자고 했지만, 이모의 아파트값이 2, 3년 사이 두 배로 오르는 걸 바로 곁에서 본 엄마는 주장을 굽히지 않았다. 첫 분양가에 비하면 많이 떨어진 거라고 그러다 확 오르면 우리는 영영 집을 못 살 거라며 엄마는 정말 뭐에 홀린 듯 아빠를 닦달했다.

작년 겨울 우리 가족은 부동산 업자와 타운 하우스를 보고 왔다. 유럽의 별장 같고 세련된 호텔 같은 타운 하우스를 보고 와선 나까지 들떴다. 30년이 더 된 낡은 아파트의 비좁은 현관부터 색바랜 분홍 일색인 내 방마저 초라해 보였다.

엄마와 아빠는 받을 수 있는 최대한의 대출을 받았다. 내 학비를 위해 든 적금까지 해약했다. 엄마는 이모와 친구들과 통화하며 영혼까지 끌어모아 탈탈 털어 샀기에 빚더미를 짊어졌다며 자랑을 숨긴 속 보이는 앓는 소리를 했다.

엄마는 타운 하우스 가구와 시스템 안내 책자를 살피며 들떠 있었다.

복층 구조인 집은 이탈리아 건축가가 설계했다. 내부는 최고급 마감재와 주방, 식탁, 거실, 침실의 침대와 드레스 장과 수납장 모두 이탈리아제 화이트 엔틱 가구로 세팅되었고 시스템 에어컨 3대, 식기 세척기, 세탁기와 건조기까지 갖춰져 있었다.

엄마는 결혼과 동시에 샀던 침대와 우울한 월넛 12자 장롱, 탈탈거리는 세탁기, 비교적 새것인 에어컨 등을 당근마켓에 헐값에 올렸다. 에어컨과 내가 아껴 읽은 전집류인 책만 팔렸다. 다른 가전과 가구는 무료 드림 한대도 아무도 안 가져가 결국 돈을 내며 처분했고 나머지는 종량제 봉투에 분류해 죄 버렸다.

초여름, 우리는 타운 하우스로 이사했다. 일요일이었지만 대입 수리 논술 수업을 하는 아빠는 시간을 낼 수 없었다. 가져갈 가구도 없었고 짐도 적었기에 최소 인력으로 구성해 포장 이사로 했다. 이삿짐센터 직원들도 집이 좋다고 연신 감탄했다. 층고 높은 천장과 벽이 화이트 엔틱 몰딩으로 되었고 크리스털 조명등이 화려했다. 엄마는 벽 장식과 연결된 수납장에 물건을 착착 쌓으며 흡족해했다. 이층 내 방은 테라스와 연결되었다. 테라스의 나무 덧창을 열자 강이 보였다. 방을 정리하고 엄마와 나는 정원을 둘러보기로 했다.

　잔디가 깔린 정원에는 빨간 파라솔 테이블이 있었다. 정원으로 이어지는 석조 계단을 내려갈 때 옆집 정원 쪽에서 욕설과 웃음소리가 들렸다.

　우리 집 정원과 옆집 정원은 건물 외벽 쪽은 관목으로 앞쪽은 흰색 펜스로 구분되었다. 펜스는 내가 타 넘을 수 있을 정도로 낮았다. 엄마는 정원 펜스 쪽으로 다가가 과장되게 반가워하며 인사했다.

　안녕하세요, 오늘 이사 왔어요, 타운 하우스는 제 로망이었죠, 공기 좋은 정원에서 바비큐 파티도 하고 좋네요, 아, 그런데 집주인은 누구세요? 이렇게 옆집 살게 된 것도 인연이네요.

　족히 2분여 동안 엄마는 혼자 떠들었다. 청년들은 엄마를 본체만체하고 고기를 구웠고 술을 마시고 담배를 깊이 빨고 연기를 엄마 얼굴 쪽으로 후, 내뱉었다. 나는 엄마가 더 무안당하지 않게 데려오려고 정원 잔디밭을 가로질렀다. 그때, 청년 중 한 명이 나를 보곤 싸악, 웃었다.

　"어이, 이쁘니. 몇 살?"

　그들은 단지 고기를 구워 먹고 술을 마시고 담배를 피웠는데 거칠고 무례하게 느껴졌다. 무엇보다 무서웠다. 나는 대답 없이 빤히 처다만 보았다. 뭘 꼬나봐. 뒤이어 내가 알아듣지도 못하는 욕설을 내뱉었다. 그러곤 덥다며 티셔츠를 잡고 펄럭이다가 목 위로 끌어당겨 훌렁 벗었다. 엄마가 꺅, 비명을 질렀다. 벗은 청년의 몸 전체에 소름 돋는 이레즈미 문신이 새겨져 있었다.

"형님, 뭡니까?"

다른 청년들이 일제히 의자에서 과격하게 일어나며 웃옷을 훌렁 벗고 형님이라는 남자 양옆으로 일렬로 섰다. 그들이 비슷한 문신을 한 상체를 드러내고 선 것만으로 공포를 자아냈다. 나는 엄마의 팔을 잡아끌었다. 그제야 엄마가 내 존재를 떠올리곤 나를 등 뒤로 세우고 갈라지는 목소리로 말했다.

"이웃이라 인사하려 했는데 왜들 옷 벗고 겁주는 거예요?"

"아줌마, 내 집에서 더워서 옷 벗는데 뭐, 문제 있습니까? 괜한 시비 걸지 말고 관심 끄세요. 이웃은 씨발."

형님이라는 남자가 낮게 깔린 음성으로 말하고는 갑자기 옆에 선 남자의 뺨을 짝짝, 후려쳤다.

"새끼야, 내가 고기 태우지 말라 그랬지?"

나는 새파랗게 질려 파들파들 떠는 엄마의 팔에 팔짱을 끼고 대문 밖으로 나왔다. 우리는 타운 하우스를 둘러보고 관리소나 경비실에 가보기로 했다.

우리 집은 A 구역이기에 정문 쪽 가까이에 있었다. 타운 하우스는 7개의 구역으로 평수도, 하우스 모양도 다양했다. 산책로를 따라 야트막한 언덕길을 올랐다. 3채의 복층 집이 연결돼 있는 건물이 3개씩 있는 A, B 구역과는 달리 C, D 구역은 일반적인 5층 아파트 한 동 같았다. 가로등과 운치 있는 벤치를 지난 후 엄마와 나는 걸음을 멈췄다.

등골이 오싹했다.

5.

도도가 내 가슴 위에 올라앉아 앞발로 꾹꾹이 하는 바람에 깼다. 아침 8시. 핸드폰 데이터가 여전히 0퍼센트였다. 어젯밤 아빠한테 데이터 좀 보내달라는 문자를 보내놓았다. 문자는 읽었는지 숫자 표시는 없어졌는데 답도 없고 데이터도 보내질 않았다.

며칠 전 행자 스님에게 와이파이 비밀번호를 물었다. 스님은 핸드폰 자체가 없다고 했다. 나는 엄마에게 시간 날 때 전화하라는 문자를 보내고 일어나 나무 문을 열었다. 문 앞에 쌓인 녹색 풀벌레를 조심스럽게 쓸어 모아 작약 꽃그늘 아래 놓았다.

원래 계획대로라면 오늘 친구들과 이사한 우리 집에서 파자마 파티를 하고 있어야 했다. 우리 반 여학생은 두 무리로 나뉘어 다녔다. 한쪽은 쉬는 시간마다 노래와 춤을 췄고 다른 쪽은 중학생 수학 문제집과 영어 독해 문제를 풀었다. 사실 나는 좀 애매했다.

엄마를 닮은 나는 객관적으로 예쁘장했지만, 키가 크지 않고 몸치였다. 그렇다고 공부를 아주 막 잘하는 것도 아니었다. 어설프게 두 번째 무리에 발을 담그고 있었다. 사실은 내가 조금만 더 강단이 있다면 두 무리 중 어디에도 끼지 않았을 것이다. 난 단독으로 다니는 것을 선호했다. 내 고양이 도도처럼.

예슬과 은비는 여러 학원에 다니기에 좀처럼 시간을 맞추기가 힘들었다. 가은이 여러 번 조율한 끝에 잡은 거였다. 나는 아직 애들에게 이사한 타운 하우스에 문제가 생겨 첩첩산중에 있는 절에 왔다는 걸 말하지 않았다. 어디 해외여행을 간 것도 아니고, 절이라니. 어쨌거나 오늘은 단톡방에 약속을 지키지 못한 것에 대해 사과해야 했다.

대웅전에 가 부처님과 문수보살, 보현보살에게 각 삼배 후 공양간 마당으로 갔다. 공양 시간이 한참이나 지났기에 안으로 들어가진 않고 괜히 빗자루로 마당을 쓸었다. 혜주 보살이 웃으며 안으로 들어오라 손짓했다. 나는 배시시 웃으며 들어갔다.

"안 그래도 깨울까 했는데."

혜주 보살은 밥솥을 열어 미리 퍼 놓은 밥과 달걀찜이 봉긋 올라온 놋그릇을 놓아줬다. 그러곤 도도 앞에 하림 펫푸드 체험 팩 5개가 담긴 봉지를 척 내밀었다.

"어, 어. 고맙습니다."

"어젯밤 처사님이 시내 가신대서 마트서 찾아봐달라고 부탁했지. 근데 입에 맞으려나?"

그동안 혜주 보살이 주는 구황작물만 조금씩 먹던 도도는 크런치 닭고기를 뜯어주자 체면도 차리지 않고 가르릉거리며 순식간에 남김없이 먹어치웠다.

점심 공양은 열무 김치말이 국수를 한다는 말을 건성으로 들었다. 나는 공양간을 나와 종무소로 갔다. 종무소에서 사찰 안내 책자를 펼쳤다. 일주문, 사천왕문, 탑전, 종무소, 대웅전, 삼성각을 손으로 더듬다 산속에 있는 능엄선원을 발견했다. 종무소에서 능엄선원까지 800미터라 적혀 있다. 아무리 험한 산길이래도 1시간은 안 걸릴 듯했다. 나는 도도를 데려갈까, 고민하다가 혼자서 빨리 다녀와야겠다고 생각했다.

따갑게 떨어지는 햇볕을 받으며 산길을 올라갔다. 핸드폰으로 시간과 문자를 확인하다 변함없는 핸드폰을 크로스 백 안에 넣어 뒀다.

숲길로 들어서서 텀블러에 담아온 물을 한 모금 마셨다. 다행히 숲길이 외길이라 헤매지는 않았고 한바탕 땀을 쏟아 나무 아래를 지날 때는 팔다리가 서늘했다.

새소리가 선명했다. 나는 걸음을 멈추고 높이 솟은 나무의 끝을 보았다. 나무와 나무 사이를 어지럽게 날아다니는 새가 꼭 나를 따라오는 것 같았다. 숲으로 더 들어갈수록 보이지 않게 울던 새가 내 앞을 획획 지나쳐 날아갔다. 놀라지 않았다. 새가 나를 알아보고 저러는 건지 우연인 건지 알 수 없었지만 신기했다.

역시 보이진 않았지만, 물 흐르는 소리가 났다. 숲길 옆 우거진 덤불 아래로 설핏 반짝이는 물결이 보이기도 했다. 물소리가 더 크게 들릴 즈음 회색 기와가 보였다. 낮은 돌담 너머 잡풀 하나 없는 흙 마당이 보였고 기와 아래 楞嚴禪院, 이라는 검은 글씨의 나무 현판이 있었다. 능엄선원이다. 일자로 길게 나 있는 나무 문은 모두 닫혔고 제일 앞쪽 한 칸만 열려 있었다. 아무도 없는 줄 알았는데 세 개의 돌계단 제일 위에 흰 고무신이 열대엿 켤레가 가지런히 놓여 있다.

나는 돌계단 끝에 앉았다. 아무 소리가 들리지 않았다. 노란 흙 위로 아직 쨍쨍한 햇살만 바글바글 떨어졌다. 새소리마저 멈췄다. 여름 바람이 불자 숲 많은 나뭇잎이 스스, 소리를 냈다.

엉덩이가 저려 돌계단에서 마루 끝으로 옮겨 앉았다. 처마의 그림자가 내 키만큼 펼쳐질 때까지 선방 안에선 아무도 내다보질 않았고 아무 소리도 나질 않았다. 나는 삼촌 스님을 기다리려던 마음을 접고 일어났다.

내려가는 길은 빨라졌다. 택배 확인, 와이파이 비밀번호. 원하는 바를 얻은 건 아니었지만 아무래도 상관없었다. 그냥 그랬다.

올라갈 때는 땀이 흘렀고 조바심이 났는데 지금은 상쾌했다. 그때, 길 아래에 인영이 보였다. 회색 바지에 흰색 티셔츠를 입은 스님이었다.

나는 걸음을 멈췄다. 뒷짐 진 채 사뿐한 걸음으로 올라오는 스님을 물끄러미 봤다. 절에서 선원으로 가는 외길을 오르던 스님도 나를 봤다. 스님이 걸음을 멈췄다. 시선이 마주쳤다. 길고 가느다란 눈에서 빛이 났다.

등골이 오싹했다.

6.

하안거 해제일이다. 우란분절, 지옥이나 악도에서 고통받고 떠도는 영혼을 구제하고 부모, 조상, 모든 영가의 명복을 기원하는 백중이다.

며칠 전부터 신도들이 와 백중 기도를 접수했다. 나는 봉사하는 신도들을 도와 영가 이름표를 붙이고, 종이꽃을 펼치고 연등을 옮기고 법당을 단장했다. 어젯밤 늦게까지 공양간은 불을 밝히고 일했다. 새벽부터 일반 신도들이 방문했고 능엄선원에서 내려온 스님들이 대웅전에서 하안거 해제 법회를 마치고 백중 영가 천도 의식을 했다. 나는 멀리서도 눈이 마주치면 익숙하게 효천 스님께 두 손 모아 합장했다.

공양간 일을 거들 때 엄마에게 전화가 왔다. 도도를 안고 공양간을 나왔다. 아름아, 내일 개학이지. 엄마는 바쁜 주말이라 겨우 반차 냈다며 저녁에나 도착할 것 같다고 했다. 타운 하우스는 어떻게 됐어?

그날 엄마와 타운 하우스 E 구역으로 갔을 때, 5층 건물 벽 곳곳에 현수막이 여러 개 걸려 있었다. 빨간 글씨로 휘갈겨 쓴 유치권 행사, 라 적혔다. 우리도 살자, 라 적힌 아래는 붉은 물감이 아래로 흘러내렸고 해골, 칼 그림이 섬뜩하게 그려졌다. E 구역 입구 쪽에 놓인 빨간 파라솔 주위에 있던 몸에 문신이 그려진 청년들이 일제히 우리를 돌아봤다.

경매 개시 중인 타운 하우스의 유치권 행사가 진행되는 집은 17채라고 했다. 우리 집은 상관없어. 그 사람들은 계속 옆집에 살고? 어, 그렇지 뭐. 알겠어, 내일 봐, 엄마.

핸드폰을 끊고 외벽을 돌자 행자 스님이 영가 옷이 담긴 종이 상자를 나르고 있었다. 나는 얼른 종이 상자 하나를 들고 그 뒤를 따랐다. 그때 대웅전에서 목탁 소리에 이어 큰 스님이 경을 읊었다.

숲의 외길에서 만난 큰스님이 나에게 물었다.
"어디에서 왔니?"
나는 내려온 길을 돌아보았다. 대답하려 벌렸던 입을 다물었다. 질문이 내가 생각하는 질문이 아니라는 걸 알았다. 새가 나뭇가지를 뒤흔들고 날아갔다. 여린 바람에 나뭇잎이 어지럽게 흔들렸다. 나는 스님을 빤히 바라보기만 했다. 스님도 매서운 눈 끝을 내리고 나를 보았다. 스님과 나 사이에 현란한 빛이 흩뿌려졌다.

오우무아무아

권재이 | 〈조선일보〉로 등단. 단편집 『골목에 관한 어떤 오마주』 장편소설 『칼과 혀』 『미미상』 『검은 모자를 쓴 여자』 등이 있다.

침묵은 언어가 도달할 수 없는 방향에서 온다.
출발의 순간부터 소리를 갖지 않았기 때문이다.

1

남겨진 것들은 언제나 비슷한 방식으로 반응한다.

사라진 존재의 흔적을 반복해서 더듬거나, 뒷모습을 여러 각도로 재구성하며 놓쳤던 신호를 다시 떠올리거나……. 누구도 갑작스러운 조우를 완전히 이해하지 못했기에 뒤늦은 후회에 빠져든다. 그것이 순간의 당혹을 설명하는 데 더 자연스럽고 그럴듯하기 때문이다. 미약한 후회는 어느 순간 기억이 되고 기억은 큐브처럼 모양을 바꾸며 환상으로 굳어진다. 어떤 이들은 그것이 돌아올 거라 믿고 어떤 이들은 존재 자체를 부정하며 잊으려 애쓴다. 그러나 그 누구도 완전히 그 흔적을 벗겨내지 못한다. 기억은 말보다 더 오래 지속되기 때문이다. 사람들은 여전히 낡은 서사에 매달려 기대하고, 의심하고, 가끔은 그것을 되짚고, 더러는 그것을 잊는다. 남겨진 쪽의 숙명이 대체로 이렇다.

2

그해 10월 마지막 주 화요일, 나는 연구실 한 귀퉁이에 마련된 내 책상에서 오후 내내 시뮬레이션 화면을 바라보고 있었다. 수없이 반복해 돌린 궤도 데이터, 기울어진 각도와 주변의 밀도, 물체의 속도와 반사율이 실시간 데이터로 화면 위에 흘렀다. 갓 신내림을 받은 무녀가 한바탕 살풀이 춤이라도 추는 것 같았다. 그 춤은 타인을 위해서가 아니라, 자신의 운명을 받아들이는 자의 숙명처럼 보였다. 왜인지 모르지만, 궤도는 서러워 보였고 많은 말을 참고 있는 것처럼 보였으며, 낯선 존재를 바라보는 인간의 눈 따위는 별로 안중에 없는 눈치였다.

가장 놀라운 것은 그 존재가 스스로 궤도를 수정하고 있었다는 점이다. 하지만 나는 그걸 궤도라 부르면서도 자신의 생각에 점점 더 확신을 잃어갔다. 궤도라는 말은 도착지를 전제로 하니까. 하지만 그것은 어떤 목적지도 갖고 있지 않아 보였다. 아니, 목적이 없다는 말조차 그 존재에겐 지나친 인간의 언어 같았다. 방향은 있었지만 의도는 없었고, 반복은 있었지만 회귀는 없었다. 마치 무언가를 피하는 것도, 도달하려는 것도 아닌 채 단지 우주라는 거대한 장막 위를 가볍게 스치고 있는 움직임. 나는 그 곡선을 바라보다가 문득 깨달았다. 정지하지 않기 때문에 기록할 수 없고, 의미를 남기지 않기 때문에 해석될 수 없다. 그 점에서, 그것은 지금껏 내가 사랑이라 불러온 어떤 감정들과 닮아 있었다.

그걸 관찰하면서, 어느 순간부터 내 안의 어떤 감각이 흔들리고 있다는 기분이 들었다. 어깨와 손목은 식은땀으로 젖어 있었고, 눈동자는 움직임을 따라가느라 이미 중심을 벗어나 있었다. 설명할 수 없는 불안, 혹은 그것보다 더 오래된 종류의 기시감. 나는 그것이 데이터를 분석하는 일이 아니라 어떤 의미 없는 궤적에 감정이 스며드는 순간이라는 것을 깨닫고 있었다. 무언가가 아주 천천히, 그러나 돌이킬 수 없을 만큼 깊이 내 안으로 흘러들고 있었다. 그것은 마치 언어 이전의 말, 물리학 이전의 충돌처럼 나를 건드리고 있었고, 나는 더 이상 그것을 과학의 대상으로만 보지 못하게 되었다. 그건 속도가 아니라 공명이었다. 한없이 멀리 떨어진 존재가, 아무 소리 없이 나의 내부에서 울리고 있었다.

처음엔 하나의 점이었다. 수학적인 곡선이었다. 한 번 스치고 지나가면 끝일 줄 알았다. 그러나 그것은 태양의 중력으로 들어가 살아남았다. 무엇이 저토록 비틀리고 회전하는가. 무엇이 중력의 질서에서 벗어나 이토록 사소하고 이질적으로 태양을 가로 지르는가. 나는 그 점의 속도를 계산하면서도 점점 그것의 '느닷없는 침입'에 대해 생각하게 되었다. 현실이 아닌데 현실을 움직이고, 과거가 아닌데 기억을 바꾸었다. 그것을 오래 들여다보는 나의 몸이 점점 그것의 부재를 따라 구부러지고 있다는 자각. 느닷없이 태양계로 틈입한 멀고 빠른 곡선을 나는 매일 조금씩 내 안으로 끌어들이고 있었다. 설명되지 않는 궤도에 내 안의 공허가 기입되고 있었고, 그것은 점점 더 내가 언어라 믿던 것들을 무기력하게 만들었다. 삶이라는 선형에 틈입한 이물감, 혹은 시간의 표면이 울컥 꺼질 때 스며드는 타자. 나는 어쩌면 그때부터, 전력을 다해 내 안의 고통과 이별할 준비를 하고 있었는지도 모른다.

그날 이후, 나는 그 존재의 궤적을 추적하는 일이 점점 기억을 더듬는 행위와 비슷해지고 있다는 사실을 깨달았다. 관측이 아니라 재현, 분석이 아니라 애도. 사라진 고대를 되살리는 제의처럼, 나는 매일 데이터를 되풀이하며 그것의 흔적을 복원하고 있었다. 기계는 오차를 계산하고, 나는 그 오차 안에 의미를 집어넣었다. 그것이 멈춘 적도, 나를 바라본 적도 없는데 나는 내 안 어딘가에 그것이 머물렀던 자리 같은 것을 느끼기 시작했다. 아무것도 없던 빈 공간에서 이상하게 아득한 감각이 올라왔다. 그건 목소리라기보다는, 긴 시간 동안 아무도 열지 않았던 방을 열었을 때 밀려드는 먼지와 냄새 같은 것이었다. 그것을 관측하는 행위는 하나의 흔적이 지나간 후 생긴 내 안의 기울기를 들여다보는 일이었다.

사람들은 그것을 오우무아무아라고 불렀다. 하와이어로 '먼 곳에서 온 첫 번째 정찰자'라는 뜻이었다. 이름은 미지의 대상을 상상하게 만들었고, 학자들은 그런 식으로 대상에 의미를 부여해왔다. 그러나 그 존재는 인간의 호명에 반응하지 않았다. 오우무아무아는 2017년 10월 19일, 하와이 할레아칼라 산에 위치한 팬스타스 망원경에 의해 처음 포착되었다. 하와이 현지 시각으로 오후 6시 45분. 관측이 가능했던 기간은 단 32일 남짓, 11월 20일경 마지막 관측 이후 다시는 망원경의 시야에 들어오지 않았다. 그것은 너무 희미했고, 너무 빨랐으며, 인간의 눈으로는 결코 볼 수 없었다. 최대 밝기조차 20등급에 불과했으니, 그것은 망원경 안에서만 존재한 흔적이었다. 단 한 번도 육안으로 확인된 적 없고, 접촉은커녕 접근조차 허락되지 않았던 사물, 아니 몸짓……. 그것은 도달 불가능한 거리에서 도래한 것처럼, 애초에 관측이 아닌 스침에 가까운 방식으로 우리 곁을 지나갔다.

3

 허구한 날, 모니터에 떠오른 궤도를 분석하며 나는 자주 그 여자를 생각했다. 따지고 보면 사람과 사람이 만나 잠깐 정을 붙이다가 헤어지는 방식도 별이나 소행성의 운동과 크게 다르지가 않았다. 그 여자도 그랬다. 처음엔 너무 갑작스러워 의미를 부여할 틈조차 없었다. 어디서 왔는지 왜 나를 향했는지 알 수 없었고 머무는 동안에도 자신의 궤도를 거의 드러내지 않았다. 대부분 침묵했고 질문에 답하지 않았으며 그저 잠깐 공간을 공유했을 뿐이다. 그녀와 달리 나는 무슨 말이든 듣고 싶어 했고, 작은 움직임에도 의미를 부여했다. 오우무아무아가 떠난 뒤, 과학자들이 데이터를 모아 그 정체를 규명하려 했던 것처럼. 그러나 그녀는 다음 날, 아무런 말도 없이 사라졌다. 불쑥 다녀간 빗줄기처럼…….
 봄비가 이틀 동안이나 늘어지듯 가늘게 내리던 날이었다. 늘 그렇듯 지하철역에서 내려 습관처럼 오른쪽으로 접어들었다. 그 길은 오래된 상가와 주택이 어지럽게 뒤섞인 곳이었고, 꺾이는 곳에 작은 편의점이 하나 있었다. 간판 불빛은 선명했고, 입구 오른편 처마 밑에 고장 난 아이스크림 냉장고가 묵직하고 든든하게 놓여 있었다. 여자는 냉장고 옆에 마네킹처럼 서서 하늘을 보고 있었다. 우산도 없이 어깨에 비를 고스란히 맞은 채 가늘고 흰 턱을 치켜올렸다. 어딘지 풀이 죽은 인상이었다. 마치 빗속에 날아들다 잠시 멈춘 나방처럼. 회색 코트를 입고 있었는데, 옷자락이 축축하게 젖어 있었고, 손은 양쪽 소매 안에 깊숙이 감춰져 있었다. 얼굴엔 아무 표정이 없었고, 눈빛은 멍하다고 하기엔 지나치게 또렷했다. 잠깐이지만 묘하게 끌렸다. 어디서 본 얼굴 같은데 도무지 생각이 나지 않았다.

캔맥주 두 병을 골라 계산대에 올려놓았다. 손에 닿은 캔의 차가움이 비로 젖은 손끝을 따라 스며들었고, 나는 무의식적으로 몇 번 손가락을 오므렸다 폈다. 계산을 마치고 다시 고개를 들었을 때 편의점 유리창 너머로 그녀가 보였다. 여전히 같은 자세, 같은 시선이었다. 고개를 들어 하늘을 바라보며 별 움직임 없이 그 자리를 지키고 있었다. 마치 아무것도 결정하지 않은 사람처럼, 혹은 이미 모든 걸 알고 기다리는 사람처럼. 몇 걸음밖에 떨어져 있지 않았지만, 그녀는 그 거리 안에서 완전히 다른 밀도로 존재하고 있었다. 나는 맥주가 든 봉지를 들고 유리창 안쪽에 서서 잠깐이나마 그녀를 바라보았다. 비는 여전히 오는 듯 그친 듯 골목을 적시고 있었고 붉은 간판 불빛이 스미듯이 깜빡이며 그녀의 어깨를 비추고 있었다. 망설임이 있었는지, 아니면 이끌림이 있었는지 정확히는 알 수 없었다. 다만 나는 어느새 문을 밀고 나갔고 손에 든 우산을 조심스럽게 그녀에게 건넸다.

"집이 근처라…… 저는 필요가 없습니다. 쓰세요."

그건 배려라기보다는 이끌림에 가까웠다. 꼭, 그래야만 할 것 같은 마음. 빗속에서 그녀를 본 순간, 저절로 마음이 반응했다. 정확히 무엇 때문인지는 알 수 없었다. 젖은 옷자락이었는지, 고개를 들고 하늘만 바라보던 눈빛이었는지, 아니면 우산을 쓰지 않은 채 빗속에 서 있는 그 자세 전체였는지. 뭔가 어긋나 있는 듯한 느낌이 들었다. 그녀가 그 자리에 서 있는 것이 마땅치 않아 보였고, 그 이유 없는 부조화를 내버려두는 것이 불편했다. 편의점이라는 일상의 배경 위에 너무 조용한 정물이 하나 끼어든 깃 같은 기분이었다. 나는 단지 그 정적을 걷어내고 싶었던 것인지도 모른다. 당연하지만, 연민 때문도, 도덕적 의무 때문도 아니었다. 그녀의 침묵이 너무 투명해서, 그 안에 나 자신이 비춰 보였기 때문이다. 변명하자면, 그건 살면서 지나치게 되는 우연한 일 중의 하나일 뿐이었다.

나는 계단을 천천히 올라 집으로 돌아왔다. 허기가 느껴지지 않아 부엌 불은 켜지 않았고, 대신 샤워기로 축축하게 달라붙은 하루의 피로를 씻어냈다. 물소리가 멎은 뒤에도 비는 멈추지 않았고 나는 창가에 앉아 맥주를 마셨다. 유리창 너머로 떨어지는 빗방울은 불규칙했고, 창틀을 타고 흐르는 물줄기 속에 형체를 잃은 풍경들이 겹겹이 흘렀다. 맥주 거품이 입천장을 스치고 지나가는 순간, 시선이 어느새 편의점 앞으로 쏠렸다. 그녀는 아직 거기 있었다. 처마 밑, 같은 자세, 같은 얼굴로. 아까 전보다 더 젖어 있었고, 몸의 그림자가 아스라이 퍼져 있었다. 마치 움직이지 않는 시간 속에서 고의적으로 버려진 시간 같았다. 비로 번들거리는 골목길, 간판 불빛의 흔들림. 나는 그녀가 왜 거기 있는지보다, 어떻게 아직도 거기에 서 있는지를 떠올렸다. 대체 누구를 그렇게, 이유 없이 기다리는지.

나는 그녀를 흘깃거리며, 유튜브로 평소 즐겨 듣던 음악을 찾아 몇 곡을 계속 들었다. 음악은 고요했고, 그녀는 더 고요했다. 처음엔 그냥 하나의 풍경이라 여겼던 것이 점점 의미를 바꿔가기 시작했다. 몇 곡이 지나도록 그녀는 움직이지 않았고, 편의점 앞을 지나던 사람들도 하나둘 사라지더니 결국 거리가 텅 비어버렸다. 거의 두 시간 가까이 그녀는 그 자리에 서 있었다. 가로등 아래 비는 여전히 세로줄로 떨어지고 있었고, 땅바닥의 빗물은 그 빛을 받아 희미하게 반사했다. 나는 창가에 걸친 발끝으로 유리창을 톡톡 두드리며 다시 그녀를 바라보았다. 그 작은 몸이 밤이라는 시간과 점점 분리되어 가는 것처럼 느껴졌다. 세계가 스르르 어둠으로 접히는 동안, 그녀만이 오히려 점점 더 궤도를 부풀리며 뚜렷해지고 있었다.

추가로 맥주를 사기 위해 집을 나섰다. 습기가 발목을 감쌌고 슬리퍼는 축축한 보도블록 위에서 무기력하게 미끄러졌다. 인적이 끊긴 골목으로 가로등 불빛이 바닥에 얇은 물막을 씌운 듯 반사되었다. 나는 그녀를 눈으로 좇으며 편의점 문을 열고 들어갔다. 냉장고에서 맥주 한 병을 손에 쥔 채 돌아섰을 때도 그녀는 여전히 거기 서 있었다. 이상하리만치 낯설지가 않았다. 여자가 잠깐 내게 눈길을 돌렸다. 그 순간 나는 그 눈길이 익숙하게 느껴졌다. 이전에도 우리는 한때 우연처럼 만나 서로를 바라본 적이 있지 않을까. 나는 말없이 그녀의 옷깃을 잡았다. 여자의 어깨를 타고 흘러내린 빗물이 내 손에 닿았다. 나는 방금까지 혼자 앉아 술을 마시던 내 방을 가리켰다. 저기서 비를 좀 피하라고 말을 하고 싶었지만, 목소리가 나오지는 않았다. 나는 소매를 잡아끄는 것으로 의사를 대신했다.

그녀는 순순히 집으로 따라 들어왔다. 배가 고프냐고 묻자 그녀는 대답을 미소로 받았다. 내가 밥을 차릴 기세로 몸을 일으키자 고개를 가볍게 저었고 다시 웃는 얼굴로 나를 쳐다보았다. 수건을 건네자 그녀는 그것을 받아들고 화장실로 들어갔다. 문 너머로 물 흐르는 소리가 잠시 들리는가 싶더니, 이내 그녀는 조심스럽게 밖으로 나와 낡은 드라이어 앞에 앉아 조용히 옷을 말렸다. 따뜻한 바람이 몸을 감싸는 동안, 나는 부드럽고 둥글게 그녀를 바라보았다. 이 장면들이 낯이 익었지만, 도무지 기억이 나지 않았다. 나는 물을 끓여 뜨거운 차 한 잔을 내밀었다. 그녀는 망설이지 않고 받아 마셨다.

나는 옷장 안에서 여분의 이불을 꺼냈다. 오랜만에 꺼낸 이불은 약간 눅눅했지만 따뜻했다. 침대 쪽을 가리키며 그녀에게 자리를 내주려 했지만, 그녀는 고개를 저었다. 망설임 없이, 그러나 부드러운 방식으로. 대신 내가 거실 바닥에 펴둔 이불 위에 조심스레 몸을 뉘었다. 움직임은 거의 소리가 나지 않을 만큼 가벼웠고, 머리카락이 베개 위에 퍼지며 스르륵 자리를 잡았다. 나는 잠시 그녀를 바라보았다. 아주 천천히 숨을 들이쉬고 내쉬는 리듬, 눈꺼풀이 감기며 생기는 고요한 곡선, 어깨의 부드러운 들썩임. 그 모든 것이 너무 평화로워서 감히 그 고요를 건드릴 수 없었다. 방 안은 조용했고, 빗소리만이 멀리서 밖을 두드렸다. 가로등 불빛이 커튼 틈으로 들어와 바닥에 흐릿한 금빛 무늬를 드리웠다. 그날 밤, 나는 여자의 곁에 앉아, 먼 과거의 어느 때, 그랬던 것처럼 가만히 여자의 호흡을 지켜보았다.

4

오우무아무아가 발견되었을 때 과학계의 반응은 놀라움 자체였다.

과학 전문 매체들은 '태양계를 최초로 통과한 성간 천체'라는 문장을 반복했고, 저녁 뉴스에는 궤도 그래픽과 시뮬레이션 영상이 등장했다. 신문 1면들은 한 천체 과학자의 말을 빌려, '미지의 성간 물체'라는 타이틀을 내보냈고, 굵직한 이슈들을 밀어내고 며칠 동안 오우무아무아에 대한 추측성 보도들을 쏟아냈다. 시민들은 경이와 불안을 섞어 그것을 바라보았고, 인터넷에는 괴상한 추측과 이미지 합성물들이 유령처럼 돌아다녔다. 하지만 어느 누구도, 그 미지의 존재에 대하여 무엇이다, 정확히 밝힌 사람은 없었다.

한 달 남짓 이어진 관측 가능 기간이 끝나고 그것이 망원경에서 완전히 사라지자 반응은 빠르게 식었다. 언론은 곧 더 자극적인 기사들로 관심을 옮겼고 태양계를 느닷없이 스쳐간 그 낯선 물체의 정체를 밝히는 일은 과학자들의 과제로 남겨졌다. 대중의 관심은 항성 간 물체에서 다시 기후 위기나 정치 뉴스처럼 지상의 번잡한 현실로 돌아왔다. 포털 사이트의 인기 검색어에서 오우무아무아는 몇 주도 채 지나지 않아 자취를 감췄고, 그 틈을 연예인이나 정치인, 스포츠 선수의 이름이 채웠다. 한 과학자가 과감히 외계 생명체의 존재를 언급했지만 곧 조롱의 대상으로 바뀌었고, 그 존재는 아예 검색어 순위에서도 사라졌다. 그렇게 대중들은 오우무아무아를 기억하는 대신 흘러가는 뉴스의 한 줄로 소비해 버렸다.

오우무아무아가 관측 범위에서 완전히 사라진 날, 나는 퇴근길에 포장마차에서 친구 테일을 만났다. 테일은 고등학교 동창이었다. 만날 때마다 테일은 매번 수다스럽게 말을 했고 나는 그의 말을 듣는 편이었다. 내가 국내 대학을 나와 연구소와 천문대를 전전하는 동안, 테일은 유학길에 올라 외국 대학에서 물리학 박사 학위를 마쳤고, 지금은 서울에 있는 한 대학에 조교수로 취업해 자리를 잡아가고 있었다. 내가 기업을 위해 날씨 데이터를 만들고, 때론 아이들을 위한 천문 프로그램 같은 걸 기획하고 있을 때 테일은 학술지에 이름을 올리고 학생들에게 이론을 가르치는 바쁜 일정 속에서도 연구에 열정적으로 임하여, 암흑 에너지 연구나 외계 행성 연구 분야에서 조금씩 자기 이름을 알려가고 있었다.

"너는 그게 뭐라고 생각해?"

테일이 안주도 없이 소주를 입으로 가져가며 물었다. 잔이 입술을 스치고, 빈 소리가 목구멍을 타고 내려갔다.

"처음엔 그냥 혜성이나 소행성이라 생각했지. 근데 궤도가 이상하긴 해."

나는 탁자 위에 놓인 이쑤시개를 괜히 만지작거렸다.

"가속도 말이지? 진짜, 태양을 지나친 후에 속도가 늘더라."

"그래. 그게 문제야. 중력만으로는 설명이 안 돼. 꼬리도 없고, 연료 분출 흔적도 없고."

테일은 그제야 천천히 안주 하나를 집어 들고 입에 넣었다.

"일종의 스윙바이일 수도 있잖아. 방향을 계산해서 의도적으로 궤도를 튼 거지."

"정말 스스로 방향을 틀었겠냐?"

"자율 항법 탐사선이라면 가능하지. 연료 없이 태양 중력과 반사력만으로 조정하는 거."

나는 물수건으로 손을 닦으며 친구의 말을 곱씹었다.

"그럼 태양에서 에너지를 충전했을 가능성도 있다는 거네."

"아니면 표면 물질 일부를 열로 증발시켜 추진력으로 썼을 수도 있고."

"그렇게 보면 생명체가 타고 있지 않더라도, 인공물일 수는 있다는 거잖아."

"그래, 오우무아무아 자체가 인공지능이나 생명체일 수도 있지."

나는 고개를 끄덕이며 남은 소주를 테일의 잔에 따랐다.

"이건, 다른 얘긴데 나는 그게 먼 과거에서 온 게 아닐까, 생각해 보는 중이야. 일종의 시간 지연 효과에 의해."

테일이 고개를 끄덕여주었다.

"오, 듣던 중 가장 신박한 얘긴데."

"아인슈타인의 시간 지연 효과를 떠올려봐. 그게 빛에 가까운 속도로 움직이고 있었다면, 내부 시간은 우리보다 훨씬 느렸을 거야. 그 말은 곧, 오우무아무아는 우리 기준으론 2017년에 도착했지만, 정작 그것은 아주 먼 과거, 어쩌면 수천 년 전에 이미 시작된 사건이라는 거지. 그게 지금 우리 곁을 지나쳤다는 건, 단지 우리가 그 시간대와 우연히 교차한 것일 뿐이고. 그러니까, 그건 '지금 온 것'이 아니라 '아주 오래전의 일'이 지금 닿은 거지."

"훗, 그럴듯한데. 연구를 하지 말고 소설을 하나 써봐."

우리는 그런 얘기를 하며 오우무아무아를 술안주삼아 떠들다가 자정 무렵에 택시를 타고 헤어졌다. 돌아오는 길, 차창 밖으로 어둠이 딱딱하게 박혀 있는 걸 보았다. 나는 테일과 나눈 말들을 다시 떠올렸다. 과학의 언어로 포장한 설명들이었지만, 이상하게도 그 안엔 말로 다 닿지 않는 감정이 숨어 있었다. 그것이 무엇이든 간에, 오우무아무아는 지나간 것이 아니라 '지나갔다는 사실'로 남았다. 그건 단지 물리적 궤도가 아니라, 어떤 기억처럼 마음에 박혀버린 못이었다. 우리는 그것을 이해하려 애썼지만, 어쩌면 설명이 아니라 감응이 먼저였는지도 몰랐다. 마치 누군가가 말없이 다녀가고, 그 고요가 오히려 더 큰 잔상을 남기는 것처럼. 나는 그날 밤, 그 잔상 속에서 오래전 죽은 이의 얼굴을 떠올리고 있었다.

　기억의 원천이자 슬픔의 출발인 너를.

5

　우리는 같은 학년이었고, 같은 천체물리 동아리를 공유했다. 처음 말을 트게 된 건 동아리 방에서였다. 나는 허블망원경 이미지 분석 프로그램을 뒤적이고 있었고, 너는 작은 탁자에 앉아 프랙털 이론을 종이에 끼적였다. 나는 별을 이용해 우주의 거리를 측정하는 일에 관심을 갖고 있었고, 너는 인간의 뇌와 천체의 모양이 같다는 사실을 흥미롭게 설명했다. 그런 주제를 편하게 얘기할 수 있는 사람은 드물어서 동아리에서 야간 관측을 나갈 때마다 우리는 자연스럽게 붙어 지냈고, 과제도 같이 하고 식당에서 밥도 같이 먹으며 친해졌다. 가끔은 저녁을 먹고 학교 뒤편 벤치에 하늘을 보며 별말 없이 앉아 있기도 했는데, 짧지만 그 작은 저녁의 평화와 침묵을 두 사람 모두 소중하게 지켜나갔다.

석사 과정에 나란히 진학한 우리는 중력파 시뮬레이션 실험에 몰두해 있었다. 그날, 우리는 파형 데이터의 왜곡을 실시간으로 분석하는 장비를 다루며 전자기 간섭값을 조정하는 테스트를 반복하고 있었다. 사고가 나기 직전, 너는 측정용 프로브를 교체하던 중이었고, 나는 맞은편 컴퓨터 앞에 앉아 소프트웨어를 리셋하고 있었다. 장비 하나가 접지 불량 상태였다는 걸 나중에야 알았다. 순식간이었다. 정전기처럼 작게 튀는 소리가 들렸고, 바로 이어서 네 몸이 조용히 뒤로 넘어갔다. 큰 소리도 없었고, 비명도 없었다. 주변에 있던 진공 챔버 유리는 그대로였고 손에 들고 있던 도구만이 바닥으로 맥없이 떨어졌다. 나는 네가 장난을 치는 줄 알고 웃으며 다가갔지만, 얼굴빛이 이상했다. 마치 마네킹의 그것처럼 표정이 굳어 있었다. 구급차가 도착하기 전까지 심폐소생술을 했지만, 너는 손끝부터 차갑게 식어가고 있었다.

네가 죽고 나서 나는 석사 과정을 중단했다. 교수는 휴학이라도 하라며 붙잡았지만, 연구실 문을 여는 것조차 버거웠다. 실험 장비에서 나는 미세한 전류 소리나 그래프가 출력되는 모니터의 푸른빛은 죽음의 잔상처럼 내게 그림자를 드리웠다. 한동안은 학교 근처 원룸에서 거의 나오지 않았다. 아침에 눈을 뜨는 게 싫었고, 밤이 되는 게 더 싫었다. 동기들은 취업을 준비하거나 논문을 쓰고 있었지만 나는 하루하루 지나치는 시간이 무의미하게 느껴졌다. 너와 함께 그려두었던 미래 계획표는 책상 서랍 안에서 접힌 채로 조금씩 변색되어 갔다. 술을 마시고 아무 말 없이 거리를 걷거나, 심야 영화관에서 몇 시간을 보내고 나오기도 했다. 누군가 말을 걸면 웃어주었지만, 대화는 이어지지 않았다. 한 사람의 죽음이란 그렇게 내 안에서 세상의 모든 의미와 연결을 끊는 일이었다. 어느 순간, 나는 너를 잃은 것이 아니라, 나 자신에게서도 떨어져 나가고 있다는 느낌을 받기 시작했다.

  너는 그렇게 내 삶에서 갑자기, 완벽하게 사라졌다. 아무런 경고도, 설명도 없이. 마치 누군가가 정해 둔 시간표에 맞춰 떠난 사람처럼 정확하게, 그러나 너무 조용하게. 나는 네가 죽은 뒤에도 한동안 자주 네 이름을 불렀다. 혼잣말처럼, 머릿속에서 되뇌는 주문처럼. 이름이 입안에서 구르다가 사라지면, 그 자리에 이상한 침묵만 남았다. 말이라는 것이 어떤 대상을 전제로 작동한다면, 너의 부재는 언어의 기능마저 무력화시켰다. 매일 너와 함께 들여다보던 무한 반복되는 그림처럼, 내 감정도 의미 없이 일렁이기만 했다. 나는 어디로도 수렴하지 않는 진동처럼 흔들렸고, 마음이라는 기관은 하루에도 몇 번씩 방향을 잃었다. 누군가를 사랑하는 일은 그 사람의 죽음까지 내 안에 함께 심는 일이란 걸 그때 처음 알았다. 나는 너를 묻지 못했고, 매일 내 안에 남아 떠돌았다. 그 상실은 너를 잃은 일이 아니라, 내 중심을 잃어버린 일이었다. 그 이후의 나는, 더는 나였던 적이 없었다.

6

 오우무아무아가 태양계에 속했을 무렵, 테일과 나는 일본과 호주, 중국 연구진이 포함된 연구 그룹에 속한 채 오우무아무아의 정체성을 밝히는 연구에 참여했다. 우리는 하와이에서 관측된 초기 궤도 자료와 태양 근접 시 가속 데이터, 반사율 변화에 주목했다. 가장 큰 쟁점은 그것이 자연물인지, 혹은 인공물일 가능성이 있는지였다. 호주 팀은 궤도 변화를 미세한 분출 현상으로 해석했고, 일본 측은 표면에서 감지된 간헐적 신호 패턴을 열 진동이 아닌 정보 전달 가능성으로 분석했다. 중국에서는 자기장 탐지 장비를 통해, 태양풍과의 상호작용에서 일정한 규칙이 존재한다고 주장했으며, 그 규칙은 마치 인공적인 항해 알고리즘을 연상케 한다고 했다. 테일은 오우무아무아의 반사 스펙트럼에서 특이한 위상 전이를 발견했고, 나는 그 데이터를 식물의 광합성 주기와 비교해 보려 했다.

 하지만 이런 연구들은 시간이 흐르면서 점점 뚜렷한 성과 없이 희미해지고 있었다. 논문이 몇 편 발표되었지만, 결정적인 결론은 없었고, 서로 다른 분석 결과들은 오히려 더 많은 가설만을 낳았다. 초기의 열정은 점차 분열로 바뀌었고, 연구비는 삭감되었으며, 공동 연구 그룹도 느슨해졌다. 회의에서는 반복되는 데이터와 해석의 충돌만이 남아 있었고, 오우무아무아의 정체는 다시 '불확실한 물체'라는 애매한 이름 아래 묻혀갔다. 그 어떤 팀도 확신을 갖지 못한 채 각자의 언어로 그것을 설명하려 들었고, 그 결과 모든 해석은 가능하지만 그 어느 것도 증명되지 않는 상태가 지속됐다. 보수적인 연구자들은 우리의 이런 연구 성과를 이미 예상했다는 듯 개인 채널에서 조롱의 말을 쏟아내기도 했다.

 하지만 그게 모든 현상의 진실일까? 우리의 장비로 포착하지 못하고, 우리의 언어로 규정하지 못한다고 해서 그것이 존재하지 않는다고 말할 수 있을까. 그럼에도 불구하고, 인간의 인식 너머에는 해석이 불가능한 어떤 영역이 늘 숨어 있었고, 지금도 그러할 것이었다. 그것은 과학의 공백 속에 머물고 있으며, 예측할 수 없는 경로로 접근하다가, 다시 침묵의 저편으로 사라진다. 우리는 모든 것을 수치로 환산하고, 공식을 세우고, 이론을 확장하려

했지만, 오우무아무아는 그 어떤 틀에도 완전히 들어맞지 않았다. 그것은 정지와 운동, 무생물과 생명체 사이, 인공과 자연 사이 어딘가에 있었고, 그 경계의 모호함은 곧 인간의 이해 한계 그 자체였다. 어쩌면, 미지란 언제나 그런 방식으로 다가오는 것일지도 모른다. 해석되지 못한 채 다만 존재하는 것으로. 해답을 얻는 일이 중요한 게 아니라 탐험하고, 분석하고, 기억하는 과정에서, 침묵이 숨긴 이면의 언어들을 읽어내야 하는 거겠지.

"인간들이 멋대로 이름을 부여한 것부터가 잘못된 거야."

공식 프로젝트가 종결되던 날, 테일과 나는 다시 마주앉았다.

며칠 전 발표된 최종 보고서에서는 '비활성 혜성'이라는 이름으로 마무리되었지만, 그 결론에 수긍하는 이는 많지 않았다. 테일은 줄곧 그 이름에 거부감을 보였다. 그가 말하길, 그건 인간의 시야로밖에 볼 수 없는 정의였고, 실제로 오우무아무아는 '무엇'이라기보단, '어떻게'라는 질문을 던지는 존재였다는 것이다. 모양, 궤도, 회전 주기, 반사율, 어떤 것도 이전의 어떤 틀에도 완전히 들어맞지 않았고, 그런 것에 굳이 의미를 부여하며 이름을 붙이는 행위 자체가 인간 중심의 오류라는 게 그의 견해였다. 나는 그 말에 쉽게 반박할 수 없었다. 왜냐하면 나조차도, 끝내 그것을 이해했다고 말할 수 없었기 때문이었다.

"역사는 늘 그래왔잖아. 존재에 이름이 부여되는 순간 신화가 되고, 필연적으로 과장이 되고 우상이 되지. 온갖 추측은 이야기, 혹은 연구라는 미명하에 더 많은 추측을 낳고."

테일이 술을 목으로 넘기며 말을 받았다.

"그래서 말인데…… 그냥 그대로 두었다면 어땠을까. 의미를 부여하지 않고, 존재를 추측하지 말고, 그냥 그대로. 우리 옆을 스쳐 지나간 낯섦 자체로 그 존재를 바라보았다면 어땠을까. 어느 날 비가 내리고, 꽃이 피듯, 꽃잎이 떨어지듯 그렇게."

나는 잠시 말을 잇지 못하고 테일을 바라보았다. 그의 말은 이성적인 듯 들렸지만, 어딘가 감정의 흔적이 묻어 있었다. 그가 말한 '그대로 두는 것'이라는 태도는, 어쩌면 더 이상 탐구할 수 없다는 체념의 다른 말이 아닐까, 하고 나는 생각했다. 테일이 저토록 냉소적으로 말하는 건, 우리가 끝내 오우무아무아의 정체에 도달하지 못했다는 데 대한 무력감에서 나온 것일 테니. 그토록 몰두했던 연구가 아무런 확신도 남기지 못하고 끝나버린 현실. 밤을 새우며 데이터를 쌓고 가설을 세웠지만, 결국 '모른다'는 결론 앞에 서게 된 학자에게 남는 건 스쳐간 꽃잎이 아니라 흩날리는 허무일 것이었다.

그날 밤, 집으로 돌아오며 나는 오래전 죽은 너를 떠올리고 있었다. 그때, 그 시절에도, 나는 그러하지 않았을까. 나는 오랜 시간 너의 죽음을 이해하려고 했다. 사고의 정황을 되짚고, 남겨진 메모와 마지막 대화를 분석하고, 그 안에서 어떤 징후나 원인을 찾아내려 애썼다. 하지만 지금 와서 생각해 보면, 나는 그 죽음을 '무엇'으로 규정하고 싶었던 것이겠다. 남겨진 이가 할 수 있는 방식으로, 의미를 부여하고 정리함으로써 감당 가능한 형태로 너를 바꾸려 했던 것이다. 그런 의미에서 테일의 자조 섞인 말은, 내게도 깊은 생각을 하게 만들었다. 어쩌면 너를 그냥 두어야 했는지도 모른다고. 설명할 수 없는 슬픔을, 설명 가능하게 만들기 위해. 그 많은 시간 너를, 너라는 허상의 그림자를 나는 홀로 끌어안고 살아왔다고.

7

비는 새벽에 그쳤다. 잠깐 눈을 붙였다 일어나니 해가 창으로 비쳐들고 있었다. 여자는 지난 밤 그대로 내가 펴준 이불 위에 몸을 웅크린 채 자고 있었다. 한쪽 무릎을 약간 구부린 자세였다. 숨소리는 일정했고 얼굴은 평온했다. 나는 조심히 이불을 들어올려 그녀의 어깨를 덮어주었다. 천이 살갗에 닿는 작은 소리에도 신경이 쓰였다. 깰까 봐 발끝으로 걸음을 옮겨 욕실로 들어갔다. 세수를 하고, 양치를 하고, 수건으로 물기를 닦는 동안에도 나는 소음을 줄이기 위해 동작을 줄였다. 머리를 말릴 때는 수건으로만 눌렀고, 슬리퍼 소리를 내지 않으려 발바닥 전체를 바닥에 붙였다. 주방으로 가 냉장고를 여니 며칠 전 인터넷으로 주문한 반찬들이 한가득이었다. 일어나면 배가 고플 수도 있겠다는 생각에 밥을 안치고, 메모지를 꺼내 밥과 반찬을 챙겨 먹으라고 적은 뒤 식탁에 조심스럽게 올려두었다.

출근해서 일을 하는 내내, 나는 내 집으로 날아온 그 여자 생각을 했다. 만약 그녀가 여전히 집에 남아 있다면 그 흔한 영화의 한 장면처럼, 창문을 열어 환기를 시키고 바닥을 쓸고 닦고, 냉장고 속 반찬을 정리해 밥상을 차려두고 기다리는 그런 상상 같은 것들. 그녀가 내 낡은 앞치마를 허리에 두르고 익숙하지 않은 손놀림으로 새 밥을 지었다면 어땠을까. 지극히 비현실적인 상상이라는 걸 알면서도, 나는 자꾸 그런 쪽으로 마음이 기울었다. 그러다 문득 나도 모르게 입가에 미소가 번졌다. 어딘가 따뜻한 감정, 이름 붙일 수 없는 잔잔한 기쁨 같은 것이 속에서 천천히 부풀어 올랐다. 아무도 없는 집에 불이 켜져 있을지도 모른다는 막연한 기대감 같은 것. 아마도 오랫동안 혼자 견뎌온 외로움이 그런 허술한 상상을 부추긴 것이겠지. 잠시나마 나는 그 상상에 기대어 마음을 녹이고 있었다.

  하지만 집으로 돌아와 문을 열었을 때, 나는 한순간 모든 기대가 무너지는 것을 느꼈다. 집 안은 고요했고 이상할 만큼 정돈되어 있었다. 현관에서 신발을 벗으며 안쪽을 둘러보았지만, 그녀의 흔적은 어디에도 남아 있지 않았다. 거실 바닥은 아침보다 더 반듯했고 그녀가 누워 있던 자리에 깔아두었던 이불도 어디론가 사라져 있었다. 마치 누군가 일부러 모든 것을 원래대로 되돌려놓은 듯한 느낌이었다. 식탁 위에는 아침에 올려두었던 메모만 덩그러니 남아 있었고 쌀을 안쳐놓고 간 밥통도 그대로였다. 냉장고 반찬은 손도 대지 않은 듯했고, 싱크대에는 그 흔한 그릇 하나 없었다. 욕실 문을 열어보아도, 수건 하나 젖어 있지 않았고, 세면대에 물기조차 없었다. 나는 실망감 속에서 방 안을 다시 훑었다. 머리카락 한 올조차 눈에 띄지 않았다. 그녀는 잠깐 존재했다가 마치 의도적으로 모든 흔적을 지우고 사라진 듯했다. 오직 내 기억만이, 그녀가 머물렀다는 사실을 증명하고 있었다.

  전날 저녁 그랬던 것처럼, 슬리퍼를 끌고 편의점으로 가서 맥주를 사 왔다. 조용히 술을 잔에 따른 뒤, 창밖 어둠을 바라보며 한 모금씩 삼켰다. 도시의 불빛이 골목으로 흐리게 번져갔고, 어디선가 텔레비전 소리가 얇게 새어 나오는 밤이었다. 맥주를 한 모금 넘기다가 나는 다시 아인슈타인의 시간 지연 개념을 떠올렸다. 그러자 나도 모르게 입가에 미소가 지어졌다. 우리 모두 시간의 틈에 잠시 갇힌 채 현실을 살아가고 있었구나. 기억과 현재가 나누어지지 않는 어떤 지점에서, 나는 맥주를 들고 고요히 앉아 있었다.

8

오우무아무아가 태양계를 빠져나간 뒤, 지구의 과학자들은 뒤늦게 하나의 계획을 세웠다. 그 정체불명의 물체를 따라가보기로 한 것이다. '프로젝트 라이라(Project Lyra)'라는 이름의 탐사 계획이 2028년 발사를 목표로 세워졌고, 탐사선은 지구를 출발해 금성과 목성의 중력을 차례로 이용하는 복잡한 궤도를 따라 오우무아무아를 따라잡을 계획이었다. 연구진의 계산에 따르면, 이 경로를 따라가면 약 2054년 탐사선이 오우무아무아에 도달할 수 있을 것으로 예측된다. 탐사선은 오우무아무아의 표면, 가속의 원인, 회전의 특성 등을 근거리에서 정밀하게 조사할 수 있도록 설계되고 있었다. 탐사선을 제작 중인 한 연구진은 언론과의 인터뷰에서 이렇게 프로젝트의 의미를 밝혔다. "그것은 다른 별에서 온 첫 번째 전령입니다. 만약 우리가 그것을 추적하지 않는다면, 인류는 역사적인 기회를 놓치는 셈입니다."

하지만 친구 테일은 그 계획을 격렬히 반대했다. 처음엔 누구보다 오우무아무아에 몰두했던 그였다. 회전 주기를 계산하고 반사율의 변화를 분석하며 마치 그 정체를 밝혀내는 일이 자신의 사명이기라도 한 듯 연구에 매달렸다. 그러나 시간이 흐르며 그는 점점 무언가 잘못되어 가고 있다는 것을 느끼기 시작했다. 탐사의 초점이 점차 '이해'가 아니라 '정복'으로 기울고 있었던 것이다. 그는 오우무아무아를 측정하고 해석하려는 시도 자체가, 그 낯선 존재의 본질을 왜곡한다고 느꼈다. 이해하려 할수록 오히려 실체는 더 멀어졌고, 인간의 언어와 틀 안에 가두려는 욕망만이 짙어졌다. 결국 우리는, 그 존재는 하나의 해답이 아니라 질문 그 자체로 남아야 한다고 생각하게 되었고, '프로젝트 라이라'가 과학이라는 이름으로 미지를 훼손할지도 모른다는 우려 속에서 조용히 연구에서 손을 뗐다.

9

이미 아는 사람은 알겠지만, '라이라(Lyra)'는 거문고자리를 뜻하는 그리스어 'λύρα(lyra)'에서 유래했다. '프로젝트 라이라'는 오우무아무아처럼 태양계를 벗어나 외부에서 온 성간 천체를 추적하려는 탐사의 목적과, 우주의 깊은 곳에서 온 신비로운 기원을 상징하는 별자리를 연결한 상징적인 명칭인 셈이다.

고대부터 인간은 하늘을 올려다보며 별에 이름을 붙이고, 거기에 신화를 부여해 왔다. 별자리는 단순한 관측의 대상이 아니라 방향을 정하고 존재를 이해하려는 인간의 오래된 욕망의 지도였다. 거문고자리는 특히 그랬다. 그것은 멀리서 날아온 메시지처럼, 설명할 수 없는 아름다움과 두려움을 동시에 품고 있었다. 라이라라는 단어는 음악, 조화, 울림을 뜻하고, 이 탐사 계획의 이름으로 쓰인 순간, 그것은 과학과 시의 경계에 서게 되었다. 단순한 궤도 계산을 넘어, 인간 존재의 깊은 사유를 투영하는 하나의 언어가 된 것이다.

오르페우스는 침묵 속에서 하프를 뜯으며 음을 뽑아냈다. 그의 연주는 자연과 죽음조차 흔들었다. 사랑하는 아내 에우리디케가 세상을 떠났을 때, 그는 지하 세계로 내려가 노래하며 그녀를 다시 데려오려 했다. 그 연주에 감동한 하데스는 조건 하나를 내걸고 그녀를 보내주기로 한다. 바로 지상에 닿기 전까지 돌아보지 말 것. 그러나 오르페우스는 끝내 뒤를 돌아보았고, 에우리디케는 영원히 저편으로 사라진다. 슬픔에 잠긴 그는 세상을 떠나고, 신들은 그의 거문고를 하늘에 올려 별자리로 남겼다. 그 별자리가 바로 '라이라', 거문고자리다. 탐사선이 성간의 신비를 좇는 지금, 이 오래된 신화는 마치 또 다른 방식의 탐사를 이야기하는 것 같다. 외형에 집착하다가 본질을 놓치게 되는 인간의 오래된 실수를.

10

그렇구나. 이제야 나는 알 것도 같다.

한 사람의 죽음으로 멈춘 줄 알았던 시간이 사실은 내 안에서 아주 느리게, 그러나 분명히, 여전히 흐르고 있었다는 사실을....... 대학 시절, 봄날의 작은 동아리방에서 처음 말을 섞었던 한 여자와 실험실에서 꿈을 이야기하던 저녁, 그리고 너무도 갑작스럽게 찾아온 그 여자의 죽음. 나는 그 이후로 계속 시간을 거꾸로 되돌리려 애썼다. 편의점 앞에서 만나, 말없이 내 방에 들어와 바닥에 등을 대고 누운 그녀도 어쩌면....... 이름도, 나이도 알 수 없었지만, 그녀는 마치 오래된 꿈처럼 익숙했다. 그녀가 누구였는지, 왜 왔는지 끝내 묻지 못했지만, 나는 그녀를 통해 오래전 너를 다시 보고 있었던 것 같다. 오우무아무아처럼 아무 말 없이 다가와, 잠깐 머물다 사라진 존재. 그것을 설명하려 했던 많은 숫자들과 그래프 속에서 나는 끝내 무엇도 찾거나 이해하지 못했다. 하지만 지금은, 아주 조금 알 것 같다.

  그것들은 모두 하나의 음악이었다. 잊어버린 선율처럼, 어디선가 울리고 있었던 음악. 누군가의 죽음, 누군가의 스침, 그리고 시간 바깥에서 흘러들어온 성간의 잔향. 그건 쓸쓸한 음악이었다. 아무도 끝을 모르는 리듬, 이해될 수 없는 박자, 그러나 분명 존재했던 떨림. 그 모든 순간은 춤이었다. 서로를 이해하지 못한 채 엇갈린 발걸음이었고, 눈길 한 번으로 남겨진 오래된 무늬였다. 나는 이제 그것을 해석하려 하지 않는다. 다만 그 리듬에 맞춰 천천히 숨을 쉬며 때로는 창밖을 바라본다. 아직도 곳곳에서 그 음악은 작게, 그러나 확실히 울리고 있을 테니. 그것이 나의 기억이고 나의 시간이며 내가 끝내 놓지 못한 너의 흔적이라는 것을, 이제는 조금 알 것도 같다. 이름을 부여할 필요도 없고, 오로지 침묵만이 대답을 대신할 수 있는, 쓸쓸한 하루의 모퉁이에서 내 그림자를 밟고 선 너를.

교실 이데아

태기수 | 추계예술대학교 문예창작과 졸업. 1998년 월간 《현대문학》 신인 공모에 중편소설 「소와 양」이 추천되며 작품 활동을 시작했다. 소설집 『누드 크로키』 『모르모트 인간』, 장편소설 『물탱크 정류장』, 희곡집 『총과 바이올린』 등을 펴냈다.

□

담임 목소리가 들린다.

분명 수업 시간이다.

다른 애들은 모두 제자리에 앉아 수업에 열중하고 있다. 그런데 나만 혼자 바닥에 누워 있다고?

씨발, 존나 황당하네.

바닥에 맞닿은 등과 엉덩이에 냉기가 흐른다. 차가워 죽겠다. 하지만 일어날 수가 없다. 왠지, 그럴 자신이 없다. 울분이 치민다. 복수심이 피어오르는 것 같은 기분이다.

정신이 멍하고, 뒷머리가 얼얼하다. 슬며시 머리에 손을 대보니 엄청나게 부어올라 있다. 머리카락이 축축하다.

피?

아니다. 땀이다. 다행히 머리가 터지진 않은 모양이다. 이러다 죽는 게 아닐까? 다시 정신이 가물가물 흐려지려 한다. 안 돼, 생각, 생각, 생각을 좀 해보자. 기억을 더듬어보자. 어쩌다 이렇게 됐지? 맞아, 쉬는 시간에 슬라이딩하다 정신을 잃었어. 그래, 그건 분명히 기억난다.

슬라이딩! 이 단어를 떠올리기만 해도 기분이 좋아진다. 다른 건 몰라도 슬라이딩만큼은 내가 최고라고 자부한다. 물론 타격도 이 학교에서 나를 따를 자가 없다. 그렇다. 나는 야구 유망주다. 10년 뒤쯤이면 메이저 리그에 진출해 있겠지.

누가 뭐래도 나는 야구에 살고, 야구에 죽을 것이다. 항상 야구 글러브와 공을 휴대하고 다니며 수비 연습을 한다. 우산이나 빗자루 하나만 있어도 얼마든지 타격 연습까지 할 수 있다. 수업 중에도 한 손에 야구공을 쥐고 공의 가죽과 실밥의 감각을 즐긴다. 그러다 담임한테 들켜 공을 압수당한 적도 여러 번이다. 담임 책상 서랍에 내 손때 묻은 야구공이 열 개 가까이 뒹굴고 있을 것이다. 이 망할 놈의 학교에 야구팀이 없다는 게 너무 안타깝다. 야구부가 없어 후진 학교다. 교장을 찾아가 사정해 봤지만, 야구팀이 있는 학교로 전학하라는 말만 들었다. 젠장, 그럴 수만 있다면 얼마나 좋을까. 망할 놈의 교장!

쉬는 시간의 교실은 내게 그라운드나 다름없다. 친구들을 모아 타자, 투수, 포수를 정하고 떡볶이 내기 게임을 즐긴다. 그 즐거움으로 지겨운 수업 시간을 견딘다. 담임은 절대 교실에서 하면 안 된다고 지랄했지만, 어쩔 수 없다. 쉬는 시간마다 운동장에 나갔다 들어오는 시간이 너무 아깝다.

잠깐, 그것 때문에 이러시는 걸까?
숨 막혀! 교실은 너무 좁다. 운동장도 좁고, 학교 전체가 좁아터졌다. 뛰쳐나가고 싶어 미칠 지경이다. 슬라이딩은 교실 탈출을 꿈꾸는 나의 몸부림이다.

그래, 슬라이딩하다 정신을 잃었어.
짝꿍(쟤 이름이 뭐더라……) 아이패드로 메이저 리그 경기 하이라이트를 본 게 화근이었다.
나의 우상인 이정후의 소속 팀 샌프란시스코 자이언츠 대 뉴욕 양키스 경기.
이정후가 안타를 치고 달려 1루에 선다. 이건 시작에 불과하다. 양키스 팀 투수와 포수가 방심하고 있는 걸 포착한 이정후가 2루로 치달린다. 포수가 공을 던지고 이정후의 슬라이딩! 그때 2루

수가 공을 놓친다. 냅다 3루로 달려가는 이정후, 이번에도 슬라이딩으로 3루 베이스를 밟았다.

양키스 팀 선수들의 혼까지 훔쳐 달리는 완벽한 주루 플레이였다. 플레이는 계속 이어진다. 당황한 2루수가 악송구를 하는 바람에 절호의 득점 기회를 맞은 이정후, 곧장 홈으로 내달리더니 홈 플레이트를 터치해 버리는 게 아닌가.

와우! 와우! 와우! 그 순간, 반사적으로 몸이 반응했다.

나는 뭐에 홀린 듯 교실 뒤편 끝으로 나갔고, 곧장 교탁을 향해 내달렸다. 교탁 모서리를 2미터쯤 앞두고 슬라이딩 동작을 취했고, 순간 뒷머리를 쿵! 부딪쳤다. 그리고 세상이 꺼졌다.

그렇게 된 것이다.

흥분한 탓에 힘 조절을 제대로 하지 못했던 모양이다. 아무튼 개망신이다. 그 장면을 떠올리자, 얼굴이 화끈 달아오른다. 존나 창피하다. 이 일로 나는 두고두고 놀림감이 되겠지. 차라리 이대로 그냥 죽어버릴까?

아니, 이미 나는 이 교실에 없는 사람, 보이지 않는 사람이 되고만 게 아닐까. 어쩌면 다들 저럴 수 있나. 죽었을지도 모를 사람이 교실 바닥에 누워 있는데, 어쩜 저렇게 태연할 수가 있나. 아무도 내게 눈길을 주지 않는다.

무섭다. 그냥 무섭다는 생각밖에 들지 않는다. 앞으로 내가 저 애들과 계속 친구가 될 수 있을까? 담임은 앞으로도 내 담임일 수 있을까? 이 4학년 2반 교실은 앞으로도 내 교실일 수 있을까? 내가 이 학교를 앞으로도 "우리 학교"라고 말할 수 있을까?

내가 기절했을 때 누군가 한 사람이라도 119 응급구조대를 불렀어야 하지 않을까? 그래 맞아. 나는 지금 병원 응급실 침대에 누워 있어야 옳다. 아무리 생각해 봐도 그게 맞는 것 같다. 하다못해 보건실 침대에서 정신을 차렸더라도 이토록 황당하진 않았을 것이다. 그랬다면 아마 나는 이 망할 놈의 학교에 조금이나마 애정을 갖게 됐을지도 모르겠다.

엄마, 이럴 때 떠오르는 얼굴. 엄마한테 전화해서 병원에 데려다 달라고 해볼까? 아니다. 엄마는 지금 마트에서 일하느라 내 전화를 받지도 못할 것이다.

그럼 삼촌은?

삼촌도 아니다. 쿠팡 물류센터에서 야간 일을 하고 온 삼촌은 아직 잠들어 있을 것이다. 일을 마치고 돌아오는 삼촌과 엄마를 볼 때면 좀비 같다는 생각이 절로 든다.

잠깐 그 때문일까? 나를 이렇게 죽은 사람 취급하고 있는 이유…….

아무래도 안 되겠다. 나 여기 있다고, 이제 정신이 돌아왔다고 알려야 할 것 같다. 아니면 적당한 타이밍에 슬그머니 내 의자에 앉아 수업을 듣는 척이라도 해볼까. 아무 일도 없었다는 듯. 그럼 아무 일 없었던 게 되는 건가…….

슬며시 고개를 들어본다. 모눈종이 칠판에 삼각자를 대고 도형을 그리고 있는 담임의 뒤통수가 보인다.

어느새 칠판에 직각삼각형이 그려져 있다. 밑변이 다섯 칸, 높이는 세 칸이다. 담임이 말한다. "이 삼각형을 왼쪽으로 뒤집고 시계방향으로 270도 돌리면 어떤 모양이 될까? 나와서 그려볼 사람?"

나는 생각한다. 아니, 상상한다. 머릿속에서 삼각형을 뒤집고 시계방향으로 돌린다. 신기하게도 답이 보인다. 지금이다. 지금이 기회다. 나는 반사적으로 오른손을 치켜든다. 순간 짝꿍과 눈이 마주쳤다. 됐다, 이제 됐다. 비로소 이 난처한 상황을 벗어날 수 있게 됐다. 나는 간절한 눈길로 짝꿍을 쳐다본다. 내가 깨어났다는 사실을 담임과 애들에게 알려주기를 갈망한다.

하지만 짝꿍은 그저 멀뚱멀뚱 쳐다보기만 할 뿐이다. 저 새끼가……. 짝꿍의 입가에 미소가 번져 있다. 내겐 아주 익숙한 미소다. 저들은 내가 슬라이딩을 선보일 때마다 환호하지만, 그 환호에는 경멸과 비웃음이 실려 있었다.

순간 나는 깨닫는다. 짝꿍은 내가 깨어나기를 바라지 않는다. 다른 애들도 마찬가지다. 심지어 담임까지 내가 계속 죽어 있기를 바라고 있다.

짝꿍이 보란 듯이 손을 번쩍 쳐들며 외친다. "저요!"

담임이 환한 얼굴로 짝꿍을 지목한다. 여전히 죽은 채 누워 있는 나를 보지 못했을 테니까. 아마 봤어도 못 본 척했을 테지.

짝꿍이 교단으로 나가 칠판에 삼각형을 그린다.

"정답!"

담임이 박수를 유도한다.

박수 소리가 교실을 울리고, 나는 교실 밖으로 멀리 밀려난다.

이런 감정이 모멸감일까. 참다못한 나는 그만 벌떡 일어서고 만다. 드디어 담임이 나를 발견했다. 애들 입에서 피식거리는 웃음이 흘러나온다. 담임이 턱짓으로 자리에 앉으라고 지시한다. 담임 입가에도 짝꿍이 지은 것과 비슷한 미소가 어른거린다. 차갑고 냉정하고 비열한 웃음, 그 웃음 때문에 나는 또다시 정신을 잃고 말았다.

나도 담임과 비슷한 미소를 지어 보이며 가방에서 야구공을 꺼낸다. 야구공은 내게 최적화된 무기이기도 하다. 나는 야구공을 던져 100미터 거리에 있는 사람의 눈, 코, 입 등 특정 부위를 정확히 맞힐 수 있다.

위협감을 느낀 담임이 손을 내밀며 말한다. "그거 이리 가져와, 인마."

"싫어요!" 나는 투구 동작을 취하며 담임 머리를 향해 공을 던진다. 담임이 반사적으로 머리를 돌린다. 시속 250킬로미터로 날아간 야구공이 활활 타오르며 담임 뒷머리를 강타한다. 담임의 머리가 반으로 갈라진다.

야구공이 교단 아래로 굴러 내려온다.

나는 다시 공을 주워 들고 이번에는 짝꿍의 머리를 겨냥한다. 짝꿍이 반사적으로 머리를 돌리고, 시속 253킬로미터로 날아간 공이 짝꿍의 뒷머리를 강타한다. 짝꿍 머리통이 수박처럼 깨진다.

데드볼, 연속 데드볼이다.

나는 다시 공을 들어 다른 애 뒷머리를 겨냥하고 던진다.

데드볼!

데드볼!

데드볼!

.

.

.

다 죽었어, 씹탱구리들.

나는 더 이상 쟤들과 이어져 있지 않다. 더 이상 이 교실과도 이어져 있지 않다. 학교와도 안녕이다.

그때 교실 천장이 쩍쩍 갈라지는 소리가 들린다. 천장이 돔구장처럼 열리고 있다. 타원형으로 열린 천장 위에서 화사한 햇살이 쏟아져 내린다. 오직 나만을 위한 핀 조명 불빛이 나를 감싼다. 환청처럼 10만 관중의 함성이 교실을 들썩이고, 나는 묘기 부리듯 물구나무 자세로 천장을 향해 날아오른다. 허공 향해 슬라이딩하며 교실을 벗어난다. 좋아. 내친김에 메이저 리그 경기장까지 날아가 버리자.

순간 쿵! 하고 뒷머리가 무언가에 부딪혔다. 또다시 세상이 꺼졌다. 아마 뇌혈관이 터졌을 것이다. 씨발, 이번엔 **진짜** 죽을 수 있겠지.

○

 4학년 1반 담임 오 선생은 후각을 발휘해 수업의 리듬을 조율하는 습성이 있다. 교실에도 교실 특유의 냄새가 고여 있다. 그날그날 날씨에 따라, 학생들 기분이나 감정 상태에 따라 오묘하게 달라지는 교실의 냄새.
 어떤 냄새는 공격적이다. 때로 위협적이다.
 어떤 냄새는 불길한 기운을 불러일으킨다.
 어떤 냄새는 혐오와 경멸을 유도한다.
 모두 교실 분위기를 해치는 불쾌한 냄새들이다. 오 선생은 이런 냄새들을 구별하는 데에 특화된 후각을 지니고 있다. 9년째 큰 사고 없이 교사직을 수행해 오면서 터득한 직업적 감각이다.
 후각은 오감 중 가장 예민한 감각이다. 교실에 들어서며 숨을 들이쉬는 순간 느껴지는 후각으로, 오 선생은 '오늘의 날씨'처럼 교실 분위기를 직감한다.

 과연 오늘의 날씨는 맑음일까 흐림일까?

 흐림! 오 선생은 문을 열고 들어서자마자 교실 안 기상 상황을 즉각 읽어낸다. 흐림, 금방이라도 마른하늘에서 우박이 쏟아질 것 같은 날씨.

교실 안 공기 중에 악취가 스며 있다. 하수구나 변기에서 올라오는 냄새, 음식물 쓰레기와 동물 사체가 썩어가는 냄새가 뒤섞여 있는 듯한 냄새다. 불길하다. 기상 악화로 우박이 떨어지기 전에 예방해야 한다.

"무슨 냄새지? 환기 좀 시킬까?"

오 선생은 교탁 오른쪽에 있는 창문을 열고, 창가에 앉은 학생들에게도 창문을 열라고 지시한다. 청량한 공기가 교실로 밀려들고, 오 선생은 숨을 깊게 들이쉬며 악취로 인한 불쾌감을 씻어낸다.

잠시 뒤 악취가 사라지자, 오 선생은 창문을 모두 닫게 한 뒤 출석을 부르기 시작한다. 그런데 불과 다섯 번째 이름을 부를 때부터 다시금 악취가 후각을 자극한다. 오 선생은 그제야 알아차렸다. 어떤 놈이 교실 공기를 악의적으로 오염시키고 있다.

오 선생은 출석부를 들고 교단 아래로 내려가, 각 분단과 분단 사이 통로를 천천히 걸으며 오염원을 찾아 나선다. 특별히 의심 가는 학생 근처에 이르면 걸음을 멈추고 숨을 천천히 들이쉬며 후각을 곤두세웠다.

1분단 아이들은 아니고, 2분단 녀석들도 아니다. 범인은 3분단

중간쯤에 자리하고 있는 것 같다. 3분단 학생들을 차례로 훑어가면서부터 냄새가 점차 짙어지고 있다. 오 선생은 다섯 번째 줄 오른쪽에 앉은 학생 옆에 멈춰 선다. 범인 색출에 성공한 것이다. 요 녀석이 범인이구나, 하고 단정한 순간, 오 선생은 다소 충격을 받는다. 아니, 정신이 아찔해질 정도의 충격이었다.

녀석은 오 선생이 신뢰하는 학생 축에 속한다. 성적은 반장과 톱을 다툴 정도로 우수하고, 미술, 음악, 체육 등 예체능에도 특출난 재능을 갖춘 아이, 배려심도 많고 유머 감각도 좋은 편이라 반에서 가장 높은 인기를 누리고 있는 녀석이다.

그런 놈이 어쩌다 이런 꼴을 자초하게 된 걸까.

녀석은 두 다리를 착 붙이고 두 손으로 허벅지를 꾹 누른 채 잔뜩 긴장한 자세로 앉아 있다. 필사적으로 엉덩이를 의자에 찰싹 붙여 냄새가 새 나가지 않게 하려고 애쓰고 있는 모양새다. 그렇다. 녀석은 지금 팬티에 똥을 싼 채로 앉아 있다.

집에서부터 그랬는지, 교실에 와서 어쩔 수 없는 상황으로 실수하게 됐는지 아직은 알 수 없었다.

엉덩이의 압력으로 팬티를 프라이팬 삼아 빈대떡처럼 부쳐졌을 똥은 바지에 스며들며 악취를 솔솔 풍기고 있었다. 똥을 섞어 요리한 달걀프라이가 썩어가는 냄새였다.

그런데도 다른 녀석들은 오 선생을 흘끔거릴 뿐, 아무런 내색도 하지 않고 있다. 그런 아이들 때문에 오 선생은 다시금 충격을 받는다.

아이들은 악취를 견디고 있다. 아니, 순응하고 있다. 녀석들에게 이 똥 냄새는 견딜 만한 악취가 돼버린 것 같다.

하지만 오 선생은 그럴 수 없었다. 당장 치워버려야 할 거대한 오물을 교실 한가운데 두고 수업을 진행할 수는 없다. 수업 전에 해결하고 넘어가야 할 과제였다. 문제는 산책 중인 반려견의 똥을 치우듯 간단하게 해결될 일이 아니라는 것이었다.

극도로 조심하며 누구에게도 들키지 않고, 아무 일도 없었던 것처럼 깔끔히 해결해야 할 난제였다.

냄새의 정체, 범인의 정체를 발설하는 것도 절대 삼가야 한다. 공식적으로, 이 반에서 아무도 팬티에 똥을 싼 학생은 없어야 한다. 정체를 밝히는 순간 오 선생은 아동 학대 혐의를 받을 소지가 있다. 그랬다간 이 녀석은 혐오와 경멸의 대상으로 찍혀 놀림의 희생양이 되고 말 것이다. 그것만은 막아야 한다. 그것이 오 선생의 목표였다.

어떤 방법이 좋을까? 녀석에게 수치심을 주지 않고 자연스럽게 일을 처리하는 방식.

지금 누구보다 곤혹스러운 건 바로 이 녀석일 것이다. 오 선생의 마음이 다급해졌다.

"얘들아, 오늘은 상담 좀 할까?" 오 선생이 학생들을 둘러보며 말한다. 그가 순간적으로 떠올린 임기응변이었다. 일단 학생들이 집중해서 볼 만한 영상을 TV 모니터에 재생해 놓고, 조용히 녀석을 데리고 나가 뒤처리를 하게 할 생각이다.

순응의 냄새에 젖어 있던 학생들이 멀뚱멀뚱 선생을 쳐다본다.

"우민아, 너부터 할까?" 오 선생이 녀석의 어깨에 손을 얹으며 말한다.

녀석의 어깨가 푹 가라앉으며 돌부처처럼 굳는다.

녀석이 오 선생을 올려다보며 고개를 젓는다.

"너 저번에 고민 있다고 하지 않았어? 가자, 선생님한테 좋은 해결책이 생겼거든." 오 선생이 녀석의 팔을 잡고 채근한다.

녀석은 팔을 옆구리에 착 붙이고, 엉덩이에 불끈 힘을 준다. 그 바람에 악취가 더 심해졌다.

"다른 애부터 하면 안 될까요?" 녀석이 애원하듯 말한다.

그때 한 학생이 손을 번쩍 쳐들며 외친다. "선생님, 저도 고민 있어요. 상담해 주세요."

다른 학생도 덩달아 외친다. "저도요!"

이어지는 반응은 예상대로였다.

"저도요!"

"저도요, 선생님!"

연속적으로 터지는 "저도요!", 예상치 못한 반응에 오 선생은 그저 난감할 뿐이다. 한편으로는 이해가 간다. 녀석들은 교실을 벗어나고 싶을 것이다. 오물이 교실 분위기를 압도적으로 짓누르고 있으니까.

아니, 그렇다고 보기엔 분위기가 좀 묘하다. 뭐랄까, 곤혹스러운 처지에 놓인 친구의 마음을 헤아리고 동조해 주는 것 같다. 오 선생은 순간 울컥하고 만다. 잊고 있었던 냄새, 모르고 있었던 향기가 교실에 감돌고 있는 것 같아서다. 향기의 햇살이 교실 안에 은은하게 비치고, 기상 상태가 일순 '**맑음**'으로 변한다.

"그럼 이렇게 할까? 상담은 교실에서 하는 게 좋겠다. 일단 우민이만 남고 다들 운동장으로 나갈까?"

"네!"

"네!"

아이들이 일제히 답하며 자리에서 일어난다.

오 선생은 학생들을 이끌고 교실 밖으로 나가 운동장 옆 계단에 줄지어 앉게 한다. 그리고 반장을 불러 다음 달에 열리는 학예

회에서 발표할 공연에 대해 의논해 보라고 지시했다. 1반은 국어 교과 4단원 '이야기 속 세상'에 나오는 이야기 하나를 희곡으로 각색해 공연하는 것으로 의견을 모은 상태였다.

"저, 선생님." 다시 교실로 가기 위해 돌아서는 선생을 향해 반장이 말을 건넨다.

"왜?" 오 선생이 묻는다.

"우민이도 있어야 하는데요? 우리 연극에서 주역을 맡기로 한 배우라서……."

"그렇구나. 알았어. 우민이가 지금 약간 문제가 있는 것 같아서 말야. 무슨 일인지는 모르겠지만…… 너희들도 모르지? 그래. 내가 잘 타일러서 데려올 테니, 그때까지 너희들끼리 진행하고 있어."

"선생님, 잠깐만요." 다시 돌아선 오 선생을 향해 반장이 말한다.

"그래, 말해 봐."

"아, 아니에요." 반장이 당황한 기색으로 어물거린다. 어딘지 모르게 미안해하는 눈치다.

저 녀석은 뭔가 알고 있는 걸까? 반장과 우민이는 중간고사, 기말고사 때마다 1등을 다투는 경쟁 관계다. 1등을 놓치지 말라고 닦달하는 부모 때문에 스트레스가 이만저만 아닐 것이다. 이는 우민이 녀석도 마찬가지다. 그렇다면 오늘의 날씨는 **반항**의 냄새가 아닐까…….

교실로 돌아오면서 오 선생은 녀석이 스스로 일을 수습하고 있기를 바라는 마음이었다.
하지만 녀석은 여전히 같은 자세로 의자와 한 몸이 된 채였다.
오 선생이 옆자리에 슬며시 앉자, 녀석이 고개를 푹 숙인다.
오 선생이 휴대폰을 꺼내 연락처를 뒤진다. 우민 어머니의 번호가 눈에 들어온다. 오 선생은 통화 키를 누르려다 멈칫한다. 왠지 그래선 안 될 것 같다.
"하지 마세요." 녀석이 선생의 손을 콱 움켜쥐며 말한다. 그러더니 훌쩍이기 시작한다. 오 선생은 비로소 뭔가 선명해지는 느낌이다.
오 선생이 교탁 관물대에서 갑티슈 통을 꺼내와 녀석에게 들이민다. 녀석이 휴지를 몇 장 꺼내 눈물을 닦는다. 녀석의 얼굴에서 슬픔의 냄새가 배어 나온다. 녀석이 내뿜는 슬픈 날씨에 오 선생은 그만 할 말을 잃고 만다.
한동안 침묵이 이어진다. 무슨 할 말이 있겠는가.
오 선생은 녀석이 진정되기를 기다렸다가 숙직실로 데려갈 생각이다. 화장실에서 샤워하고 나오면 옷장 서랍에 비치된 비상용 속옷과 운동복 바지로 갈아입게 할 것이다.

"그만 일어나볼까? 곧 종이 울릴 거야." 오 선생이 조심스레 말한다.

"싫어요." 녀석이 완강하게 거부한다.

"이놈아, 다른 애들도 생각해야지."

"제발 좀 그냥 놔두세요." 녀석이 항의하듯 말한다.

"계속 그러면 부모님한테 연락할 수밖에 없어. 그걸 원해?"

"상관없어요. 전 어차피 똥 같은 놈이니까."

녀석의 말에 오 선생은 화가 치민다. 교실은 학교에만 있는 게 아니다. 각 가정에도 있고, 거리에도 있고, 식당이나 편의점에도 있다. 사실 이 빌어먹을 세상 전체가 이 어린 친구들에는 거대한 교실이자 학교 아니겠는가.

녀석의 어머니와 상담을 해볼 필요가 있다고 생각하지만, 오 선생도 그건 정말 두렵고 무서운 일이다. 오히려 사태를 악화시킬 가능성이 크다.

다시 길게 이어지는 침묵의 시간, 눅진한 침묵의 냄새.

급기야 종이 울리고 만다. 운동장에 있던 아이들이 어느새 교실 문 앞에 몰려와 있다. 그런데 사태가 묘한 방향으로 흘러간다.

"선생님 저 바지에 똥 쌌어요." 교실 안 동정을 살피고 있던 학생 하나가 문을 벌컥 열고 들어서며 외친다.

"저도요!" 다른 아이가 들어서며 외친다.

"저도요!"

"저도요!"

"저도요. 선생님 저 어떡해요."

다시 "저도요!" 행진이 이어진다. 다들 바지를 입은 채 똥을 싸지르고 있다.

그렇게 교실 전체가 똥의 향기로 오염되고 말았다. 방역에 앞장서야 할 오 선생도 그 오염에서 벗어날 수 없었다.

때마침 대장에 신호가 왔고, 오 선생이 끙! 힘을 준 순간 항문에서 단단하게 굳은 똥 한 덩어리가 밀려 나온다. 똥은 곧 사각팬티 밖으로 나와 통 넓은 바짓가랑이를 타고 내려가 구둣발 아래로 굴러떨어진다.

"나도!" 허리 굽혀 자기 똥을 손으로 집어 든 오 선생이 아이들을 향해 말한다.

교실은 이제 천지가 똥밭이다.

꽃을 심기에 딱 좋은 날씨, 나무를 심기에도 딱 좋은 토양이다.

△

* 특A 영재반 창의적 체험학습 과제

― 15년 뒤 여러분은 어떤 직업에 종사하고 있을까요?
현재 희망하고 있는 직업은 무엇인가요?
15년 뒤, 마침내 꿈을 이뤄 희망하던 직업인이 되어 일하는 모습을 인공지능 영상 제작 프로그램을 활용하여 제작해 보시오.

* 영재들이 제작, 발표한 영상들

\# 인공지능 창작스토리 플랫폼 사무실

인공지능 칩을 뇌에 이식한 스토리텔러가 된 영재 A, 1분 단위로 엽기적이고 퇴폐적인 스토리를 완성해 게시판에 올리고 있다.

〈인서트〉 다크웹에서나 검색할 수 있는 스너프 필름 시나리오, 살인, 강간, 고문, 자살 등을 소재로 한 스토리들이 즐비하게 들어찬 게시판.

중세 유럽 어느 궁정의 연회장

광대 복장을 한 영재 B가 저글링을 하고 있다.

〈CUT TO〉 마술사 복장으로 등장하는 영재 B, 신체 분리 마술을 선보인다.

대통령 집무실

'트럼프 주니어 박'이라는 닉네임으로 등장한 영재 C, 핵미사일 발사 버튼을 누른다.

〈인서트〉 지구가 멸망하는 장면이 장엄하게 펼쳐진다.

2040년대, 어느 촬영 스튜디오 안

만능 식도락가로 널리 알려진 유튜버 영재 D가 식탁 의자에 앉아 있다. 식탁에는 갖가지 음식물이 차려져 있다.

영재 D가 돌멩이를 먹는다.
영재 D가 바늘을 삼킨다.
영재 D가 들쥐를 한입에 욱여넣고 씹는다.
영재 D가 와인병에 든 질산 용액을 잔에 가득 따라 원샷한다.
영재 D가 고추장, 간장, 식초, 후추, 고추냉이 등을 푼 물에『성경』을 가늘고 길게 잘라 넣고, 젓가락으로 국수처럼 건져 먹는다.

일제강점기의 어느 기생집

영재 E가 기모노 차림으로 총독부 고위 관리들 앞에서 기예를 선보인다.

〈CUT TO〉 영재 E가 조선 총독 이토 히로부미의 품에 안겨 있다.

\# 몽타주

— 개인 투자사무실에서 선물거래로 수천억대 대박을 터뜨린 영재 F, 코카인을 흡입하더니 나체 상태로 춤추기 시작한다.

— 요트 선상에서 유명 연예인들과 섹스 파티를 즐기는 영재 F. 광란의 현장.

— 개인 트레이너와 함께 웨이트 트레이닝을 하는 영재 F. 근육으로 다져진 F의 탄탄한 몸이 보디 오일을 바른 듯 번들거린다.

\# 2040년대의 지하도시

의사 가운을 입은 영재 G가 메스를 휘두르며 뇌수술을 하고 있다.
무면허 의사 G의 불법 의료 행위가 10분 가까이 롱테이크로 이어진다.

* 긴급 학부모 총회

특A반 학부모 여러분!

여러분은 방금 여러분 자녀들이 영상으로 제작한 꿈의 풍경들을 확인하셨습니다. 보셨다시피, 끔찍하고 암담한 상황입니다.

서울대, 카이스트, 미국 아이비리그에 진학해 머잖아 세계의 정치, 사회, 과학, 문화, 예술계에 선명한 업적을 남겨야 할 우리 영재들에게 무슨 일이 벌어지고 있는 걸까요? 정말이지 충격이 아닐 수 없습니다.

혹시 단체로 뇌에 무슨 이상이라도 생긴 게 아닐까요? 어떤 악성 바이러스가 아이들의 꿈을 좀먹어 버린 걸까요? 아무래도 심리상담을 먼저 받아봐야 할 것 같아, 서울대 의대 장수철 교수님께 자료들 보여드리고, 진료 예약을 해둔 상태입니다.

아, 너무 걱정하지 마세요. 그냥 잠시 지나가는 바람 같은 거니까요. 여러모로 뛰어난 학생들이다 보니 중2병을 좀 일찍 겪고 있다고 보시면 될 것 같습니다.

여러분이 그리고 계신 미래는 끄떡없을 겁니다. 아이들의 꿈은 곧 여러분의 꿈이 아닙니까. 아이들의 미래는 바로 여러분 손에 달려 있다고 봐야겠죠.

영재 A 부모님께서 희망하시는 아드님의 미래 직업은 세계 최고의 신경외과 의사죠?

영재 B 부모님께서 선망하시는 따님의 미래 직업은 장차 유엔 사무총장으로 선출될 외교관 맞죠?

영재 C 부모님께선 아드님이 물리학자로서 뛰어난 업적을 이뤄 노벨상 수상자가 되기를 바라고 계시죠?

영재 D 부모님은 아드님이 기후 문제를 해결해 지구를 환경 위기에서 구해 내는 영웅으로 성장하기를 바라십니다. 맞나요?

불가피하게 이 자리에 참석하지 못한 영재 E 부모님은 아드님이 세계은행 총재로 선출될 날을 손꼽아 기다리며 살고 계시죠?

영재 F 부모님께선 아드님이 인공지능 로봇공학 분야에서 활약하며 미래의 새로운 인류 종을 창조하는 신적인 존재가 되기를 원하십니다.

영재 G 부모님은 따님이 우주 식민지 개척의 선구자가 되기를 바라고 계시죠?

자, 학부모 여러분!

자녀를 통해 여러분의 꿈과 희망을 모두 성취하게 되면, 우리 대한민국은 세계를 넘어 우주까지 지배하는 초강대국이 될 수 있겠죠? 우리 특A반의 존재 의미는 바로 거기에 있다는 것, 다들 잘 알고 계시죠?

그러므로 여러분은 우리 아이들이 반항적으로 제작했을 오염된 꿈들을 깡그리 지워버려야 합니다. 그 자리에 여러분의 찬란한 꿈과 희망을 재이식해 주세요. 한시가 급합니다.

영애 언니

양선미 | 1998년 〈문화일보〉 신춘문예에 「차를 타고 안개 속으로」가 당선. 소설집 『맛동산리시브』 『퀼트퀼트』 장편소설 『문주』 『영이의 고독』 등이 있다.

내가 은주와 미정을 만난 건 바람이 선선하게 불던 어느 가을 저녁때였다. 두 사람은 같은 반 학부모였고 나는 살던 전셋집이 갑자기 팔리는 바람에 부랴부랴 이사를 온 참이었다. 둘은 놀이터 벤치에 나란히 앉아 이야기를 나누다가도 아이들이 위태롭게 정글짐을 오르거나 거꾸로 미끄럼틀을 타려고 하면 재빨리 알아채고 잔소리를 하고 있었다. 걱정했던 것과 달리 아이가 또래 속으로 빠르게 스며드는 것에 안도하며 나는 한쪽 벤치에 앉았다. 그때 미정이 말을 걸어왔다. 못 보던 얼굴인데 새로 이사 오셨나 봐요. 나는 어정쩡하게 일어나며 인사를 했다.

미정이 호구조사를 마친 뒤 잘 지내자며 휴대전화를 내밀었다. 내가 번호를 찍자 익숙하게 통화버튼을 누르고 신호음을 확인했다. 나는 은주와도 한 번 더 그 과정을 거쳤다. 나도 둘의 번호를 저장한 뒤 괄호 표시를 하고 놀이터라고 표기해 놓았다. 며칠 뒤 미정에게서 만나자는 메시지가 왔다. 나는 비가 쏟아지는 골목을 헤매다 겨우 시간에 맞추어 미정이 알려준 칼국수 집에 도착했다.

문을 열자 은주와 미정이 동시에 손을 들어 알은체를 해왔다. 그 옆으로 낯선 얼굴도 보였는데 그 사람이 영애 언니였다. 여기는 최정아, 601동 살고, 수학 과외 선생님. 여기는 610동 살고 나랑 같은 성당에 다니시는 영애 언니. 소개가 끝나자마자 홍합 칼국수가 상에 놓였다. 영애 언니가 얼른 국자를 들어 칼국수를 퍼주었고 우리는 빠르게 껍질에서 홍합을 분리하기 시작했다. 나중에 알고 보니 영애 언니도 그즈음 당진에서 이사를 온 터였다. 미정과는 성당에서 만났는데 같은 아파트에 산다는 걸 알고 자연스레 가까워지게 되었다고 했다.

언니가 신입 인사라며 칼국숫값을 지불했기 때문에 나는 커피를 사겠다고 했다. 은주의 제안으로 우리는 아파트 상가에 있는 카페로 갔다. 테이블이 세 개밖에 되지 않은 작은 카페였는데 의외로 커피 향이 신선했다. 비 오는 날 칼국수 모임을 하는 게 어떻겠냐고 언니가 불쑥 제안을 한 건 커피를 거의 마셨을 때였다. 낯선 도시에서 좋은 이웃을 만나니 너무 좋다며 웃는 언니의 표정은 사십을 넘겼다고 보기 어려울 정도로 무해하고 환했다. 은주와 미정이 적극적으로 동의했기 때문에 얼결에 나도 그렇게 하자고 했다.

비 오는 날 칼국수를 먹는 모임이라고 했지만 우리는 눈이 와도, 날씨가 맑아도, 춥고 더워도 만났다. 어떨 때는 낮에 만났다가 잡채나 손만두를 가져가라는 언니의 연락을 받고 저녁에 다시 모일 때도 있었다. 지극히 돌발적으로 결성된 그 모임은 십여 년 이상 이어졌다. 몇 년 뒤 언니가 다른 곳으로 이사를 간 뒤 조금 뜸해지기는 했지만 그래도 틈만 나면 연락을 주고받고 만나기 위해 노력했다.

그런 데는 큰언니 역할을 맡은 영애 언니의 공이 컸다. 언니는 시골에서 보내준 갓 짠 들기름이나 햇땅콩을 나눠 먹자며 가져오기도 했고, 반찬 하기가 귀찮다고 푸념한 어느 날엔가는 다이소에서 산 일회용 그릇에 멸치볶음과 오이지무침, 콩조림 등을 골고루 담아오기도 했다. 가끔 교외 나들이를 할 때는 기꺼이 운전사를 자처했다. 우리 중 유일하게 차를 소유했다는 이유에서였지만 미정이 아반떼를 산 뒤에도 상황은 변하지 않았다.

누군가 아프거나 힘든 일이 있거나 기쁜 일이 있을 때 가장 먼저 위로해 주고 축하를 하는 사람도 언니였다. 아이가 갑자기 경련을 일으키거나 토할 때, 주식과 부동산 투자 대열에 끼지 못했다는 박탈감에 우울할 때, 남편의 숨소리와 볼록하게 나온 배가 돌연 참을 수 없어질 때도 우리가 제일 먼저 찾은 사람은 언니였다.

당연한 말이지만 언니가 우리에게만 소중한 사람인 건 아니었다. 언니는 봉사 단체의 오랜 일원이었다. 그녀는 춥거나 덥거나 눈이 쌓이거나 홍수가 나거나 상관없이 월, 수 오전 9시가 되면 어김없이 집을 나와 자원봉사센터로 향했다. 그곳에서 양파, 나물, 파를 다듬고 멸치를 볶고 시금치를 무쳤다. 음식 준비가 끝난 뒤에는 부랴부랴 도시락 가방 30개를 차에 싣고 독거노인들을 찾아갔다.

어떻게 그렇게 할 수 있느냐고, 지치지 않느냐고 물으면 언니는 무심히 손가락 마디를 꾹꾹 짚으며 말했다. 당연히 힘들지, 그런데 하루 종일 기다릴 분들을 생각하면 그만둘 수가 없어. 그 말에 은주는 고개를 끄덕였지만 언니를 따라 몇 번 봉사를 나갔던 미정은 눈살을 찌푸리며 말했다. 내가 보기엔 고마워서가 아니라 자기 욕심 때문에 그러는 거 같은데. 오죽하면 김하종 신부님 같은 분까지 회의감을 토로했겠냐고. 봉사자에게 무조건 감사해할 거라는 예상과 달리 반찬 투정을 하거나 온 김에 청소도 해주면 안 되겠냐고 요구하는 노인을 본 뒤로 미정은 종종 괜한 일을 해서 인류애가 사라졌다며 투덜거렸다. 그럴 때도 언니는 그때 미정이 고생 많이 했어, 라며 사람 좋게 웃어넘겼다.

미정이 말하는 김하종 신부에 관한 기사는 나도 본 적이 있다. 김대건 신부를 존경해 이탈리아에서 온 푸른 눈의 성자. 한 그릇의 밥에 사랑을 담고 싶다며 30년 이상 무료급식소 봉사를 했다는 그분도 가끔 당황스러울 때가 있다고 했다. 파리바게트 빵, 얼린 물, 이천쌀 도시락을 요구하는 노인을 만날 때였다. 자기도 사람인지라 그런 분을 만나면 속이 상하다며 한 끼 밥에 들어간 많은 봉사자의 사랑과 노고를 당연하게 생각하지 말고 감사함을 알았으면 좋겠다고 호소하는 내용이었다. 그 기사를 읽고 참 별난 사람도 많구나 싶었는데 미정도 본 모양이었다. 하지만 그 후에도 김하종 신부의 봉사는 계속되는 듯했고 그건 언니도 마찬가지였다.

그렇게 마음을 곱게 써서인지 언니는 복이 많았다. 어떤 면에서 그러냐고? 우선, 언니는 젊어서도 예뻤는데 나이를 먹으면서는 우아해졌다. 별다른 관리를 하지 않는데도 얼굴이나 목에 잔주름이 지지 않았고 눈매는 여전히 또렷해서 일곱 살이나 어린 우리보다도 어려 보였다. 언니의 남편은 한결같이 성실하고 다정했다. 우리와 함께 있을 때 언니가 간혹 남편 전화를 받을 때가 있었는데 수화기 너머로 들려오는 존대 섞인 음성은 부드럽고 점잖아서 우리는 저절로 부러움의 탄성을 내뱉었고 동시에 각자의 남편을 떠올리며 우울해했다.

언니는 자식 복도 많았는데 아들과 딸, 둘 다 외모가 준수했고

양선미

공부도 잘했다. 특별한 사교육을 받지 않았는데도 둘은 명문대를 졸업한 뒤 각각 대기업 직원과 회계사가 되었다. 그 모든 일을 알게 된 건 결코 언니가 자랑을 해서가 아니었다. 매사 알뜰해서 좀처럼 외식이나 쇼핑도 하지 않으면서 아이들 학원비만큼은 아끼지 않는 은주가 물어봤기 때문이었다.

미정이 만난 지 너무 오래되었으니 날을 잡아보자고 카톡을 한 건 벚꽃이 한창이던 지난해 봄이었다. 그러자 은주가 그럼 말이 나온 김에 아예 양평 쪽으로 가서 브런치도 먹고 테라로사에서 드립 커피와 피칸 파이도 먹자고 했다. 나는 얼른 그러자고 답장을 했다. 만남이 뜸해지고 있었고 과외 학생들 기말고사 준비로 지난번 모임 때 불참을 한 탓에 오랫동안 보지 못했다는 데 생각이 미친 때문이었다.

만날 시간을 정하기도 전에 미정이 브런치 맛집 리스트를 올렸고 우리는 푸팟퐁커리와 쏨땀을 칭찬하는 리뷰가 많은, 자그마한 원숭이 간판이 인상적인 베트남식 레스토랑을 골랐다. 언니의 몫인 숫자 1은 좀처럼 없어지지 않았다. 나는 그러려니 했다. 비교적 빠르게 카톡에 응답하는 나도 수업을 하거나 이동하거나 음악을 듣다 보면 핸드폰을 보지 않을 때가 있기 때문이었다.

미정은 생각이 달랐다. 두 시간이 지나도록 숫자 1이 좀처럼 사라지지 않자 새로운 단톡방을 만든 뒤 은주와 언니의 근황을 궁금해하기 시작했다. 유난스럽다는 생각이 들었지만 평소 언니를 생각하면 예외적인 일이긴 해서 둘의 대화를 보다 보니 무슨 일이 있는 건 아닌가 나도 새삼 궁금증이 일었다.
　둘은 언니의 스케줄을 점검하기 시작했다. 식사 봉사, 미술사 수강, 주말마다 아파트가 답답하다며 거의 시이모네서 지내는 어머니 뵈러 가기, 틈틈이 유니세프에 보낼 아기 모자 뜨기 등을 은주가 늘어놓자 미정은 아무리 바빠도 카톡 확인할 시간이 없겠느냐고 답했다. 어쩐지 입을 삐죽이는 모습이 보이는 듯해서 나는 소리 없이 웃었다.
　오랫동안 해온 봉사와 뜨개질은 차치하더라도 언니가 생활문화센터에서 미술사를 수강한다는 말을 나는 그날 처음 들었다. 결혼식 답례 밥을 사겠다고 해서 그 전에 만났을 때 자식을 둘 다 결혼시키고 보니 마음이 너무 한갓져서 당분간 여유를 즐기겠다더니 다시 뭔가를 시작한 모양이었다. 한결같은 봉사와 자기를 위한 계발까지, 과연 언니답다는 생각이 들었다. 마침 수업 시간이 되었으므로 나는 더 이상 핸드폰을 들여다보지 않았다.
　쉬는 시간에 확인해 보니 두 사람이 나눈 톡이 53개나 쌓여 있었는데 언니가 종종 해주던 개성식 만두가 그립다는 말이 그러고 보니 요즘은 통 놀러 오라는 말을 하지 않았다는 내용으로 이어져 있었다. 아파트 화요 장에서 파는 찹쌀순대가 맛있더라는 미정의 말에 잠깐 방향이 틀어지는 듯했지만 화요 장 때문에 주차장이 좁아져 불편하기 짝이 없다는 은주의 푸념에 다시 언니의 아파트로 화제가 바뀌었다. 잠깐 확인해 보니 넷이 있는 단톡방의 숫자 1은 여전히 사라지지 않은 채였다.

두 사람은 피트니스 센터, 스크린골프장에 게스트 하우스까지 갖춰진 언니의 아파트를 한껏 부러워하며 한번 살아보면 원이 없겠다, 새 아파트고 뭐고 전세나 얼른 벗어나고 싶다는 앓는 소리를 사이좋게 주고받았다. 그런 뒤 겨우내 패딩을 입고 생활했는데도 난방비 폭탄을 맞았다는 말에 의기투합했다. 나도 그 대목에서 저절로 웃음이 나왔다. 90년대식 서민 아파트라 창틀이 흔들릴 정도로 외풍이 심해 아무리 보일러를 돌려도 소용이 없다는 내용에 저절로 공감이 갔고, 내 딴엔 난방을 한다 했는데도 집이 너무 춥다는 푸념을 아이들에게 자주 들은 터였기 때문이었다.

카톡은 시어머니가 요즘 들어 은근히 합가를 원해서 걱정이라는 은주의 하소연으로 이어졌다. 미정이 그러면 차라리 이 기회에 돈도 안 되는 시모의 시골집을 처분하게 하고 언니처럼 노부모 특공을 한번 노려보라고 조언했다. 그 대목에서 나는 잠깐 눈살을 찌푸렸다. 그럴 의도는 아니었겠지만 마치 언니가 아파트 청약을 위해 시모를 모신 것 같은 뉘앙스가 언뜻 느껴졌기 때문이었다. 언니가 이사를 간 지 벌써 몇 년이 지났는데 미정은 여전히 언니의 행운이 부러운 모양이었다. 불가피하긴 했지만 그때 아파트를 판 게 결과적으로 잘된 일이었다는 말까지 하는 걸 보면.

언니가 살던 아파트를 처분한 건 시동생 때문이었다. 언니 말에 의하면 전기 기술자였다는 시동생은 법 없이도 살 만큼 착한 데다 성실하고 야무지기까지 해서 건축주들에게 인기가 많았다. 그 덕에 눈코 뜰 새 없는 시간을 보냈는데 바쁘게 움직이는 만큼 수입도 늘어나서 노모에게 안마의자를 사주는 것은 물론 당시 대학에 입학한 언니의 아들 대학 등록금까지 대주었다고 했다. 그랬기 때문에 언니 내외는 그가 사업 확장을 위한 자금 대출을 고려한다는 말을 듣자마자 자진해서 보증을 서주었다.

그러나 얼마 되지 않아 공사 현장으로 가던 그의 봉고차가 터널 사고를 냈고 모든 것이 뒤죽박죽이 되어버렸다. 시동생은 뇌사상태에 빠져들었고 공사 대금을 지급하지 않은 건축주들은 계약 관계를 부정했다. 시동생의 장부와 휴대전화는 이미 재가 되어버려 증명할 방법도 없었다. 그 와중에 은행에서 대신 대출을 갚아야 한다는 통보가 날아왔지만 졸지에 가장이 된 동서에게 차마 넘길 수는 없는 노릇이었다. 알고 보니 시동생의 빌라도 대출이 들어간 상태여서 오히려 도움을 줘야 할 상황이었다.

우리가 그 사실을 알게 된 건 언니가 갑자기 이사를 해서였다. 그렇다고 평수를 넓혀가는 것도 아니었고 옮겨가는 곳도 바로 옆 동이어서 대체 어찌 된 일이냐 묻자 그제야 저간의 사정을 털어놓았다. 그런 뒤 급한 불을 끄기 위해 시골집을 판 시모와 곧 같이 살기로 했다는 말까지 들었을 때 우리는 뭐라 할 말이 없었다. 아이들도 성인인데 갑자기 시모까지 모시는 건 너무 힘들지 않겠냐고 은주가 묻자 시동생이 그렇게 된 뒤 시어머니 건강이 너무 쇠약해졌다며 언니가 걱정하는 바람에 덩달아 우리도 숙연해졌던 기억이 있다.

그래서 언니가 아파트 청약에 당첨되었을 때 우리는 진심으로 기뻐하고 축하했다. 착하게 살다 보니 역시 복을 받는구나 싶었다. 그도 그럴 것이 전철역으로 한 정거장을 사이에 두고 개발된 신도시의 그 아파트는 개발 계획이 마무리되자마자 대대적인 정지 작업이 이루어지고, 눈 깜짝할 사이에 건물들이 세워지고 도로와 공원과 대규모 쇼핑몰이 들어선 신도시의 중심부에 위치해 있었다. 주택 정책에 따라 입주권 매매가 불가능한데도 불구하고 당첨자 발표가 나자마자 억대의 프리미엄이 붙었다는 소문이 떠돌더니 실제로 규제가 끝난 뒤에는 분양 가격의 두 배가 되었고 지금도 신고가를 갱신하는 중이었다.

은주는, 사실 나도 눈 딱 감고 해볼까 했는데, 노우, 난 절대 못해, 라는 말 뒤에 느낌표를 다섯 개나 찍은 뒤 몸서리치며 뒷걸음질을 치는 이모티콘을 올렸다. 나는 무심코 고개를 끄덕였다. 끝없이 오르는 전세보증금 때문에 애를 먹다 충동적으로 아파트를 보러 다녔던 일이 떠올라서였다.

전철역이 가깝고 단지 내에 초등학교가 있는 데다 창밖으로 연초록 수목이 무성했던 그 아파트는 둘러보는 순간 마음에 들어서 무리를 해서라도 매입하고 싶었다. 하지만 주인이 갑자기 이천만 원을 더 요구하는 바람에 계약이 어그러졌다. 그 뒤로 오른 집값을 생각하면 그다지 큰 액수가 아니었고 은행 대출도 가능할 것 같았는데 당시에는 미안해하는 표정도 없이 말을 바꾸는 주인에 대해 뾰족한 마음이 들었다. 그런 뒤 다른 집을 알아보리라 했지만 차일피일 미루게 되었고 그러는 사이 집값은 감당할 수 없을 만큼 급등해 버리고 말았다.

집값이 계속 떨어지던 2016년 무렵 돌연 청약부금을 해지해 버리고 몇 년 전 재가입한 탓에 청약 점수가 낮은 은주로서는 시부모와 합가를 하라는 미정의 조언이 솔깃하기도 했을 터였다. 그러나 아무리 아파트 당첨이 절실하다 해도 가능한 일이 아니라는 건 미정도 잘 알고 있을 터였다. 그렇게는 못 한다는 은주의 말에, 하긴 시부모랑 사는 게 쉬운 일이 아니지, 그런 거 보면 언니가 대단하긴 해. 어머니가 거의 시골에서 지내실 줄 알았던 것도 아니고, 라고 말을 한 걸 보면.

둘은 다시 부쩍 오른 식료품값에 대해 푸념과 홈플러스에서 대대적으로 시작한 할인과 그에 대응한 롯데프레시의 행사 품목에 대해 이런저런 이야기를 나눈 뒤 아무래도 언니한테 전화를 해봐야겠다는 말로 카톡을 끝냈다. 그게 벌써 한 시간 전이었다. 나는 언니의 번호를 검색한 뒤 잠깐 머뭇거리다가 다시 핸드폰을 내려놓았다. 무언가 바쁜 일이 있을 수도 있고 그렇지 않다면 무슨 사정이 있겠거니 싶어서였다.

언니의 톡이 올라온 건 막 저녁 설거지를 마친 뒤였다. 언니는 늦게 답을 달게 되면 이런저런 사정을 이야기하던 것과 달리 급한 일이 있어서 못 갈 것 같다고만 짧게 말했다. 그러면 언제 시간이 되느냐고, 언니가 빠지면 우리도 가지 않겠다고 은주와 미정이 연달아 톡을 올렸지만 읽지 않았다. 우리는 조금 난감해졌다. 약속을 취소하기에는 봄빛이 너무 화사했고, 그렇다고 우리끼리만 나들이를 가기에는 왜인지 미안한 마음이 들어서였다. 하지만 이미 들썩들썩해진 바람을 잠재울 수는 없는 노릇이어서 혹여 마음이 바뀌면 참석할 수 있도록 언니가 아무 일도 하지 않는 금요일로 날짜를 정했다.

만나기로 약속한 곳에서 이십여 분을 기다렸지만 언니는 나타나지 않았고 전화도 받지 않았다. 차에 오른 뒤 나는 다시 한 번 전화를 걸어보겠다며 휴대전화를 꺼냈다. 하지만 은주가 뒤를 바라보며 말했다. 하지 마. 해도 안 받을 거야. 왠지 의아해지는 말투였다. 하지만 뒤이은, 어제 나도 해봤는데 안 받더라고, 라는 미정의 시큰둥한 말에 나는 의구심을 거두고 휴대전화를 다시 가방에 넣었다.

평일 도로는 한산했고 오렌지 빛 봄빛을 머금은 고층 아파트 유리창은 크리스털처럼 반짝였다. 그러나 전화를 받지 않는 언니에 대한 의아함과 샐쭉함 때문인지 차가 북부간선도로를 지나 덕소로 들어설 때까지도 미정은 운전에만 집중할 뿐 아무 말도 하지 않았고 은주도 턱을 괸 채 무심히 창밖만 내다보았다. 뒷자리에 앉은 나는 아이의 지난 중간고사 성적이 너무 좋지 않아 속이 상하다는 학부모의 하소연을 휴대폰으로 몇 번이고 들으며 솟구치는 짜증을 간신히 억눌러야 했다.

세 사람의 표정이 환해진 건 차가 양수리를 지나 북한강을 끼고 달리기 시작했을 때였다. 누가 먼저였는지는 모르지만 우리는 비늘처럼 언뜻언뜻 빛을 반사하는 강물과 연분홍빛 벚꽃 터널과 화르르 유리창에 쏟아지는 꽃잎을 보며 탄성을 내뱉었고 레스토랑에 도착했을 때는 완전히 봄나들이의 즐거움을 만끽할 준비가 되어 있었다. 평일임에도 대기 인원이 있었기 때문에 미정이 차를 대는 동안 은주와 내가 재빨리 웨이팅 기기에 전화번호를 등록했고, 레스토랑 출입구 한쪽에 있는 벤치에 나란히 앉아 카톡 알람이 울리길 기다렸다.

한적한 시골 도로와 싱그러운 향기를 풍기는 나무들과 드문드문 이국의 성처럼 숨어 있는 감각적인 디자인의 전원주택이 어우러진 풍경을 감상한 뒤 기다리는 시간이 슬슬 지루해질 즈음에 입장 안내 카톡이 떴다. 우리는 서둘러 레스토랑 안으로 들어가 직원이 안내한 테이블에 앉았다. 머리를 맞대고 메뉴판을 들여다본 뒤 시그니처 메뉴라는 푸팟퐁커리와 그린파파야, 줄기콩이 들어간 쏨땀과 쌀국수를 주문했다. 그런 뒤 즐거운 마음으로 내부를 살폈는데 의외로 분위기가 독특했다. 천장에서부터 길게 내려온 라탄 등, 타원 모양의 라탄 매트, 낮은 키의 나무 파티션이 동남아를 연상시키는 반면 부드러운 곡선을 살린 로코코풍의 테이블이며 코발트 빛 천으로 감싼 의자의 팔걸이는 프랑스 한적한 시골에 앉아 있는 듯한 착각을 하게 만들었다. 그래서였을까. 미정이 불쑥 언니 이야기를 꺼냈다.

언니 말대로네.

그때 종업원이 트레이를 들고 다가왔기 때문에 은주가 한쪽으로 물컵을 치우며 물었다.

언니?

응. 언젠가 다낭인가 나트랑인가 다녀와서 그랬잖아. 식민지 영향 때문인지 좋은 레스토랑은 동양과 서양 분위기가 묘하게 섞여 있더라고. 같이 왔으면 언니도 진짜 좋아했겠다. 그런데 정말 이 언니 무슨 일 있는 거 아냐?

바쁜가 보지. 이거나 얼른 먹어보자. 나 쏨땀은 처음인데 꼭 생채무침처럼 생겼네.

시큰둥한 은주의 말투에 미정이 어깨를 으쓱해 보였다. 급하게 쏨땀을 입에 넣는 은주를 보며 나는 벌써 한 시 반이 지나고 있으니, 그럴 만도 하다고 생각했다. 아닌 게 아니라 아침을 거른 탓인지 음식을 보자 급격히 허기가 느껴졌다.

근데 혹시 우리한테 뭐 삐진 건 아니겠지? 정아 씬 뭐 아는 거 없어?

샐러드를 막 입에 넣은 참이었으므로 나는 입을 벌리지 못한 채 가볍게 손을 저었다.

하긴, 우리도 모르는 걸 정아 씨가 어떻게 알겠어.

미정이 그제야 테이블 쪽으로 당겨 앉았다. 파파야를 입에 넣더니 새콤하다며 탄성을 내뱉었다. 주문한 음식이 이어서 나왔으므로 우리는 본격적으로 식사를 시작했다. 코코넛 밀크가 들어간 고소한 푸팟퐁커리와 그 위에 올려진 소프트 크랩의 바삭하면서도 절묘한 부드러움에 반해 은주가 소스까지 싹싹 긁어먹은 뒤 다른 것도 먹어보자고 제안했기 때문에 분짜까지 추가로 주문했고, 그야말로 바지 단추를 풀어야 할 정도로 과식을 하고 말았다. 식사를 끝낸 뒤 우리는 치열한 전투라도 마친 듯 벌게진 얼굴로 싹싹 비워진 그릇들을 멍하니 내려다보았다. 은주가 의미심장한 말을 꺼낸 건 일일 총무를 맡은 내가 막 계산서를 집었을 때였다.

사실 내가 우리 옆집 엄마한테 이상한 소릴 듣긴 했는데.

이상한 말? 언니 얘기? 맞다, 그 엄마 언니랑 같은 강좌 듣는다고 했지. 뭔데 빨리 말해 봐!

미정이 연달아 물었기 때문에 자리에서 일어나던 나는 어정쩡하게 선 채로 다음 말을 기다렸다. 부지런한 종업원이 트레이를 집어 드는 걸 본 탓에 다시 자리에 앉기도 껄끄러웠고, 그렇다고 테이블에 다시 바싹 다가앉은 미정에게 일어나라기도 조심스러웠다.

뭔데 빨리 말해 봐! 자기도 빨리 앉아봐. 이 얘기만 잠깐 듣고 나가자.

미정이 나와 은주를 동시에 채근했다. 하지만 종업원이 테이블을 치우기 시작했고 입장 안내 톡을 받은 사람들이 성급하게 우리 테이블로 다가왔기 때문에 결국 모두 일어서야 했다. 평소 같으면 손님을 대하는 레스토랑의 태도에 불쾌함을 표시했겠지만 궁금함 때문인지 미정은 아무 말도 하지 않았다. 차에 타자마자 빨리 이야기를 해보라며 다시 은주를 채근했는데 말을 꺼낸 은주가 정작 별 얘기 아냐, 라며 뜨뜻미지근한 반응을 보이는 바람에 더욱 답답해했다. 궁금한 건 나도 마찬가지였지만 나는 아무 말도 하지 않았다. 분위기로 보건대 과히 좋은 얘기는 아닐 듯했고, 무엇보다도 언니에 대한 이야기가 자칫 가십으로 소비될까 조심스러워서였다.

은주는 카페에 도착해 커피를 한 모금 마신 뒤에야 이웃에게 들었다는 이야기를 들려주었다. 바쁘거나, 집안에 우환이 있을지도 모른다는 짐작을 훨씬 뛰어넘는 황당한 이야기였다.

그래서 어떻게 됐는데? 대체 무슨 일인데?

미정이 갈증이 나는지 바닥에서 소리가 나도록 아이스커피를 빨아들인 뒤 근심 가득한 표정으로 물었다.

거기까지만 알고 그 사람도 모른대. 아, 하나 더 있다. 언니가 봉사도 다 그만두었대. 그 일 있고 난 뒤 언니가 수업에 안 나왔는데, 누가 와서 그러더래. 봉사도 그만두었다고. 정말 일이 나기는 난 모양이라고. 그러다 나중엔 아니 땐 굴뚝에 연기 나겠느냐는 말까지 돈 모양이더라고.

나는 뭐라 할 말이 없어 한동안 말을 하지 못했다. 지금 언니의 마음 상태가 어떨지 짐작이 가지 않았다. 미정도 그런 모양인지 급기야 얼음 조각들을 입에 털어 넣더니 갑자기 가방에서 휴대전화를 꺼냈다. 해봤자 안 받아. 나도 사실 어제부터 계속 전화하고 카톡도 남겼는데 소용없더라고. 은주가 말했지만 개의치 않고 버튼을 눌렀다. 역시나 통화는 되지 않았고 지루한 벨소리 끝에 메시지를 남기라는 AI 음성만 들려올 뿐이었다.

언니를 만나 이야기를 듣기 전까진 다 소용없다 싶어 화제를 바꾸기도 했지만 우리의 관심은 금세 언니에게로 돌려졌다. 답답해하고 안타까워하다 공연히 각자의 휴대전화를 들여다보았다. 그래서인지 이후의 시간이 더 이상 즐겁지 않았다. 드립 커피에선 향이 느껴지지 않았고 기껏 시킨 피칸 파이도 달게만 느껴졌다.

아휴 이 언닌 일이 있으면 말을 해야지. 근데 정말 무슨 일일까?

미정이 또다시 한숨을 내쉬었다. 딱히 묻는 말이 아니었으므로 은주도 나도 아무 말 하지 않았다.

언니가 절도죄로 입건되어 조사를 받았다는 건 아무리 생각해도 황당하기 짝이 없는 말이었다. 그러나 의기소침한 표정으로 경찰서에 들어가는 언니를 본 사람이 있고 또 건너건너 아는 사람이 땅 문제로 인한 분쟁 때문에 경찰서에 갔다가 우연히 옆 책상에서 심문을 받고 있는 모습을 봤다는 말을 들었을 때는 뭔가 단단히 잘못되었다는 생각이 들었다.

혹시 그거 아냐?

뭔가 생각났다는 듯 미정의 눈이 빛났다. 돌연 목소리를 낮췄으므로 은주와 나는 그녀 쪽으로 바싹 다가앉았다.

그런 거 있잖아. 갱년기증후군. 호르몬이 막 교란되거나 우울할 때 갑자기 도벽이 생기는 거. 생리도벽 같은 거 말이야.

말도 안 되는 소리라며 은주가 정색을 하자 미정도 아차 싶었든지 금세 답답하니까 별 쓸데없는 생각이 다 난다며 자기 입을 치는 시늉을 했다. 우리는 다시 각자의 생각 속으로 빠져들었다.

마지막으로 언니를 보았을 때를 나는 떠올렸다. 언니는 그날 우리를 언니 아파트 근처에 있는 빕스로 불렀다. 딸이 임직원 카드를 주었는데, 좋은 회사라 그런지 사십 프로 할인이 되니 비싼 스테이크를 사주겠다며 활짝 웃었다. 자식 자랑을 하고, 생색을 내는 건 전혀 그녀답지 않은 일이었기에 그녀가 낯설면서도 귀엽게 느껴졌다.

우리는 기꺼이 자랑을 들어주었다. 효도를 받는 것도, 사랑을 받는 것도 모두 그간 애쓴 덕이라고, 충분히 누릴 자격이 있다고 치켜세웠다. 언니는 손사래도 치지 않고 고개를 끄덕이기까지 해서 또 우리를 웃게 만들었다. 그런데 그 뒤로 대체 무슨 일이 생긴 것일까. 무심코 든 생각에 나는 속으로 화들짝 놀라 고개를 들었다. 생각 끝에 이어졌고 충분히 걱정과 애정이 담긴 것이긴 하지만 그럼에도 불구하고 소문을 기정사실로 받아들이다니.

그러고 보니 언니 본 지도 꽤 오래됐네. 요즘은 서로 카톡도 별로 안 하고. 아!

미정이 뭔가를 떠올리고 휴대전화를 들자 은주가 포크로 파이를 찍으며 무심히 말했다.

내가 벌써 카톡 다 확인했어. 지난 2월 이후로 서로 뜸했더라고.

그러네. 이때는 아무 일도 없어 보이네. 그럼 두 달 사이에 일이 생겼다는 건데……. 근데 대체 무슨 물건일까? 혹시 마트 같은 데

갔다가 무심코 그냥 카트에 넣고 나온 거 아닐까. 왜 모르고 하나쯤 물건 빠트릴 수도 있잖아. 한번 자세히 물어보지 그랬어.

그 여자 조금 요란해. 남 말하는 것도 좋아하고. 나한테도 걱정하는 척하면서 은근히 언니 디스하더라고. 아유, 집에나 가자. 더 늦으면 차 막혀.

은주가 갑자기 테이블 정리를 시작하며 말했다.

어쨌든 무슨 상황인지는 알아야 할 것 아냐. 정아 씬 어떻게 하면 좋겠어?

트레이에 떨어진 파이 부스러기를 같이 모으면서 갑자기 미정이 내게 물었기 때문에 나는 속맘을 들킨 듯 얼굴을 붉혔다.

은주의 말대로 금요일 오후이고 퇴근 시간이 가까워져서인지 도로 상황이 녹록지 않았다. 내비게이션 예상 시간도 점점 늘어나서 덕소를 지날 때쯤에는 원래보다 한 시간이나 지연되었다. 멀리 번화한 불빛이 거대한 크리스마스트리처럼 반짝이는 신도시의 전경이 눈에 들어오자 나는 경직된 엉덩이를 꾹꾹 눌렀다. 그때였다. 미정이 불쑥 이왕 늦은 거 저녁을 먹고 가는 게 어떠냐고 했다. 은주가 다소 떨떠름한 표정을 짓자 이번에는 뒤를 돌아보며 물었다. 정아 씨 괜찮지? 이제 조금만 더 가면 헤어질 지점이었고 낮에 먹은 음식도 아직 소화가 되지 않았고 피로감이 어깨를 누르고 있고 무엇보다 다음 날 수업 준비를 하지 않아 조금 부담스러웠지만 나는 옅은 미소를 지었다.

 즐비하게 펼쳐진 트렌디한 레스토랑의 요리가 아닌 김밥으로 저녁을 때운 뒤 언니의 아파트 앞 작은 카페로 자리를 옮긴 것은 어쩌면 자연스러운 수순이었다. 미정은 자리에 앉자마자 주문도 하지 않고 단톡방에 카톡을 올렸다. 처음에는 보고 싶다고 했다가 나중에는 소문을 언급하며 대체 어찌된 일이냐고, 무슨 일이 있는 거냐고, 걱정이 되어서 왔으니 잠깐이라도 얼굴을 보자고 썼는데 처음 부드럽고 조심스러웠던 톡의 뉘앙스는 점점 강해지기 시작했다. 갑자기 찾아가면 언니가 불편해하지 않겠냐고 떠름해하던 은주마저 언니 몫의 숫자 1이 좀처럼 사라지지 않자 지원사격을 하듯 울거나 삐지거나 소리치는 이모티콘을 올리더니 급기야 둘이 번갈아 전화를 하기 시작했다. 내심 언니를 보고 싶은 마음에 동의는 했지만 나는 조금씩 마음이 불편해졌다.

 아무래도 아무 말도 하고 싶지 않은 것 같으니 이제 그만 돌아가는 게 어떠냐고 나는 조심스럽게 물었다. 어차피 시간이 늦어 만나기 어려울 듯한데 차라리 며칠 기다리면 언니가 먼저 연락을 하지 않겠느냐고도 했다. 미정이 꿈에서 깨어나듯 시계를 들여다

보더니 놀라는 시늉을 했다. 그러더니 그럼 한 번만 더 전화를 해 보고 일어나자고 했다.

그런데 갑자기 미정이 환하게 웃으며 소리쳤다. 여보세요? 언니? 심드렁하게 턱을 괴고 있던 은주와 나도 깜짝 놀라 자세를 고쳐 앉았다. 이게 뭐라고, 순간 잠깐 가슴이 두근거리기까지 했다. 그러나 그뿐이었다. 미정이 테이블 위에 휴대전화를 놓으며 중얼거렸다. 얼굴에 불쾌한 기색이 역력했다.

왜? 뭔데?

기껏 받는 거 같더니만 그냥 끊어버리네. 뭐야, 이 언니. 진짜 삐지고 싶게 하네.

그냥 끊었다고? 설마!

은주가 황당해하며 휴대전화를 들었다. 통화버튼을 누르자 전원이 꺼져 있다는 음성이 내게도 선명히 들려왔다.

미정이 차를 빼는 사이 은주가 아파트 쪽을 바라보며 고개를 끄덕이는가 싶더니 이내 입을 삐죽였다. 집에 있네. 무슨 말인가 했는데 층수를 헤아려본 모양이었다. 나는 언니네 아파트 쪽을 바라보았다. 하루 일과가 끝날 시간이 한참 지난 터였으므로 거의 모든 집에 불이 켜져 있어서 굳이 확인할 필요가 없어 보였다. 그런데도 굳이 고개를 끄덕여가며 언니네 집을 찾은 은주의 마음을 나는 알 것도 모를 것도 같았다.

이후 우리의 카톡방은 소원해졌다. 꽃이 핀 화초 사진, 주말에 본 영화 제목 등의 사소한 일상이 더 이상 공유되지 않았다. 마트 세일, 우연히 발견한 맛집 정보도 올라오지 않았다. 물론 갑자기 그렇게 된 건 아니었다. 언니에 대한 걱정과 전화를 끊어버린 것에 대한 서운함으로 한동안 카톡방이 고요했지만 그리 오래 지속되지는 않았다. 양평에 다녀온 며칠 뒤 은주가 새로 들은 거라며 일의 전말을 알려준 뒤로는 오히려 부산해지기도 했다.

은주가 옆집 여자에게 새로 들었다는 이야기는 이랬다.

두문불출하기 며칠 전 언니는 시어머니로부터 전화를 받았다. 아는 사람이 아들에게 받은 제주산 한라봉이 너무 맛있다고 해서 며느리한테도 보내 달라고 부탁을 했는데 잘 받았느냐는 내용이었다. 언니는 주소를 확인했고 시어머니가 106동을 109동이라 잘못 말했다는 사실을 알았다. 확인 절차가 번거로웠으므로 언니는 그냥 109동에 가보기로 했다. 과연 현관 앞에 제주 한라봉 상자가 놓여 있었다. 초인종을 눌렀지만 아무런 기척이 없자 언니는 그냥 가지고 가기로 마음먹었다. 엘리베이터를 탄 뒤 수신자 칸에 자기가 아닌 낯선 이름이 적혀 있는 걸 발견했지만 대신 구매해 준 사람인가 하고 무심코 넘겼다. 마침 봉사를 하러 가던 참이었으므로 언니는 한라봉을 다 같이 나눠 먹기로 결정했다. 센터 직원들과 봉사자들과 향긋한 한라봉을 먹으며 피곤함을 잊었고 나머지는 독거노인의 도시락에 식후 과일로 제공하였다.

그리고 경찰서의 전화를 받았다. 전화를 건 남자는 경찰이라고 신분을 밝힌 뒤 왜 그런 짓을 했냐고 다짜고짜 호통을 치더니 뭐라 물어볼 사이도 없이 내일 출두하라고 위압적으로 말했다. 경찰, 절도, 입건 등 난생처음 들어보는 단어들에 정신을 차릴 수 없었던 언니가 겨우 들은 말은 '한라봉'이란 단어였다.

이튿날 약국에 들러 청심환 하나를 사 먹었지만 별 효과는 보지 못한 채 언니는 겨우 경찰서로 들어갔다. 의자에 앉아 경찰이 본인이 맞는지 확인하라며 틀어준 CCTV 영상을 입술을 깨문 채 바라보았다. 망설이고 초인종을 누르고 인터폰 화면을 바라보는 늙은 여자의 모습이 화면에 나타났다. 경찰의 날카로운 눈빛에 잔뜩 주눅 든 채로 언니는 떠듬떠듬 상황을 설명했다. 목이 타고 입안이 바짝 말랐으므로 자주 마른기침을 했다. 전후 사정이 드러나고, 시어머니에게 부탁받은 노인이 깜빡하고 자기 아들에게 말을 하지 않았다는 사실까지 확인한 경찰이 그제야 물 한 잔을 내주었지만 언니는 여전히 두 손이 떨려 그 잔을 받을 수가 없었다.

언니가 겪은 일에 경악한 우리는 앞을 다퉈 카톡을 올렸다. 아들에게 한라봉 주문을 부탁하지 않은 노인의 건망증을 안타까워하고 좋게 해결할 수 있는 일임에도 불구하고 굳이 경찰서에 신고를 해 사태를 키운 109동 남자의 해결방식에 대해 분노했다. 그런 일이 있었으면 이야기를 하지 왜 혼자서 끙끙 앓았냐고, 얼마나 힘들었냐고 언니를 위로했다. 모든 일이 해결되어서였는지, 시간이 지나 어느 정도 마음이 진정되어서인지 언니는 카톡을 읽었고 조금 시간이 지난 뒤 이젠 괜찮다고, 걱정해 줘서 고맙다고 썼다. 언니의 반응에 고무된 미정이 액땜을 해야 한다며 당장 만나자고 했다. 우리끼리만 갔더니 영 재미가 없었다고 날이 더워지기 전에 어디든 다 같이 놀러 가자고도 했다. 은주는 사실 그날 언니가 전화를 끊어서 속상했다고 살짝 투정을 부렸다. 그 톡 역시 언니는 금방 읽었다. 하지만 더 이상 답하지 않았다.

그 뒤로도 뜨문뜨문 대화가 오갔지만 몇 마디 나누다 이내 잠잠해졌다. 예전과 달리 언니가 좋은 글귀나 음악을 올리지 않았고 과일이나 채소, 떡이나 곰국을 나눠 먹자는 말도 하지 않았는데다 어느덧 중년이 된 우리는 언니에게 물어보고 싶은 게 없었다. 미정이 안부를 챙기고, 은주가 호응한 덕에 짧게나마 전하던 서로의 근황도 점차 줄어들더니 어느 순간 딱 끊기게 되었다. 그렇게 된 데는 과외 학생이 점점 줄어드는 것에 대한 스트레스와 사소한 일상을 일일이 공유하는 것에 대한 피로감 때문에 둘의 대화에 반응하지 않은 내 책임도 컸다.

교보문고에서 우연히 언니를 만난 건 카톡방이 잠잠해진 지 두 계절이 넘어가고 있을 때였다. 교재로 고른 책을 들고 카운터 쪽으로 다가갔는데 앞에 선 여자의 뒷모습이 익숙했다. 나는 조용히 언니를 부르며 어깨를 톡톡 두드렸다. 언니가 무심코 고개를 돌리다 나를 보고 깜짝 놀랐다. 다행히 반가워하는 표정이었다. 인사를 나눈 뒤 혹시 시간이 되면 카페로 자리를 옮겨 커피를 마시자고 하자 언니는 잠깐 뭔가 생각하는 듯하더니 이내 그러자고 했다. 영화를 보려 하는데 한 시간 정도는 여유가 있다면서 언니가 활짝 웃었기 때문에 나는 망설이던 팔짱을 꼈다. 커피를 마신 뒤 어쩌면 같이 영화를 볼지도 모르겠다고 내심 기대하며 가까운 카페를 찾았다.

자리를 잡은 뒤 언니와 나는 이런저런 이야기를 나누었다. 신기하게도 머리 어딘가에 숨어 있던 즐겁고 고마웠던 추억들이 톡톡캔디처럼 연달아 터져 나와서, 남편과 싸우고 집을 나온 미정 때문에 새벽까지 생맥주를 마셨던 일을 이야기할 때는 미정과 은주가 손을 흔들며 곧 카페로 들어올 것 같은 기분이 들었다. 며칠 전 보았던 두 사람의 프로필을 떠올리며 나는 요즘 무얼 하고 지내냐고 물었다. 언니는 그냥 집에만 있었다고 했다. 나는 새삼 언니를 바라보았다. 무심한 말투였지만 '어쩐지 모든 것이 시시해져서'라는 말이 마음에 걸린 탓이었다. 카페에 온 뒤 처음으로 아주 잠깐 어색한 침묵이 흘렀다.

나 때문에 다들 섭섭해했지?

내가 아니라고 급하게 손을 내젓자, 놀라는 거 보니 진짜 그랬나 보네, 라며 언니가 장난스러운 표정을 지었다. 그런 뒤 은주에게 들었던 것과 그리 다르지 않은, 오해가 있었고 난생처음 경찰서에서 심문을 받았다는 이야기를 담담하게 들려주기 시작했다.

나는 조용히 귀를 기울였다. 그러다 이야기를 마친 언니가 빈 물잔을 만지작거리는 것을 보고 얼른 자리에서 일어났다. 나는 물잔을 건네주며 마음고생이 정말 심했겠다고, 진심으로 말했다. 그러나 단숨에 잔을 비운 뒤 언니가 들려준 이야기는 전혀 뜻밖의 것이었다.

언니는 심문이 끝난 뒤에야 청심환 효과가 있었던지 비로소 마음이 차분해져 경찰이 잘못 기재된 건 없는지 확인하라며 건네준 조서를 천천히 읽을 수 있었다. 고스란히 적혀 있는 나이와 사는 곳, 재산과 학력, 가족관계, 종교 사항 등이 뜻밖에도 밖에 내놓은 이삿짐처럼 낡고 초라해 보여서 언니는 새삼 낯설었다. 수신자 칸의 이름을 확인했으면서도 물건을 가져간 행위는 자신이 보기에도 충분히 의심스럽기까지 해서 상황 파악이 되었으니 송치는 되지 않을 거라는 경찰의 위로에도 고개를 들 수가 없었다고 했다. 그런 뒤 도장을 안 가져가서 지장을 찍어야 했는데 지문이 낡아 열 손가락에 다 인주를 묻혀야 했다는 말까지 들었을 때 나는 나도 모르게 한숨을 내쉬었다.

간신히 지장을 찍은 뒤 언니는 경찰서를 나왔다. 핸드폰을 켜자 봉사센터 실장과 미술사 수강생과 우리가 보낸 카톡들이 앞다투어 울렸지만 확인하지 않았다. 그보다 먼저 해야 할 일이 있는 탓이었다. 언니는 마트를 찾아 빠르게 걷기 시작했다. 그러다 생각을 바꾸어 택시를 탔고 기사에게 가까운 백화점으로 가자고 했다. 지하 1층에 있는 식품관에서 그날 언니는 난생처음으로 애플망고와, 샤인머스켓, 머스크멜론이 골고루 포장된 과일바구니를 샀다. 시식 코너 한쪽에 앉아 진심으로 사과 편지를 쓴 뒤 과일바구니에 꽂았다.

나는 뭐 하러 그렇게까지 했느냐 말하지 않았다. 과연 언니답다고 생각했고 마음이 편해졌으면 됐다고 생각했다. 그러나 그 뒤 109동 남자가 보냈다는, 늙은이, 수작, 똑바로 살라는 등의 악의에 가득 찬 메시지 내용을 듣고서는 입을 다물지 못했다. 어떻게 반응해야 할지 어쩔 줄 몰라 하는 나에게 언니는 그 순간에는 모든 것을 부정당하는 느낌이었지만 이젠 괜찮다고 했다. 다 지나간 일이라고. 그러면서 비어 있는 줄도 모르고 연거푸 물잔을 입에 댔는데 그 모습 때문에 나는 오히려 마음이 아팠다.

 나는 절대로 그렇지 않다고, 언니가 얼마나 의미 있는 삶을 살았는지 우리가 다 알고 있다는 말을 하고 싶었지만 섣부른 위로가 되지 않을까 조심스러웠다. 머뭇거리는 사이 적막한 공기가 우리를 에워쌌기 때문에 나는 창밖을 응시하는 언니만 하릴없이 바라봐야만 했다.

 잠시 후 언니가 영화 상영 시간이 거의 되었으니 일어나야겠다고 했다. 결국 아무 말도 하지 못한 채 나는 자리에서 일어났다. 카페를 나온 뒤 언니가 잘 가라며 내 손을 잡았다. 마주 잡은 손에 힘을 주며 조만간 꼭 다 같이 보자고 하자 그러자며 희미하게 웃었다. 그런 뒤 언니는 뒤돌아 걷기 시작했다. 빠르게 멀어져 가는 언니의 뒷모습을 바라보며 나는 그 시간이 빨리 오기를 진심으로 희망했다.

눈
―김과 함께 여행하는 법

김도연 | 1991년 〈강원일보〉, 1996년 〈경인일보〉 신춘문예 당선. 2000년 제1회 중앙신인문학상을 수상했고, 허균문학상, 무영문학상 등을 수상했다. 소설집 『빵틀을 찾아서』 『콩 이야기』 『이별전후사의 재인식』 『십오야월』 『0시의 부에노스아이레스』, 장편소설 『풍의 여행』 『소와 함께 여행하는 법』 『아흔아홉』 『마지막 정육점』 『삼십 년 뒤에 쓰는 반성문』 『마가리 극장』, 산문집 『강원도 마음사전』 『패엽경』 『영』 『눈 이야기』 등이 있다.

아버지, 따스한 봄날 장 구경 한 번 더 하시고 가시지 그랬어요. 호미와 낫도 사고, 중국집에 들러 짜장면도 한 그릇 드시고, 파장 무렵 비닐 천막 아래 평상에 앉아 메밀전에 막걸리도 한잔 마시다가 시내버스가 올 시간이 되면 배낭을 짊어지고 버스정류장으로 가시면 되는데…… 이 산 저 산에서 참꽃 피어나는 봄날 그렇게 장 구경 한 번 더 하시고 가시지 그랬어요…….

아니. 도지(賭地) 빌려주고 받은 돈은 오빠 돈이 아니라 우리 형제들 돈이잖아!

내가 맏이니까 관리하는 거야.

공평하게 나누면 되지 왜 오빠가 관리해? 그리고 그 돈 받은 걸 왜 숨겼어?

숨기긴 누가 숨겨. 말을 안 한 거지. 야, 이 집에 들어가는 돈이 얼만지 알아?

그거 제하고 나누면 되잖아.

그게 얼마나 된다고 나눠!

오빠!

김의 첫 기일에 제사를 지낸 가족들은 저녁 먹을 준비를 하느라 바빴다. 제사상의 음식들이 주방을 거쳐 다시 긴 밥상 위로 올라왔다. 대형 텔레비전을 가렸던 병풍은 원래 있던 곳으로 돌아갔다. 4대가 모두 모인 터라 거실과 주방, 그리고 방들은 마치 장거리처럼 북적거렸다. 그 와중에서도 큰형은 작은매형과 상 앞에 앉아 술을 시작했고 큰매형은 담배를 피우러 밖으로 나갔다. 여조카와 남조카의 아내들은 신이 나 뛰어다니는 아이들을 강세로 방으로 데려가 상이 모두 차려질 때까지 나오지 못하게 붙잡고 있어야 했다. 삶은 닭을 뜯고 민어를 발려 나누는 일들은 누나들의 몫이었다. 등이 구부러진 엄마는 싱크대 앞에 쪼그려 앉아 무친 고사리를 먹기 편하게 가위로 자르고 있었다. 작은누나의 아들과 조카사위까지 합세해 텔레비전에 휴대용 데이터 저장장치인 유에스비(USB)를 꽂고 사용법을 알아내느라 골몰하는 걸 지켜보다가 바람도 쐴 겸 나는 자리에서 일어났다.

너, 그거 오늘 못 틀면 용돈 없다.

……아, 이게 안 될 리가 없는데.

하여튼 책임져.

바닥에 쌓이지 않는 눈보라가 휘몰아치는 저녁이었다. 현관에서 마당으로 나갈 엄두를 내지 못하고 있는데 마침 화목보일러실에서 담배를 모두 피운 큰매형이 들어왔다. 보일러의 아궁이를 열어놓고 앉아 있으면 등은 시려도 사타구니는 따뜻했다. 마당으로 연결된 문을 닫으면 등이 시리지 않은데 아궁이로 빠져나오는 매운 연기를 견딜 수 없었기에 한 가지는 포기하는 게 맞았다. 겨울밤 대관령 김의 집에서 담배를 피우기엔 보일러실 아궁이만 한 곳이 없었다. 김이 재래식 아궁이를 화목보일러로 바꾼 건 집 구조를 입식으로 리모델링했을 때였다. 예전에는 연못처럼 푹 꺼진 부엌에 아궁이 두 개와 솥과 가마솥이 부뚜막에 걸려 있었다. 그 부엌을 메우고 구들장 위에는 보일러 파이프를 깔았다. 보일러는 당시 유행하던 기름과 화목을 모두 사용할 수 있었다. 하지만 한 계절도 지나지 않아 겸용 보일러는 쓸모없는 고철이 되고 말았다. 나무에서 피어나는 연기와 그을음을 보일러의 핵심 기계들이 감당할 수 없었기 때문이었다. 기름 난방으로 전환해도 먹통이 되었다. 보일러의 성능을 자랑 자랑하며 가져온 이는 큰형이었다. 하필 그해 겨울은 대관령에서도 역대급으로 추웠다. 할 수 없이 가족들은 새 보일러가 도착할 때까지 옛날 집의 아궁이에서 꺼낸 알불을 화로에 담아 방으로 들여왔고 두꺼운 솜이불을 뒤집어쓴 채 지내야만 했다. 어이 추워, 어이 추워, 욕을 하며.

삼촌, 화면이 나와요!

조카의 얼굴엔 웃음이 가득했다.

김의 첫 기일이 다가오자 나는 제사만 지내는 것보다 뭔가 의미 있는 일을 기획해 보고 싶은 생각이 들었다. 뭐가 좋을까를 고민하다 떠올린 게 바로 김의 사진을 모아 동영상을 만들자는 것이었다. 제사를 지낸 후 가족들이 다 함께 텔레비전으로 동영상을 보며 김을 추억하면 좋겠다는 생각이 들어서였다. 꽤 괜찮은 기획인 거 같아 형제들에게 각자 핸드폰에 저장돼 있는 사진을 찾아 보내달라고 했는데 처음부터 난항에 부딪혔다. 의외로 김의 사진이 얼마 없었다. 동영상을 만들기엔 턱없이 부족했기에 대책을 찾던 중 떠올린 게 바로 고향집 장롱 속에 보관돼 있는 앨범이었다. 핸드폰이 나오기 전 필름 카메라로 찍은 사진들이 거기에 있었다. 나는 주말을 이용해 고향집을 찾아가 장롱을 열고 이제는 보는 사람이 아무도 없는 여러 권의 앨범을 꺼내 한 장 한 장 넘기며 오래돼 바래가는 김의 사진을 골라 핸드폰으로 다시 찍었다. 김은 그동안 장롱의 앨범 속에서 답답했다는 듯 활짝 웃고 있었다.

세 개의 긴 상이 차려진 거실은 김의 제삿날이 아니라 생일날 같왔다. 모두가 화기애애한 표정으로 상 앞에 앉아 음식을 먹고 술을 마셨다. 다 모였는데 김만 그 자리에 없었다. 모습은 보이지 않지만 어딘가에서 지켜보고 있는 것은 아닐까. 아니면 이제 1년이 되었으니 아주 먼 곳으로 가버린 걸까. 죽음 이후의 세계에 대한 풍문들을 더러 들은 적은 있지만 겪어본 사람은 아무도 없다. 만약 고인과 가족들 사이에 그 어떤 연결고리가 있다면 어떻게 될까. 예를 들면 개인적인 꿈이나 종교적인 의식을 통해 고인과 소통할 수 있다면 어떤 일이 벌어질까. 행복해질까, 불행해질까. 고인은 어디까지 현실 세계에 개입할 수 있을까. 개입이 세져 요구가 많아지면 더 번거로워질 수도 있을 것이다. 돌아가신 것인지 아닌지 헛갈릴 수도 있겠고. 그냥 교류 없이 슬픔을 견디며 제삿날에 모여 고인을 추모하는, 다소 모호한 지금의 방식이 가장 합리적이겠다는 생각을 하며 나는 술잔을 털었다. 서로 소통할 수는 없겠지만 따스한 눈으로 가족들이 살아가는 모습을 바라봐준다면 더할 나위가 없을 것 같았다.

다들 어느 정도 배를 채운 것 같았다. 나는 조카에게 동영상을 틀라고 주문을 넣었다. 배경음악까지 넣은 동영상으로 하나둘 시선이 고정되었다. 카키색 야구모자를 쓴 아버지는 이모부와 함께 어느 정도 자란 대파밭에서 후치질(극쟁이질)을 하다가 자세를 잡고 사진을 찍었다. 후치질은 사람이 소 역할을 하며 쟁기로 밭을 가는 일이다. 80대 초반의 모습이다. 다음은 금강산 여행 때 어느 폭포 건너편에서 얼굴과 이름이 적힌 팻말을 걸고 비슷한 연배의 마을 할아버지들과 함께 찍었다. 금빛 시계를 차고 있는 게 특징이다. 오, 젊은 날의 사진이 등장했다. 게다가 부부가 함께 찍었다. 설악산 울산바위 아래의 흔들바위 앞인데 아내의 어깨에 다 다정하게 팔까지 두른 채다. 50대 정도에 찍은 듯한데 두 분 다 늘어뜨린 팔에 주먹을 쥐고 있는 자세는 영 어색하다. 하지만 김의 머리카락은 검고 무성하다.

엄마는 사진을 찍으면 꼭 인상을 찌푸리는 습관이 있다니까!

눈을 감거나.

분명 뜨고 찍었는데 사진만 보면 감고 있으니 우터하냐?

두 딸의 지적에 엄마가 항변했다.

이번엔 용인자연농원이다. 김은 카우보이모자에 담배를 문 채 말을 타고 있다. 예전엔 농한기가 되면 마을에서 단체로 여행을 갔다. 80년대 후반은 산골 마을에도 관광의 열풍이 불었던 시절이었다. 경치만 좋다면 남쪽 섬들도 마다하지 않고 관광버스를 이용해서 찾아갔다. 그 시절의 사진 속 김은 양복바지와 점퍼를 입고 짝다리로 서서 손가락 사이에 담배를 끼우고 있거나 입에 물고 있는 경우가 많았다. 왠지 낯익은 자세라 생각했는데 알고 보니 사진 속 내 자세랑 거의 비슷했다. 김은 내게 그 자세를 물려주고 떠난 것이었다.

야, 옛날 사진 보면 뭐가 나오냐!

에이, 뭐야?

누가 끈 거야?

뒤편에서 술을 마시다 볼일을 보러 나가던 형이 리모컨으로 텔레비전을 꺼버린 것이었다. 화면에 몰두하던 가족들의 아우성이 봄밤의 개구리울음처럼 피어났다. 조카가 다시 동영상을 재생시키려고 리모컨을 만지작거리자 다들 쉬는 시간을 맞은 듯 상으로 돌아가 술잔을 비우고 과일을 먹었다. 형은 바깥이 추운지 몸을 떨며 거실로 들어왔다.

그래, 술 먹어야지. 옛날 사진 본다고 아버지가 돌아오시냐?

동영상이 다시 흘러나오자 모두 텔레비전 앞으로 엉덩이를 끌고 왔다. 그러자 형도 슬그머니 술병과 안주를 들고 그 틈에 끼여 앉았다. 자그마한 사진으로 보는 것보다 확대하고 배경음악까지 더해 동영상으로 인생의 여러 장면을 보니 미처 예상하지 못한 새로움이 있었다. 게다가 첫 기일이었고 가족들이 함께 시청하니 감정도 배가되는 것 같았다. 다른 무엇보다도 가족들도 김의 동영상에 등장한다는 점이었다.

화면 좀 멈춰봐.

내 말에 조카가 리모컨의 일시정지 버튼을 눌렀다. 충남 부여에서 치른 작은누나의 결혼식 사진이었다. 신랑 신부와 양가 부모가 함께 찍은 사진 속 양복 차림의 김은 흰 장갑을 착용하고 있는데 역시나 양 허벅지 앞에다 주먹을 붙인 채였다. 딸의 결혼식 사진 속에서도 초등학생처럼 주먹을 쥐고 있다니. 습관일까, 아니면 어떤 각오를 다지는 것일까. 직접 물어볼 기회는 이제 없었다. 그건 그렇고 내가 이 사진을 정지시킨 목적은 정작 다른 데에 있었다.

그날 저 결혼식장에 가려고 야단법석을 쳤지.

아주 생쇼를 했지요…….

날을 하필 추석 연휴에 잡았으니 그렇지.

그 관광버스 기사 아직도 생각난다. 막히지 않는 길을 안다며 논둑길로 들어갔다가 버스가 멈추고 말았잖아.

결혼식 시간은 이미 지났고.

식장에 도착하니 고모는 신부 대기실에서 울고 있더라.

고모는 김의 동영상을 틀고 있는 조카의 엄마다. 추석 연휴가 시작되었다 하더라도 대관령에서 출발한 전세버스가 수원에 들러 하객들을 마저 태우고 경기도를 달릴 때까지만 해도 별다른 문제가 벌어지지 않았다. 하지만 충청도 구간으로 접어들면서 고속도로의 차들이 조금씩 막히기 시작하다가 결국은 멈춰 서고 말았다. 여러 논의 끝에 버스는 국도를 택했다. 속도는 더디기는 했지만 멈춰 서지는 않았는데 그 역시 오래가지 않았다. 부여의 신부로부터 전화가 오기 시작했다. 결혼식 시작까지 한 시간 정도의 여유밖에 없었다. 다시 여러 논의 결과 운전기사가 안다는 길을 선택하기로 했다. 마을 길, 농로를 가로질러가는 노선이어서 운치는 있었는데 이미 그 길로 접어든 차량이 한두 대가 아니었다. 전세버스는 벼들이 노랗게 익어가는 평야 한가운데서 휴식을 취해야만 했다. 이 소리 저 소리로 시끄러운 버스 안에서 김만 아무 말 없이 지평선까지 펼쳐진 논을 바라보고 있었다. 김의 뒷자리에 앉은 나도 전화를 걸고 받다가 지쳐 그 풍경을 함께 바라보았다. 김은 그때부터 주먹을 쥐고 있었던 걸까……. 마침내 막혔던 길이 뚫리고 두어 시간 뒤 결혼식장에 도착하니 신랑 측 하객들은 모두 돌아가고 친척들만 남아 있었다. 눈이 퉁퉁 부은 신부는 그제야 결혼식을 치렀다.

 살다 살다 그런 결혼식은 처음이었어.

 아, 맞아! 식장에 도착해 버스에서 내리니 신랑 측 친척들이 모두 나와 손뼉을 쳤어.

옛날 일이다, 옛날 일! 그때 태어나지도 않았던 애가 벌써 군대 갔다 와 대학 졸업을 했으니.

나는 그때 생각하면 아직도 심장이 벌렁거려. 아버지한테도 미안하고…….

막내누나의 눈에서 물기가 반짝거렸다.

미안하긴 뭐가 미안해. 덕분에 우리가 아버지와 함께 잊지 못할 여행을 한 거지. 자, 계속 틀어.

여행이라고 했지만 나는 이 말에 자신이 없었다. 사실 김과 그의 가족들은 남들이 말하는 여행다운 여행을 다 함께 떠난 적이 거의 없었다. 기껏해야 당일치기였다. 당일치기 여행을 여행이 아니라고 할 수는 없겠지만 말로 꺼내기엔 위신이 서지 않는 건 자명한 사실이었다. 언젠가 한 번 제주도 여행 얘기가 나왔는데 이러저러한 사정들이 후에 튀어나오면서 없던 일로 넘어갔다. 어쩌면 우리 형제들은 막상 닥치니 여행이 귀찮아졌는지도 몰랐다.

김이 젊었을 때도 부부가 함께 여행을 떠나는 건 쉽지 않은 일이었다. 건사해야 할 가축들이 집에 있었기 때문이었다. 소, 닭, 개……. 누군가는 이 가축들에게 먹이를 줘야 했고 또 훔쳐가지 못하게 지켜야 했다. 내가 중학생이었을 때 한 번 혼자서 집을 지켰던 적이 있었다. 물론 방학 때였다. 남쪽 섬으로 떠났으니 최소한 3박 4일이었을 것이다. 집 잘 보고 있을 테니 걱정 말고 다녀오시라 호언장담했던 기억이 떠올랐다. 물론 김은 이웃집에도 부탁을 해놓고 여행(관광)을 떠났다. 혼자 집을 볼 때 가장 부담이 가는 가축은 당연히 소였다. 소만 잘 관리한다면 다른 가축은 아무것도 아니었다. 김은 쇠꼴을 모두 베어놓고 떠난 터라 내가 할 일은 낮에 소를 내매고 저녁에 외양간으로 들여 매는 게 전부였다. 평소에도 가끔 하는 일이라 어려울 게 없었다. 만화책을 잔뜩 빌려와 등잔불 아래서 그걸 넘기며 첫날 밤을 보내고 있는데, 어라, 밤이 깊어갈수록 평소 들을 수 없던 이상한 소리가 피어나기 시작했다. 바람이 빈 양동이를 굴리는 소리 같기도 하고 멧돼지가 샘물을 삼키는 소리 같기도 하고⋯⋯. 혹 무장간첩이 찾아온 건 아닐까⋯⋯. 창호지 문에 붙여놓은 손바닥만 한 유리창으로 바깥을 살폈건만 아무것도 보이지 않았다. 결국 나는 무서움을 이기지 못하고 안방과 윗방으로 들어오는 모든 문고리를 닫아걸고 이불 속에서 온갖 상상을 다 해야만 했다. 깜박 졸다가 악몽을 꾸기를 반복했는데 아침에 깨어났을 땐 온몸이 식은땀으로 축축하게 젖어 있었다. 나는 다음 날부터 계획을 변경해 밤이면 마을 친구들을 집으로 불러들였다. 내가 고등학생이 되자 김은 또 마을 사람들과 함께 부부 여행을 떠났는데 그땐 아주 수월하게 집을 지킬 수 있었다.

아버진 왜 저렇게 술을 좋아했을까?

관광버스 안의 아버지는 통로에서 춤을 추는 마을 사람들 사이에서 술병을 든 채 노래하고 있었다. 당시는 관광버스 안에서 춤추고 노래하고 술 마시던 시절이었다.

집에 이웃분들이 찾아오면 무조건 술부터 내밀었잖아.

그게 반가움을 표시하는 아버지만의 방법인 거야.

아버진 취해서 엄말 많이 괴롭혔어. 나이 들어 아프고 나서부턴 덜했지만. 엄마, 내 말이 틀려?

엄마는 형의 말에 대꾸하지 않았다.

오빠도 술 마시고 사고 좀 쳤잖아.

내가 언제 사골 쳐!

본인이 더 잘 알겠지, 누가 알겠어요.

쓸데없는 소리 집어치우고 술이나 마셔!

동영상에서 가장 최근의 사진들은 가족들이 핸드폰으로 찍은 노년의 모습들이다. 생일날 집이나 가까운 바닷가로 놀러 가 찍은 것들인데 가운데에는 어김없이 술병이 놓여 있었다. 중년 시절 마을 사람들과 관광을 가서 필름 카메라로 찍은 사진들 속에서도 김은 늘 술병 가까이 있었다. 관광에서 돌아오면 얼마 지나지 않아 반장이 집집을 돌며 작고 투명한 비닐봉투에 인화된 사진을 넣어 전달했는데 나는 그것들을 보며 아직 가보지 못한 먼 남쪽 지방의 섬들에 대한 상상을 키우곤 했다. 가장 격식을 차려 찍은 것들은 당연히 자식들의 결혼식, 그리고 김과 엄마의 회갑연 사진이었다. 표정마저 한없이 근엄했다. 김은 집 앞 텃밭에 설치한 비닐하우스에서 천막과 멍석을 깔고 회갑상을 받았는데 사진을 보자 그날 나는 마음에 들지 않는 한복을 억지로 입었던 기억이 생생하게 떠올랐다. 하지만 가족들 모두가 통일해 입은 터라 입지 않을 수가 없었다.

아쉬운 것은 김의 혼례식 사진이 없다는 점이었다. 어린 시절도 마찬가지였다. 군대 가서 동료와 함께 찍은 사진이 젊은 날의 유일한 사진이었다. 그러했기에 가족들은 더 이상 시간을 거슬러 올라가 김을 추억할 수 없었다.

아니 어떻게 결혼사진이 없어?

엄마, 찍은 거야, 안 찍은 거야?

사진사를 안 불렀어.

왜?

낸들 아냐…….

야, 아무리 먹고살기 힘든 시절이었다 해도 결혼식에 사진사를 안 부르냐. 아버지 위에 형제들이 그래서 짠돌이 소리를 들었던 거야. 며느리 데려와서 부려먹기만 했고. 나만 알지, 느들은 아무것도 몰라.

형의 말에 가족들은 잠시 숙연해졌다. 맏아들은 1957년에 태어났고 김과 엄마가 대관령 산골 마을에서 혼례식을 올린 건 1956년이었다. 그러니까 형은 김과 엄마의 여행에 가장 먼저 함께한 것이었다. 그 부분에 대해선 나나 누나들도 할 말이 없었다. 대신 손등으로 축축해진 눈을 슬쩍 문질렀다.

다 돌아간 거야?

다음 날 출근을 해야 하는 매형들과 조카들이 한꺼번에 떠난 거실은 홍수가 지나간 것처럼 스산했다. 누나들은 상을 치우고 등을 돌린 채 설거지를 하느라 바빠서 술에 취해 잠을 자다가 나온 형의 등장을 알아차리지 못했다. 엄마는 냉장고 앞에서 두루마리 휴지를 베고 잠들어 있었다. 텔레비전에선 배경음악을 죽인 김의 동영상이 계속 흘러나왔다. 형은 비틀거리며 거실을 가로질러 밖으로 나갔는데 현관문을 닫지 않아 찬바람이 술술 들어왔다. 쿠션에 기대 누워 있던 나는 일어나는 게 귀찮아 앉은뱅이처럼 엉덩이를 끌고 가서 문을 닫고 돌아왔다. 가끔 김이 써먹던 방법이었다.

다시 시작해야지?

금방 끝나. 조금만 기다려.

오빠 깨우지 말고 우리끼리 마시자!

고무장갑을 낀 큰누나와 작은누나가 번갈아 입을 열었다.

이미 일어나서 오줌 누러 나갔어.

그래?

다시 현관문이 벌컥 열리고 알불이 가득 담긴 화로를 두 손으로 들고 형이 들어왔다. 불기운을 받아서 얼굴이 발개진 채로.

양반이 못 되는구나, 양반이 못 돼!

화롯불로 뭘 하려고?

이렇게 눈이 펄펄 내리는 날은 뜨끈한 정종이 최고야. 정종 남은 거 주전자에 부어서 가져와. 술상도 다시 차리고.

화로 앞에 앉은 형은 화로의 부젓가락을 이용해 가장자리의 재로 알불을 덮었다. 그래야만 화롯불이 오래간다는 건 나도 알고 있었다. 겨울밤 잠을 자다 깨어나면 화롯불을 끼고 앉아 부젓가락으로 사위어가는 알불을 골라내는 건 김의 오래된 습관이었다. 김은 잠이 올 때까지 마치 콩을 골라내듯 재를 파헤쳐 자그마해진 알불을 찾아 가운데에 모아놓고 손과 발을 쬐다가 다시 바로 옆 소파 겸 침대에 올라가 잠을 청하곤 했다. 나는 쿠션에 기댄 자세를 유지한 채 김의 동영상이 흐르는 텔레비전과 화로를 쑤석거리는 형, 틀어놓은 물에 그릇을 헹구고 닦는 누나들, 그리고 두루마리 휴지 베개를 베고서 잠의 바다를 항해하는 엄마를 차례로 훑어보곤 천천히 자리에서 일어났다. 현관으로 나가면서 텔레비전을 보니 김은 늦가을 오후 마당에 방수포를 깔아놓고서 도리깨질로 콩을 타작하고 있었다. 엄마는 귀퉁이에 쪼그려 앉아 작대기로 털고 있었고. 그 사진은 내가 찍은 사진이었다. 고향집을 찾아왔던 나는 핸드폰으로 두 분의 뒷모습을 찍었다.

바람은 그쳤고 형의 말대로 눈송이만 펄펄 날리는 밤이었다. 집 앞 고속도로로 제설차가 불빛을 번쩍거리며 지나갔다. 나는 화목보일러의 아궁이 앞에 앉아 일렁이며 타오르는 불꽃의 변화무쌍한 춤을 들여다보았다. 다들 집으로 잘 돌아가고 있을까. 집으로 돌아가지 못하고 있는 사람은 세 명뿐이었다. 큰누나와 작은누나 그리고 나. 직장에서 퇴직한 형은 김의 사망 이후 고향집으로 홀로 내려와 엄마와 살고 있었다. 다들 그 결정을 환영했다. 시골집에서 홀로 계실 엄마가 걱정스러웠기 때문이다. 또 장례식 이후 여러 면에서 처리해야 할 일이 많았기에 다들 고마워했다. 한 사람을 떠나보내는 데 감정의 정리만 필요한 게 아니었다. 사망신고를 하고 망자의 옷과 이불 등속을 태우는 것은 쉬운 일이었다. 고향집에 남은 형은 그 외의 일들을 하나씩 정리해 나갔고 형제들은 번갈아 주말에 찾아와 삼겹살을 굽고 김을 추모하고 남아 있는 엄마를 위로했다. 우리들은 김이 없는 세상을 슬기롭게 헤쳐가고 싶었다. 봄이 오면 다 함께 모여 농사를 지을 계획도 세웠고 또 김의 산소에 떼를 입히기로 했다. 나는 산소 옆에다 봄이면 흰 꽃을 피우고 늦여름이면 시큼한 배가 뚝뚝 떨어지는 돌배나무 묘목을 심으려 준비하고 있었다. 김이 좋아할 거란 생각을 하며.

……통화할 수 있어?

장례식이 끝나고 돌아온 첫 봄날의 어느 늦은 밤 작은누나는 취한 목소리로 전화를 걸어왔다. 나도 집에서 홀로 마신 술에 취해 있었다. 당시 우리 형제자매들은 일과가 끝나면 각자의 장소에서 취해 가며 뭐 그리 대단한 것은 아니지만 일종의 심리적 수습을 하고 있던 중이었다. 다들 나이를 먹을 만큼 먹은 뒤에 김을 잃었기에 상실감이 그리 크지 않을 거라 예상했는데 막상 겪어보니 나이와는 상관없는 일인 것 같았다.

아무래도 오빠가 뭔갈 감추고 있는 것 같아.

……감추다니?

아버지 통장에 들어 있는 돈.

……돈이 있으면 얼마나 있겠어.

그게 아니라니까!

작은누나의 얘기는 이러했다. 고향집에 남아 있는 형이 김의 통장들을 정리하다가 꽤 많은 액수의 돈을 발견했다는 것. 큰누나가 다른 일로 고향집에 갔다가 그 돈의 인출을 알려주는 은행 문서를 보게 되었다는 것. 엄마에게 물으니 그동안 도지로 받은 돈이 김의 통장에 남아 있었을 거라는 것. 그런데 형은 여태 그 돈의 존재를 형제들에게 알리지 않고 혼자서 쥐고 있다는 것. 그게 대체 무슨 심보냐는 말이었다.

다 모일 때 얘기하겠지.

당연히 얘기해야지! 하여튼 너도 알고 있으란 얘기야.

돈이 얼마나 되는데?

그날 밤 나는 술에 취해 잠을 자다 새벽녘부터 어수선한 꿈들에 시달렸다. 아마도 작은누나와의 통화가 그 원인일 텐데 잠에서 깨기 전 마지막 꿈에선 돌아가신 뒤 처음으로 김이 나타났다. 물론 꿈속에서의 나는 김이 돌아가셨다는 사실을 모르고 있었다. 옛날 집에서 홀로 있는데 갑자기 김이 나타나 방바닥의 장판 밑을 살펴보란 얘기를 하고 이내 사라졌다. 나는 무엇에 홀린 사람처럼 장판을 걷어냈는데 거기에 구들장 아래로 통하는 작은 쪽문 같은 게 있었다. 그 문을 열자 꽤 깊은 구덩이 같은 게 있었는데 아래는 어두워 잘 보이지 않았다. 방바닥에 엎드려 손을 넣고 휘젓는데 무엇인가 묵직한 게 잡혔다. 그것은 금괴였다. 모두 세 개. 김이 숨겨놓은 금괴를 방바닥에 꺼내놓고 오래 들여다보다가 비로소 김이 이 세상을 떠났다는 걸 꿈속에서도 알아차렸다. 잠에서 깨어난 나는 빈손을 한참 들여다보다가 눈시울이 축축해지는 것을 느꼈다. 김이 내 꿈속으로 찾아와 준 게 고마웠다. 복권을 구매할까, 잠시 생각하다가 그 생각을 던져버렸다. 그건 김의 농사 철학이 아니었기 때문이다. 하지만 잡다한 생각의 연둣빛 싹들이 곳곳에서 고개를 내밀기 시작하는 걸 막을 수는 없었다. 다른 형제들도 나랑 비슷한 꿈을 꾸었을까……가 그중 하나였다.

　뭐 하다가 이제 들어와?

　눈은 계속 내리냐?

　많이 내릴 것 같아.

　세 사람은 이미 술을 마시는 중이었다. 노릇하게 구워진 가래떡과 김을 솔솔 내뿜는 술 주전자가 화로 위의 삼발이에 올려져 있었다. 텔레비전에선 지팡이를 짚은 김이 단양 구인사 골짜기의 가파른 언덕길을 가족들과 함께 올라가느라 힘들어했다. 따스한 정종 냄새가 피어나는 밤이었다.

엄마는 왜 안 깨웠어?

증손주들한테 시달렸으니 피곤할 거야.

앞으론 아버지 제사 때 손주들과 증손주들은 오지 말라고 해야겠어. 번잡하기만 해. 우리끼리만 오붓하게 지내자고. 더군다나 제사가 평일이니 당일치기하는 게 쉽지 않아.

오빠, 애들이 외할아버지 제사에 참석하겠다고 하는데 어떻게 말려.

제사도 조만간 없애치울 거야. 요즘 누가 제사 지내. 설날과 추석 때 차례만 지낼 거야.

그런 게 어딨어? 우린 시댁에 가야 해서 설날과 추석 때 못 오잖아.

요즘 물가가 올라 제사상 차리는 데 드는 돈도 만만찮아!

총 얼마 들었는데?

아, 몰라! 문어 한 마리가 거금 삼십만 원이었어!

오빠 혼자 강릉 가서 장 보느라 애쓴 거 알아. 그래도 제사는 지내야지.

오빠 돈으로 장 본 건 아니잖아.

작은누나가 도화선에 불을 살짝 붙였다.

화롯불에 데워진 뜨거운 정종을 삼키니 목구멍에 불이 난 듯 화끈거렸다. 나는 서둘러 문어를 양념장에 찍어 입에 넣었다. 삶은 문어의 물컹한 살점에 매운 양념이 섞이면서 화끈거리는 식도를 부드럽게 식혀주며 내려갔다. 묘하게 어울리는 술과 안주였다. 한 잔 더 정종을 삼키고 뜨거운 술기운이 모두 올라오기를 기다린 뒤 혀 위에 붉은 문어를 올려놓았다. 마을 사람들과 함께 40대 후반의 나이로 보이는 김은 남해의 유람선 위에 서서 양팔을 벌린 채 웃음을 짓고 있었는데 노래를 부르는 것인지 춤을 추는 것인지 구분하기 힘들었다. 단체 사진을 보면 동네 사람들 대부분이 여행을 떠난 것 같은데 그럼 마을엔 아이들과 노인들만 남아 있었다는 얘기였다. 그럼 남아 있던 사람들은 무엇을 먹고 지냈을까. 나는 목구멍을 타고 넘어가는 정종의 흐름을 음미하며 그때를 기억하려고 애를 썼지만 잘 떠오르지 않았다. 사십여 년 전의 일이니 그럴 만도 했다. 부모님이 사가지고 온 관광용 사진첩을 보고 또 보았던 게 어렴풋이 기억났다. 그걸 들춰보는 것만 해도 어린 내겐 큰 여행 중의 여행이었다.

　나는 우리 사 형제가 의좋게 지냈으면 좋겠어.

　언니, 이 정도면 의좋게 지내는 거야. 오빠만 잘하면 돼.

　야, 내가 못 한 게 뭐가 있냐?

　전에 고스톱 치다가 크게 잃었을 때 돈 안 내놓고 도망쳤잖아.

그건 재밌으라고 그런 거지. 야, 이렇게 다 모였는데 화투 한번 칠까?

그때 안 낸 돈 토해 놓으면 칠게.

에이, 그런 게 어딨어. 지나간 건 지나간 거지.

아버지 제삿날에 화투는 무슨 화투야.

누나들은 취한 형에게 공세와 칭찬을 골고루 섞어가며 구사하는 것 같았다. 57년 닭띠인 형과 59년 돼지띠인 큰누나, 63년 토끼띠인 세 형제는 이미 인생의 한 갑자를 돌았는데도 마치 옛날로 돌아간 것처럼 시시콜콜한 이야기를 멈추지 않았다. 그 유명한 화투 사건의 현장에는 나도 있었다. 명절 아니면 부모님의 생일이었을 것이다. 온 가족이 지켜보는 가운데 계속 승승장구하며 돈을 따던 형이 된통 뒤집어쓰게 되었는데 그 금액이 만만찮았다. 화투판에 등장하는 좋지 않은 온갖 용어들을 한꺼번에 껴안게 되었는데 말하자면 독박을 쓴 것이었다. 그러자 형은 지갑에서 돈을 꺼내는 대신 무효를 외치며 밖으로 나가 그날 밤 돌아오지 않았다. 그 사건 이후 김의 집에선 더 이상 즐거운 화투판이 벌어지지 않았다. 화투를 치다가도 형이 나타나 끼어들려고 하면 하나둘 손을 털고 자리에서 일어났다. 형제들의 요지는 분명했다. 그때 돈을 납부하고 참가하라는 것. 하지만 누나들의 오빠이자, 나의 형, 그리고 김과 엄마의 맏아들은 그 제안을 받아들이지 않았다. 꼭 그래서는 아니겠지만 언제부턴가 김의 집에서 명절이나 생일날의 화투 놀이가 사라졌다. 꽤 오래되었다. 서랍 속에 넣어두곤 했던 화투도 하나둘 짝이 모자라기 시작하더니 영영 자취를 감춰버리고 말았다. 사실 화투는 일이 없는 겨울날 김의 심심풀이 놀이 도구였다. 특히 세밑이 가까워지거나 새해가 시작되면 김은 군용 담요 앞에 앉아 화투를 가지고 한 해의 신수를 보는 것부터 시작해 다양한 놀이를 즐겼다. 어린 시절 나도 그 옆에 앉아 김이 손에 든 화투패를 만지작거리며 중얼거리는 소리를 듣고 배우느라 바빴다. 1월은 송학이요, 2월은 매조, 3월은 사쿠라라, 4월은 흑싸리…… 7월은 멧돼지가 씩씩거리는 싸리나무숲이요, 8월은 공산에 뜬 보름달이요, 9월은 국화라, 10월은 사슴이 숨어 있는 단풍이요, 11월은 똥, 12월은 비 내리는 날 우산을 쓴 손님이라. 혼자 있을 때 나는 김의 말투를 흉내 내 이야기책을 읽듯 흥얼거리며 화투의 패를 익혔다.

통장 번호 찍어서 보내.

형제들의 단체 카톡방에 마침내 형의 문자가 떴다. 김의 장례식을 마친 지 한 달쯤 지나서였다. 될 대로 되라, 그 돈 없어도 산다, 뭐 이런 생각의 연기가 각자의 머릿속에서 술술 피어나던 참이었다. 모처럼 카톡방이 덕담으로 부산해졌고 하루가 지나 통장에 김이 남긴 적지 않은 돈이 입금되었다. 노년으로 들어서면서부터는 마을 사람들과 여행 한 번 가지 않고 모아둔 돈이었다. 당신의 돈으론 옷 한 벌 사 입지 않고 허름한 옷차림으로 평생을 살아온 이가 남긴 돈이었다. 맨정신으로 있을 수 없어 급히 술상을 차리고 통장 앞에 앉아 술잔을 비우며 나는 내가 기억하는 김의 인생을 노트에 한 줄 한 줄 기록하기 시작했다. 여전히 이해가 가지 않는, 이해하기 힘든 부분이 많은 김의 여행을…… 아니, 행장(行狀)을.

아버지, 고맙습니다!

아버지, 잘 쓸게요!

두 누나의 문자가 핸드폰 화면에 떴다. 나도 뭔가 글을 올리려고 생각을 다듬었는데 마땅히 떠오르는 문장이 없었다. 노트에 적어놓은 문장은 김의 여행이 아니라 왠지 다른 사람의 여행기 같았다. 어쨌든 그렇게 또 한고비를 넘긴 것이었다. 나는 핸드폰 화면에 '아버지, 눈물 나는 술을 마시고 있습니다'라고 적었다가 지워버렸다.

와, 눈이 엄청 내리네!

아버지 첫 기일이라서 그래.

밖에 나갔다 들어온 작은누나의 머리에 아직 녹지 않은 눈송이가 꽃을 피웠다. 자정이 넘은 시간이었다. 고깔모자를 쓴 텔레비전 속의 김은 생일날 손주들에게 둘러싸여 케이크를 자르고 있었다. 나는 화면을 정지시켰다. 얼굴이 발갛게 변한 걸로 보아 술을 마셔도 되었던 때인 모양이다. 생일날 저렇게 모여 아침을 먹고 점심시간이면 누군가의 제안으로 주문진 횟집을 향해 고갯길을 넘곤 했는데 그러면 이미 전통이 되어버린 이 집안의 술 이야기가 다시 시작되는 것이다. 아니나 다를까. 다음 사진은 주문진 소돌이라는 바닷가의 너럭바위에 둘러앉아 횟집에서 떠온 회와 술을 먹고 마시는 중이었다.

그러고 보니 아버지 병원 사진이 한 장도 없네.

야, 아파서 병원 간 환자가 무슨 기념사진을 찍어.

작은누나와 형이 김의 병원 이야기를 꺼냈다. 김은 30여 년 동안 형이 근무하는 수원의 병원을 정기적으로 방문했다. 심장을 원활하게 뛰게 해주는 건전지를 교체하거나 그 외 정기검진을 받기 위해서였다. 두 달에 한 번 정도 방문이 기본이었는데 문제는 대관령 집에서 병원이 멀다는 점이었다. 시외버스도 한 번에 가는 게 아니라 원주에서 갈아타야만 했다. 기력이 좋을 때는 혼자서 시외버스를 갈아타며 당일에 다녀왔는데 그렇지 않을 땐 모두가 신경이 쓰이는 일이었다. 아침 일찍 택시 타고 진부 터미널, 거기서 버스 타고 원주 터미널, 원주에서 기다렸다가 다시 수원

가는 버스, 수원의 간이 정류장에선 작은누나가 기다렸다가 병원으로 가는 경로인데 돌아올 때도 마찬가지였다. 아무래도 불안해 원주에 살고 있는 내가 터미널에 나가 기다렸다가 맞이한 뒤 김이 수원 가는 버스를 타면 작은누나에게 전화를 걸었던 적도 여러 번이었는데 그 역시 오래가지는 못했다. 하루에 두 번 터미널에 나가 김을 기다리는 건 그리 효율적인 일이 아니라는 게 금방 드러났다. 반복되자 사실 조금 귀찮기도 했다. 그나마 직장에 얽매여 있지 않은 게 다행이라면 다행이었다. 하여튼 김의 정기 검진일이 다가오면 정선에 사는 큰누나를 제외한 세 형제는 일정을 짜느라 전화기를 잡고 목소리를 높여야만 했다.

하긴 아버지 병원 모시고 왔다 가는 게 일이었지.

누나가 젤 고생했어.

둘 다 고생했어. 난 운전면허도 없고 정선 고라데이에 산다는 핑계로 한 번도 같이 병원에 못 갔어. 이제 와 생각하니 그게 미안하네.

나중엔 엄마까지 합세했잖아.

시골 살면 큰 병원 한번 가는 게 쉽지 않아. 동행자도 힘들고.

아버지, 엄마 모시고 형제들이 이어달리기한 거야.

재작년에 아버지 갑자기 쓰러져서 병원 모시고 갔잖아. 아, 근데 나중에 동네 아저씨가 데려다준 줄 알더라니까.

　나의 뒤늦은 섭섭함이었다. 전날 우연히 고향집에 갔다가 벌어진 일이었다. 김은 평소 복용해야 하는 약을 며칠 건너뛰었기에 그날 저녁엔 한쪽 팔이 이튿날 새벽엔 다리에 마비가 왔다. 나는 가는 도중에 어떤 일이 벌어질지 몰라 엄마까지 옆에 태우고 병원으로 달려갔다. 다행히 제때 시술을 받은 덕분에 김은 거의 아무런 부작용 없이 며칠 뒤 퇴원할 수 있었다. 그런데 동네 아저씨라니……. 김은 그 하루의 기억을 대부분 잃어버린 것이었다.

　그때 아버지가 깨어났을 때 뭐라 그런 줄 알아?

　내가 병원 응급실까지 김을 모셔다드린 뒤 이후 병시중은 작은누나가 맡았다. 엄마와 함께 대관령 집으로 돌아오던 중 김이 회복실로 옮겼다는 소식을 듣고서야 한시름 놓을 수 있었다.

　저승사자를 봤다는 거야!

　저승사자?

　응. 〈전설의 고향〉에 나오는 저승사자와 똑같은 차림의 남자가 병실에 서서 아버질 바라보고 있더래.

　그래서?

　그냥 그렇게 한참을 바라보기만 하더니 돌아서 나가더래. 그리고 깨어났다는 거야.

에이, 좀 시시하네. 근데 그 얘길 왜 이제 하는 거야?

술을 소주로 바꾼 형이 계속 따져 물었다.

좋은 얘기는 아니잖아. 지금이니까 하는 거지.

나는 왠지 으스스하다.

큰누나의 시선은 평소 김이 누워 자던 소파 겸 침대에서 떨어지지 않았다. 이제 그 침대는 엄마가 사용하고 있었다.

저승사자가 어딨어. 그냥 꿈을 꾼 거야. 그래도 아버진 내가 다니던 병원 덕분에 오래 사신 거야. 느그들이 엄마 아버지 모시고 병원 다니느라 힘들긴 했지만.

형의 말도 어느 정도 사실이었다. 하지만 병원이 너무 멀리 있는 건 모두에게 고충이었다. 우리는 그때그때의 상황과 일정에 따라 병원에 가고 오는 방법을 달리했다. 시간이 흘러 다시 생각해 보니 그 모든 게 여행이었다고 말하고 싶다. 가장 좋은 방법은 두 형제가 분담하는 방식이었다. 작은누나가 전날 대관령 고향집에 가서 하룻밤 자고 다음 날 일찍 김을 모시고 수원의 병원으로 간다. 진료를 마치고 오후에 내가 있는 원주로 모시고 온다. 거기서부턴 내 담당이다. 나는 요금소 근처에서 기다렸다가 김을 태우고 대관령으로 간다. 작은누나는 수원으로 돌아가고. 나는 시간 여유가 있으면 고향집에서 하룻밤 자기도 하지만 그렇지 않을 땐 차를 돌려 원주로 돌아온다. 이번엔 내가 전날에 고향집으로 가서 하룻밤 묵는다. 다음 날 병원으로 간다. 병원에서 형이나 작은누나를 만나 김의 진료를 거들게 하고 그동안 나는 수원의 화성 근처에서 휴식을 취한다. 진료를 모두 마치면 병원으로 가 김을 태우고 다시 대관령으로 돌아간다. 고향집에 가서 하룻밤을 자면 이틀이 소요된다. 그래서 어떤 경우엔 원주 터미널에서 김은 시외버스를 타고 집으로 돌아간 적도 있다. 이게 김과 함께 하는 병원 여행의 큰 틀인데 작은누나와 나는 상황에 따라 조금씩 방법을 바꿨다. 또 중간중간 근무가 없는 날에 검진이 있거나 하루나 이틀 입원까지 하는 상황이 벌어지면 그땐 형이 영동고속도로를 달리는 여행에 동참하기도 했다. 궁금한 것은 그 여행들 속에서 작은누나와 형은 김과 무슨 이야기를 나눴냐는 것이다. 왕복 네 시간, 편도 두 시간이 걸리는 여행에서 그동안 나는 운전대를 잡은 채 대화다운 대화를 나눈 적이 거의 없었다. 침묵이 버거워지면 라디오를 트는 게 고작이었다. 아니면 아버지, 휴게소에서 쉬었다 갈까요? 이게 전부였다. 더더욱 궁금한 것은 뒷자리에 앉은 김이 무슨 생각을 하고 있었냐는 것이다. 그러니까 김도 말이 없고 나도 말이 없었는데 한마디로 무뚝뚝한 두 사내의 여행이었다. 그나마 엄마가 함께 탔을 때는 고향집을 떠나 고속도로로 진입하기 전 국도를 달리는 동안엔 두 사람이 나누는 짧고 간결한 대화를 들을 적이 있었다. 아는 사람들과 계절에 따라 달라지는 풍경, 그리고 농사와 관련된 이야기들이었다.

두봉이 양반 죽었나?

오대산 월정사 방면과 갈라지는 삼거리 전쯤에서 김은 산 아래의 집을 바라보고 있었다.

그 양반 죽은 지가 언젠데요.

그럼 우리 동네에서 누가 제일 나이가 많지?

요양원 가 있는 사람 빼곤 당신이 나일 가장 많이 먹었어요.

……나이가 밥인가.

밥이나 마찬가지죠.

자가용은 오대천을 따라 내려가다가 마을 사람들이 큰다리라 부르는 다리로 접어들었다. 다리 아래로 두 개의 물이 만나느라 넓은 장광이 펼쳐지고 물이 돌아가는 곳엔 단풍이 얼룩진 절벽이 치솟아 있었다. 이번엔 엄마가 먼저 입을 열었다.

이 동네선 저기 단풍이 제일 곱고 붉어.

……단풍이 밥 먹여주나.

사람이 밥만 먹고 살 순 없잖아요.

대관령면과 붙어 있는 진부면 시내 초입으로 이어진 길을 달렸다. 예전엔 대부분 논이었고 그 한가운데에 마을과 제재소가 두어 개나 있었는데 세월은 그 모든 것을 아파트 단지로 만들어버렸다. 벼가 누렇게 익어가는 논은 어디에도 없었다. 건물이 들어서지 않은 오대천 건너편의 논도 모두 밭으로 옷을 갈아입었다. 김은 차창에 얼굴을 대고 중얼거렸다.

이젠 사람들이 밥을 안 먹는가 봐.

밥을 안 먹고 어떻게 살아요.

여기 넓었던 논이 다 사라졌잖아.

논 판 돈으로 비싼 식당에 가서 고기 사 먹는 거겠죠.

말도 안 되는 소리 좀 작작 해. 사람이 고기만 먹고 사나.

요즘 사람들은 옛날보다 밥을 안 먹는다는 얘기예요.

……그럼 나이도 안 먹나?

두 사람의 선문답 같은 이야기는 차가 진부 요금소로 접어들면서 멈췄다. 그곳은 영역 밖이라고 여기는 것 같았다. 세 개의 터널을 빠져나와 조금씩 속도를 올리면서 룸미러로 뒷자리를 살피니 김은 그사이 잠들었는지 눈을 감은 채였고 엄마는 차창 밖을 내다보고 있었다. 나는 교통방송을 약하게 틀어놓았다. 김은 몸속의 피가 잘 돌고 있는지 확인하러 가는 길이었고 엄마는 백내장 증세를 검사하기 위해서였다. 원주 근처에서 라디오 소리가 흐려져 교통방송의 채널을 바꾸니 이내 깨끗해졌다. 세상 모든 길이 그러하겠지만 영동고속도로 역시 같은 방송이라 해도 채널을 한 번은 바꿔야 목적지에 도착할 수 있었다.

아버지가 꿈에 나타난 적 있어?

나는 깊은 겨울밤의 김처럼 부젓가락으로 화로의 재 속에 숨어 있는 불씨를 골라내며 물었다. 아무래도 화목보일러의 아궁이에서 싱싱한 알불을 한 삽 더 퍼 와야 할 것 같았다. 형이 먼저 입을 열었고 큰누나가 뒤를 이었다.

한 번도 안 꿨어.

나도 한 번도 안 나타나서 좀 서운했어.

몇 번 나타나긴 했는데 잠깐 희미하게 보이다가 사라져서 긴가민가했어.

넌, 꿨어?

형의 말에 누나들도 화로를 뒤적거리는 나를 바라보았다. 나는 고개를 저었다. 묻고 나서 생각해 보니 가족들의 꿈에 나타나고 나타나지 않고가 그리 대단한 일은 아닌 듯했다. 내가 꾼 꿈은 그저 내 마음이 그린 그림 같은 듯하여 말하지 않기로 작정했다. 나는 화로를 들고 일어났다.

마당의 눈은 점점 키를 키우고 있었다. 부삽으로 화목보일러의 아궁이에서 알불을 꺼내 화로에 담았다. 뜨거운 불기운이 올라오는 화로 너머의 눈송이들은 눈 내리는 유화를 보는 것처럼 포근했다. 금괴 꿈 이후 김이 꿈에 나타나면 망자가 어떤 의중을 전달하고 싶은 게 아닐까 여겨져 종일 뒤숭숭했다. 꿈의 내용이 조금 이상하면 그런 생각이 더 들었다. 어느 꿈에선 김을 오토바이에 태우고 집으로 가려 했는데 도착해 보니 낯선 방이었다. 이 방은 대체 누구의 방일까 생각하고 있는데 내 뒤에 앉아 있던 김이 어느 순간 스르르 누웠다. 잠을 자는 것은 아닌데 말이 없었다. 다른 가족들은 보이지 않고. 나도 그 옆에서 잠들었다가 깨어났는데 김은 이미 사라진 뒤였다. 꿈에서 깨어나서도 나는 그 낯선 방이 무엇을 의미하는지 궁금했는데 알 수 있는 방법은 없었다. 4월의 끝자락에 꾼 꿈은 이러했다. 동트기 직전이었던가. 엄마는 개울가에 있고 김은 고향집 마루에 홀로 앉아 있었다. 그런데 김의 모습이 자꾸만 흐릿해지면서 마치 지워지고 있는 느낌이었다. 나는 뒷방에서 지인들과 놀다가 잠이 들었다. 이 꿈의 핵심은 김이 조금씩 지워지고 있다는 것이었다. 이 꿈을 꾸고 나선 다소 쓸쓸했다. 자의든 타의든 조금씩 지워지고 있다는 것……. 6월 초에 꾼 짧은 꿈에선 고향집의 전등이 말썽이었다. 불이 안 들어오더니 전선마저 타버렸다. 안절부절못하고 있는데 김이 나타나 전등과 전선을 고쳐놓았다. 그런데…… 사방이 환해졌는데 정작 김의 모습은 보이지 않았다. 아무리 꿈이라지만 나는 전등과 전선 하나 갈지 못하는 한심한 인간이었다. 꿈속이지만 고마웠는데 김은 또 사라지고 말았다. 12월의 끝자락엔 하룻밤에 두 번이나 꿈에 나타나기도 했다. 첫 번째 꿈의 장소는 방이었다. 김은 사진첩 속에서 당신이 나온 사진들을 골라 들여다보며 즐거워하고 있었다. 김은 그 사진들을 모아 내게 건네주었다. 두 번째 꿈의 무대는 밭에서 가족들이 모여 소로 밭을 갈며 일하고 있었다. 김은 일하는 방식을 놓고 뭔가 불만스러운 표정을 풀지 않았다. 누가 밭을 가는지는 불분명했는데 문제는 울타리와 붙어 있는 재래식 화장실의 똥통 바로 옆까지 밭고랑을 만들고 있었다. 자칫 잘못하면 인분이 가득한 똥통에 빠질 수도 있었다. 아마 김은 그런 모든 게 당신의 생각과 맞지 않아 불만스러운 것 같았는데 역시 도중에 사라졌다. 꿈에서 깨어났을 때 나는 어떤 표정을 지어야 하는지를 놓고 잠시 고민하다가 웃고 말았다. 또 어느 밤의 꿈엔 김이 난쟁이처럼 작아진 엄마를 안고서 집으로 가고 있었다. 엄마는 몸만 작아진 게 아니라 주름이 자글자글한 얼굴에 힘마저 없어 보였다. 나는 그게 이상하고 서러워서 꿈속에서도 눈물을 흘렸던 것 같다. 내가 꾼 마지막 꿈은 김이 내 차를 운전해서 함께 집으로 가는 장면으로 시작했다. 도로를 달리다 잠시 쉬어갈 요량으로 휴게소 비슷한 곳

덤프트럭 옆에 주차했다. 그런데 볼일을 보고 돌아오니 어이없는 상황이 벌어져 있었다. 내렸을 때는 몰랐는데 차가 덤프트럭 옆이 아니라 차체 아래 앞바퀴와 뒷바퀴 사이에 절묘하게 주차된 것이었다. 거의 예술적으로. 관건은 차를 어떻게 빼느냐였다. 김도 문제를 알았는지 차 옆에 쪼그려 앉아 오래전에 끊은 담배를 피우고 있었다. 그제야 나는 운전면허도 없는 김에게 운전을 맡겼다는 사실을 알아차렸다. 그나저나 차를 어떻게 뺀단 말인가……. 나는 앞뒤 좌우를 서성거리며 전전긍긍하다가 결국 차를 빼지 못하고 깨어났다. 겨울밤 새벽, 꿈을 이해하려고 뒤척거렸지만 그 또한 무위로 돌아가고 다시 잠들었다.

야, 무슨 불을 하루 종일 담아?

형은 술에 취해 있었다. 술과 관련해서는 점점 김을 닮아가는 듯했다. 원래 자리에 다시 화로를 놓고 삼발이에 정종이 담긴 주전자를 올려놓았다. 화면 속, 머리가 하얗게 변한 김은 조수석에 앉아 주문진 바다의 거센 파도를 바라보고 있었다. 몇 년 전 운전석에 앉은 내가 찍은 사진이었다. 그때 엄마는 뒷자리에 앉아 있었다. 두 누나는 약간 지쳐 있는 얼굴이었다. 그러나 아직은 잠들 수 없다는 표정을 담고 있었다. 나는 그들에게 제안했다.

술도 깰 겸 다 함께 밖에 나가 눈 치는 건 어때?

이 오밤중에 눈을 치자고?

내일 차가 나가려면 지금 어느 정도 쳐놓는 게 좋아.

술 마시다 말고 눈을 왜 쳐?

졸음이 내려와 있던 큰누나의 눈이 동그랗게 변했다. 작은누나의 얼굴은 갑자기 밝아졌다.

재밌겠다!

얼어 죽어. 그냥 술이나 마셔.

옷 든든하게 입으면 되지. 옛날 생각나고 괜찮을 것 같아. 언니, 나가자?

아이고, 한밤중에 뜬금없이 이게 무슨 청승이야!

나 어렸을 때 아버지가 나무하러 산에 가면 발구 타고 내려오려고 따라갔던 적 많아. 그땐 참 눈이 많이 내렸는데.

나무를 잔뜩 실은 발구 위에 같이 올라탔다가 눈 쌓인 계곡으로 떨어져 뒤집힌 적도 있잖아.

작은누나와 나만이 아는 일이었다.

맞아! 근데 눈이 많아서 푹신한 솜 위로 떨어진 거 같았어. 계곡이 꽤 깊었는데 하나도 안 다쳤어!

딱 한 시간만 치는 거다?

형도 결국 옷을 입으려 자리에서 일어났고 큰누나는 마지못해 따라나선다는 표정이었다. 화롯불에 오징어를 구웠다. 깊은 밤 잠이 오지 않아 눈을 치다가 눈 더미에 주저앉아 호주머니에서 꺼내 마시는 소주와 구운 오징어의 맛을 나는 알고 있었다. 준비를 마친 네 형제는 거실에 잠든 엄마와 김의 동영상을 남겨놓은 채 밖으로 나갔다. 두 분만의 데이트도 필요한 법이라고 나는 고개를 끄덕이며 현관문을 닫았다.

밭과 집을 어떻게 했으면 좋겠냐?

집은 놔두고 밭은 팔았으면 좋겠어.

나도 언니와 같은 생각이야.

아버지와 엄마가 평생 일군 땅인데 어떻게 팔 생각을 해? 그리고 요즘은 사람들이 밭을 잘 안 사. 그냥 빌려서 농사짓고 말지.

누나들의 생각이 다소 서운해서 나는 목소리를 높이고 말았다.

그럼 넌 어떻게 했으면 하는데?

밭은 네 형제 공동명의로 해놓고 엄마가 살고 계시니 집은 엄마 명의로 하자고.

군청 다니는 사람에게 물어보니 공동명의 그거 나중에 복잡해질 수 있다는데.

큰누나의 근심이었다.

영원히 그렇게 하자는 게 아니라 엄마 살아 계시는 동안만이라도.

내가 살까?

형의 의견이었다.

얼마에 살 건데, 오빠?

얼마긴 얼마야. 공시지가로 사야지.

에이, 그건 아니지!

지난 초여름에 벌어진 일이었다. 형제들은 필요한 서류를 준비해 제출하고 김의 밭을 공동명의로 등록했고 각자 세금도 납부했다. 김은 만족하실까? 나는 태어나 처음으로 밭 주인이 된 것이었다.

외등 불빛 속으로 박석눈이 내리고 있었다. 내가 제일 앞에 서고 5미터쯤 뒤에 작은누나, 또 그 뒤에 큰누나, 형이 구역을 나눠 플라스틱 삽으로 눈을 쳤다. 다들 구운 오징어를 질경질경 씹으며. 삽질을 거듭하자 그리 춥지도 않았다. 형은 어렸을 때 배운 동요까지 불렀고 나는 소주를 한 모금 마신 뒤 다시 오징어를 입에 넣었다. 내 어린 시절의 눈은 언제나 폭설이었다. 사나흘 계속해서 내린 눈이 어른의 키보다 더 많이 내린 적도 많았다. 눈이 그치면 온 동네 남자들이 큰길까지 나가는 길을 치느라 바빴다. 함께 이용하는 마을 길에 눈을 치러 나오지 않으면 욕을 얻어먹기도 했다, 남자들이 나올 수 없는 상황인 집에선 여자라도 나와서 성의를 보여야 했다. 그렇게 큰길까지 눈을 모두 치면 그제야 집으로 돌아가 울타리 안의 남은 눈을 치는데 그건 시간이 날 때마다 조금씩 해도 되는 일이었다. 어차피 또 눈이 퍽석 내릴 수도 있기에 변소와 장독대, 장작가리, 깍짓가리 등 생활에 긴요한 장소로 가는 길만 우선 치면 되었다. 울타리 밖 응달짝의 눈은 봄이 와야 비로소 모두 녹을 터였다.

야, 눈싸움할까?

오빠, 오밤중에 무슨 눈싸움이야. 그만 치고 들어가자.

큰누나는 추운 모양인지 장갑 낀 손을 비볐다. 형과 나는 쪼그려 앉아 가로등 아래 눈 속에 심어놓은 술병의 소주를 마셨다. 박석눈은 그치지 않았다. 우리가 치고 나온 눈길은 조금씩 지워지고 있었다.

나는 중학교 갔다 돌아올 때 아버지가 말끔하게 쳐놓은 눈길을 보면 그렇게 기분이 좋았어. 신발에 눈이 들어가지 않으니까. 그런데 어떤 날은 눈이 발목까지 덮는데 길이 없는 거야. 발이 시려오는 걸 참으며 집에 갔더니 아버지가 취해 주무시고 있는 거야.

작은누나는 양말 속에 눈 뭉치라도 들어간 듯 시린 표정을 지었다. 중학생 시절이면 나는 초등학생이었을 테고 큰누나는 강릉에서 직장을 다닐 때였다. 눈 치는 도구가 빗자루, 삽, 넉가래밖에 없던 시절이었다.

추워진다. 들어가자.

술도 다 떨어졌어.

내일 주문진 가서 회 먹을까.

수원 돌아가야지.

나도 정선으로 가야 됩니다.

나는 원주로.

에이, 의리 없네. 나만 남겨두고 가는 거야?

오빤 여기가 집이잖아.

그래도 오빠가 내려와 있어 엄마가 덜 외롭잖아.

네 형제가 삽을 들고 걸어가는 밤의 눈길에 발자국이 찍히고 있었다. 눈송이는 천천히 떨어지고 그 너머엔 고향집의 거실 불빛이 우리를 기다리고 있었다. 앞서 걷는 세 사람의 뒷모습을 보니 다들 조금씩 늙어가고 있었다. 막내인 나 역시 1년 뒤면 같은 60대의 대열에 합류하게 된다. 우리 형제들도 제법 먼 길을 걸어온 것이었다.

오빠?

작은누나가 입을 열었다.

왜?

나는 오빠가 돈 문제에 대해 깔끔하게 정리했으면 좋겠어.

무슨 돈?

도지 받은 돈 말이야. 그거 우리 넷이 나누는 게 맞잖아. 질질 끌지 말고 나눠서 입금해.

알았어. 공식적으로 들어간 돈 빼고 입금할 거야.

집이 가까워지자 개집 안에 들어가 있던 검은 개와 흰 개가 뛰쳐나와 반갑게 짖기 시작했다. 그런데 문득 이상한 느낌이 들어 뒤를 돌아보니 저만치서 김이 우리가 눈을 친 길로 걸어가는 뒷모습이 보였다. 깜짝 놀라 눈을 비비고 다시 보니 내리는 눈 속에서 마치 꿈처럼 그 모습이 스르르 지워졌다.

안 들어오고 뭐 해?

대문 앞에서 눈 더미에 볼일을 본 형이 소리쳤다. 누나들은 이미 집으로 들어간 모양이었다.

눈시울이 뜨거워졌다. 나는 김이 사라진 곳을 조금 더 바라보다가 고개 숙여 인사를 하고 집으로 향했다.

어떻게 된 거야?

집 안 풍경은 눈을 처러 나가기 전과는 전혀 딴판이었다. 누나들은 엄마의 눈 옆에서 흘러내리는 피를 닦아내고 소독하느라 정신이 없었다. 엄마는 눈을 감은 채 누워 있고.

우리가 나간 뒤 소파에 올라가 자다가 떨어졌대.

밖으로 나가기 전 엄마는 냉장고 앞에서 자고 있었다. 소파 겸 침대는 생전에 김이 사용했는데 이후 엄마의 소파 겸 침대가 되었다. 가끔 고향집에 찾아갈 때마다 나는 그게 좀 마음에 걸렸지만 내색하진 않았다.

아니 높지도 않은 침대에서 어떻게 떨어졌기에 눈 옆이 이렇게 많이 찢어졌어!

응급실에 모시고 가야 되지 않아?

소독하고 약 바르면 괜찮을 거 같아.

그러다 탈이라도 나면 어쩌려고?

엄마, 병원에 갈까?

……괜찮아.

일단 오늘 밤은 지켜보고 내일 아침에 결정하자고.

다행히 흐르던 피는 멈췄다. 연고를 바르고 우황청심환까지 복용한 뒤에야 한시름 놓을 수 있었다. 나는 김이 사용했던 소파 겸 침대를 바라보았다. 그 옆 텔레비전에서 김의 동영상이 계속 상영되고 있다는 걸 그제야 알고 텔레비전을 껐다. 두 분만의 데이트를 즐기라고 나갔건만…….

한잔 더 마실 사람 와서 마셔.

형은 술상 앞으로 자리를 옮겼다. 작은누나가 엄마 곁에서 상태를 살피고 큰누나는 설거지를 했다. 형과 나는 각자의 빈 술잔에 술을 따랐다. 김의 소파 겸 침대는 텅 비어 있었다.

엄마, 자는가?

나는 더 이상 참지 못하고 입을 열었다.

……안 잔다.

엄마, 혹시 침대에서 자다가 아버지 꿈꿨는가?

니가 그걸 어쩨 아냐?

그냥 느낌이 이상해서.

……꿨다.

아버지 꿈꿨다고?

엄마 옆에 있던 작은누나의 목소리가 올라갔다. 나는 가슴이 덜컥 내려앉았다. 묻는 목소리도 조금 떨렸다.

아버지가…… 뭐라고 하던가?

네 형제는 담요 위에 누워 있는 엄마 옆에 다시 모였다. 엄마의 이마와 볼엔 주름살이 밭고랑처럼 자글자글 흘러가고 있었다. 틀니를 빼놓아서 입술마저 헐렁했다. 엄마는 천장을 쳐다보며 입술을 열었다.

……나보고 자리를 바꾸자 하더라.

자리를 바꾸자고? 아버지가?

그래서 뭐라고 대답했어?

자릴 바꾸자니 그게 무슨 소리야?

누나들과 형의 물음이 쏟아졌다.

그다음은…… 잘 생각이 안 나. 눈을 떠보니 침대에서 떨어져 있더라. 얼굴에서 피가 흘러내리고.

아이참, 우리 아버지!

우리 아버지 해도 너무하네!

아버지가 삐진 거야.

오빠, 아무리 삐지셨나 해도 아버지가 엄마한테 그러면 안 되지.

그건 그렇지.

아니, 상 잘 차려놓고 제사 지낸 기일에 대체 이게 무슨 일이야.

그냥 엄마가 꿈꾼 일에 불과한 건지도 몰라.

엄마, 다음에 또 그러면 화를 내버려. 그리고 앞으론 저기서 자지 말고 바닥에서 온수매트 깔아놓고 자. 알았지?

다시 누나들과 형의 탄식이 번갈아 쏟아졌다.

희미하게 미소 짓는 엄마의 볼은 퍼렇게 멍들어 가고 있었다. 박석눈이 내리는 밤이었다.

오른손이 한 일

정길연 | 서울예술대학 문예창작학과에서 글쓰기를 고민했다. 1984년 중편소설 「가족수첩」으로 《문예중앙》 신인문학상을 수상하며 등단했다. 2016년 「우연한 생」으로 가톨릭문학상 본상을 수상했다. 소설집 「다시 갈림길에서」, 「종이꽃」, 「쇠꽃」, 「나의 은밀한 이름들」, 「우연한 생」, 장편소설 「내게 아름다운 시간이 있었던가」, 「변명」, 「그 여자, 무희」, 「달리는 남자 걷는 여자」, 「안의, 별사」 등과 다수의 장편동화와 산문집을 출간했다.

I

 내가 왜 이곳에 와 있는가, 전후 사정은 명료하지 않다. 몸은 구멍이 숭숭 뚫린 바람벽처럼 헐겁고, 머릿속은 금방 무너질 것 같은 예감으로 가득하다. 몇 시인가. 쫓는 쪽인지, 쫓기는 쪽인지 알 수 없다. 어느 쪽이든 서두르고 싶지 않다.
 풍경은 단조하다. 구름 한 점 없는 쨍한 하늘 아래 푸른 초지가 완만한 경사를 이룬다. 언덕 위에서 풀들을 쓰러뜨리며 내달리는 바람의 기세가 당당하다. 맨발에 닿는 풀의 감촉이 서늘하다.

 나는 안다. 비탈진 목초지를 거슬러 올라가면 다이빙대처럼 바다로 뻗어나간 절벽 끝에 다다를 것이고, 멀리 자를 대고 그은 듯한 수평선이 장엄히 펼쳐질 테다. 곧 나타날 전망이 그려지는 것으로 보아 미지의 장소는 아니다.
 일생에 단 한 번은 오고 싶었던 곳이거나, 기어서라도 와야 할

곳…….

가슴이 뛴다. 나는 지금 이곳에 있다. 꿈인가. 꿈이 이루어진 것인가. 기쁜지 슬픈지 아직은 모르겠다. 두려움은 없다.

몇 해 전이었다. 드론 카메라에 담긴 섬의 풍광을 처음 보았을 때 나는 본능적으로 알아챘다.

물빛 하늘. 노르웨이 해를 건너온 바람. 카드섹션처럼 일사불란하게 방향을 바꾸는 풀들의 퍼포먼스. 초록 카펫에 점점이 박힌 노랗고 붉은 야생화들. 그 평범하면서도 신성한 기운.

완벽했다. 원하던 장소였다. 빨려들듯 TV 앞으로 다가들며 노르딕의 짧은 여름을 상상했다.

일몰과 일출의 경계가 모호한 백야의 박명(薄明)이 해무처럼 섬 전체를 에워싼다. 하이킹 코스는 테라스처럼 해면 위로 돌출한 낭떠러지로 이어지고, 파도가 수만 년 풍화에 깎인 단애(斷崖)의 아랫도리를 할퀴고 물러설 때마다 검은 바위 틈새로 하얀 물보라가 솟구쳐 올랐다가 산산이 부서진다.

번식지로 되돌아온 코뿔바다오리는 벼랑에 둥지를 틀었다. 여름이 끝나면 꺽꺽 꺅꺅 시끌벅적하던 새들은 새 식구와 함께 섬을 떠날 것이다.

나 또한 저 용맹한 새들처럼 반동하는 파도에 휩쓸려 먼바다로 나아가고 싶다.

마. 침. 내.

나는 밤마다 잠들기 전 오슬로행 비행기에 몸을 싣는다. 본토의 여러 소도시를 거쳐 어느 항구에 닿는다. 섬으로 향하는 페리의 갑판에서는 활공하는 새처럼 두 팔을 벌린다. 황홀하다.

꿈에라도 가볼 수 있을지 누가 알아.

천만에.

꿈은 불친절했다. 비행기는 뜨지 않았다. 페리는 스발바르 항구에서 오지 않은 승객을 기다리지 않고 출항했을 것이다.

정작 꿈속에서 나는 늘 다른 곳에 있었다. 더러운 골목을 헤매고, 녹슨 대문을 두들기며 악다구니를 썼다. 도대체, 맥락 없는 꿈들은 어느 심연에서 발현되는 것일까.

밤새 발이 부르트도록 걷다가 눈을 뜨면 암막 커튼만큼이나 암울한 하루가 나를 맞아주었다. 소금물로 입안을 헹구고, 땅콩버터 바른 사과 반쪽을 의무적으로 씹었다.

집 밖에는 터널처럼 긴 일과가 웅크리고 있었다. 다시금 헛된 일에 치이고, 사람에 치였다. 모욕을 주고받고, 응징을 맹세하거나 사소한 복수를 자행했다. 절연하거나 절교를 당했다.

매번, 나는 달아났다. 빈방에서 가해자 또는 피해자의 이름과 전화번호를 삭제했다. 나는, 우물에 독을 풀고 침을 뱉은 뒤 뚜껑을 덮어 나 자신조차 그 물을 마실 수 없게 만드는 사람이었다. 다른 방법을 알지 못했다.

그렇게 지나간 시간을 봉인하고 주어진 시간을 탕진하느라 만신창이가 됐다.

당연한 수순으로, 그날 오후 촘촘하게 세운 일상의 도미노가 연쇄적으로 무너졌다. 푸르르 꺼지고 마는 낡은 트럭의 엔진처럼, 존립의 알리바이를 증명할 동력이 사라졌다. 더는 기회도, 이유도, 목표도 생성하기 어려운, 사실상의 코마 상태.

통제할 수 없는 비극이 엄습하면 사람은 의외로 단순해진다. 결사적으로 바퀴를 굴리는 다람쥐처럼 제자리를 돌고 돈다.

내 몸을 내가 막 부릴 수 없게 되었다니. 스스로 애쓰지 않아도 되다니.

그 순간에도 나는 버킷 리스트의 마지막 한 줄이 마음에 걸렸다.

활. 공.

II

 짧은 여름을 놓칠 수 없는 섬 주민들이나 본토를 거쳐 온 여행자들이 풀밭 여기저기에 흩어져 일광욕을 즐긴다.
 나는 요가 매트에 엎드려 책을 읽는 금발여자를 눈여겨보는 척하면서, 여자의 등 뒤에 달라붙어 시시덕거리는 남자의 손길을 좇는다. 비키니 차림의 여자는 남자의 손을 내버려두지만, 이번에는 남자가 싫증이 나는지 손깍지로 머리통을 받치며 하늘을 올려다본다.
 근처에서는 드레드록스 헤어스타일의 흑인 커플이 반얀트리처럼 서로를 얽어매고 입술을 맞춘다. 키스는 깊고 끈덕지다. 아무도 그들의 탐구를 신경 쓰지 않고, 그들도 주위를 아랑곳하지 않는다. 오롯이 상대에 집중하면 서로의 심연에 닿을 수 있을까.

 젊은 날의 나는, 상대의 본심이 사랑인지 색욕인지 읽고 싶었다. 나의 진심을 증명하기 위해서는 오르가슴을 연기했다. 그것이 관계의 파국을 막지 못한다는 사실을 알고 난 뒤로, 가끔 이메일이나 문자메시지로 정정하고 싶은 충동을 느낀다.
 난 한 번도 끝까지 가보지 못했어. 그냥 알려주는 거야.

정미가 내 전화를 받고 밤 열차로 내려왔다. 내 꼴을 기막혀하며 배낭에다 핸드폰과 신분증, 속옷과 세면도구 따위를 닥치는 대로 쑤셔 넣었다.

"가자."

"무서워."

"미련도 가지가지다. 그럼 혼자 죽지, 날 왜 불러 내렸어?"

"너는 알아야 하니까."

"지랄. 다시는 안 볼 것처럼 굴 땐 언제고. 사람이 일관성이 있어야지."

핀잔과는 달리 조심스럽게 나를 일으켜 세우고는 토를 달았다.

"사람 복장 뒤집는 재주는 어디 안 가. 시종일관이지."

정미는 제멋대로면서도 큰일 앞에서는 대범하다. 속전속결, 결심이나 결행이 빠르다. 나처럼 급전직하하지 않는다. 그 점이 미덥지만 한편으로는 재수 없다. 나는 곤경에 처하거나 기분이 들뜨면 정미를 찾는다. 끝에 가서는 감정이 상해서 도로 밀어내지만. 최근까지도 사소한 트집거리로 사이가 틀어져 여러 달째 소원하던 차다.

대학병원 응급실에 도착하자 정미는 곧바로 대리인으로서 동

분서주했다. 의료진을 상대하고 중간중간 원무과를 오가며 사무적인 절차를 진행했다.

병상은 부족했다. 나는 택배기사가 던지고 간 배송품처럼 복도에 부려졌다. 가림막 하나 없는 간이침대에서 오가는 사람들의 시선에 무자비하게 노출되었다.

수도권에서 먼 지방 대도시의 대학병원은 접경 소도시나 읍면 단위에서 몰려드는 환자로 늘 과부하 상태다. 야박하게 돌려보내지 않았으니 인색하나마 운이 좋았다.

─빌어먹을 운이란 게 말야, 화끈하게 한턱 쏘아주면 좀 좋아? 아나 옛다, 누군가 한 입 베어 먹고 던져준 떡 같다니까. 감질나.

몇 년 전쯤인가, 모종의 사건이 해결된 후련함에 취해 무심히 툴툴거렸다가 정미의 지적을 받았다.

─체해. 주는 대로 받아. 한입거리만 남은 떡을 받아먹는 사람은 기분이 어떻겠어?

─누가 뭐래?

─십시일반이라고, 난 누가 한 입만 덜어줘도 고맙더라.

─불공평해. 운의 기본값이 다르잖아.

─어차피 인생은 불공평해. 공평하진 않아도 최소한 버틸 힘은 주잖아. 받아들여. 그렇게 흘러가는 거야.

—도사 됐네.

—선험적 통각에 더해진 경험치와 학습력의 결과지. 깊이와 넓이의 차를 결정하는 결정적인 것이랄까?

—넌 날 한심한 사람으로 못 만들어 안달이지?

—팩트야. 실제로 한심하잖아.

담당 전공의는 경험이 부족했다. 복어처럼 부푼 배에 구멍을 뚫는 천자(穿刺) 술기를 한 방에 성공하지 못했다. 두 번째, 세 번째 공격이 복부에 가해졌다. 초짜의 헛손질은 가히 폭력적이었다. 나는 악 소리는커녕 신음조차 입 밖으로 내지 못했다.

의사는 네 번째 시도에서야 정확한 위치를 잡아냈다. 배액관으로 누런 복수가 흘러나오기 시작했다. 방금까지도 동요하던 전공의의 얼굴에 득의가 차올랐다. 가증스러운 도취였다.

집에서 나온 지 고작 두 시간 만에 나는 더욱 피폐해졌다. 끔찍한 통증보다 나를 비참하게 만드는 건 무력감이었다. 모든 가능성과 동력을 상실한 폐기물로 전락한 듯한 망연함이었다. 손쓸 수 없게 망가진 미래의 형상이 초파리처럼 머릿속을 부유했다.

"원하는 것이 있어?"

비로소 숨을 돌리게 되자 정미가 물었다. 네 시간 만에 입원실을 배정받아 환자 전용 엘리베이터가 내려오기를 기다리던 중이었다.

바보야? 진통제 외에 내가 무얼 원하겠느냐고.

"무엇이든 말해 봐. 들어줄게."

이 지경에 먹고 싶은 것이나 갖고 싶은 것 나부랭이를 묻는 건 아닐 테다. 어쨌거나 너그러운 경청의 심리는 정미 또한 내 상태의 비가역성을 예측했기 때문이리라.

나의 육체적 종말을 저토록 담담히, 저토록 객관적으로 기정사실화하다니.

노여움보다는 정미에게 매달리고 싶은 마음이 앞섰다. 아닌 게 아니라 나는 정미의 손을 붙잡고 있었다.

세상에나.

사십여 년 전 한 부모에게서 나고, 이십여 년 가까이 한집에서 사는 동안, 정미와 나는 여느 자매처럼 손을 맞잡은 기억이 없다. 팔을 감거나 어깨를 툭 치거나 여타 어떠한 친애의 손짓을 구사한 적도 없다. 겸연쩍은 짓이었고, 몹쓸 손버릇으로 여겼다.

아주 어려서 한 두어 번 부모님이 둘의 손을 억지로 잡게 하여 카메라 앞에 세웠다. 그때도 어느 쪽이 먼저랄 것 없이 팔짝 물러서며 손을 떨쳐냈다.

엄마는 둘의 등짝을 차례로 찰싹, 찰싹 때리면서 재미있어했다.

―이것 좀 봐. 서로 송충이 보듯 한다니까. 가끔은 진짜 내가 애들을 낳았는지 의심스러워.

―병원에서 바뀌었을지도 모르지.

―불가능해. 둘을 한 번에 바꿔치기하지 않는 다음에야.

―한 놈만 쏙, 바꿔칠 수도 있지. 함께 나왔는데 생김새도 닮지 않았으니 누가 알아채겠냐고.

―잘 보면 그래도 닮은 구석이 있긴 있어.

시답잖은 농담을 주고받을 때만 해도 두 분이 피를 뿜듯 서로를 할퀴리라곤 짐작하지 못했다. 말다툼은 엄마에게 유리했고, 물리력은 아무래도 아버지가 우월했다. 결전의 날이 왔다. 열여섯 살, 여름방학 직전이었다.

마지막 전투는 어쩐지 좀 싱거웠다. 적반하장 격으로 빈정대는 엄마의 입심에 바야흐로 아버지의 인내심이 바닥을 보였다. 뚜껑이 열려버린 아버지가 마구잡이로 주먹을 휘두름으로써 엄마는 명확한 귀책의 사유를 획득했다. 아버지의 자살골이었다. 명분을 챙긴 엄마는 지체 없이 짐을 쌌다.

정미와 나는 작은방에서 각자 벽을 등진 채 소동의 전말을 청력으로 관전했다. 소강상태가 지나고, 골목에 면한 창문 너머로 바퀴 달린 트렁크가 달달달달 굴러가는 소리가 들렸다.

―그다지 극적이지는 않네. 저들의 한계지.

정미는 손톱에 바른 매니큐어를 말리느라 입김을 후후 불어대다가 나를 빤히 쳐다보았다. 나는 안절부절못했다.

―돌아온다. 돌아오지 않는다. 넌 어디에 걸래?

돌아온다에 걸면 정미는 아마도 나를 평생 비웃을 것이었다.

―너부터 걸어.

―안 와. 기다리지 마.

―어떻게 알아?

―아하, 넌 돌아온다에 걸었구나?

―그야 모르니까…….

정미는 뾰족한 턱을 무릎에 얹은 채 발톱에도 칠을 하기 시작했다. 발톱은 감출 수 있다 쳐도, 손톱은 학생주임이 가만두지 않을 텐데.

―만약에 만약에, 이수정 여사가 잔뜩 빼입고 학교 앞으로 찾아와도 난 안 볼 거야. 넌, 너 맘대로 해도 돼.

머리를 숙이고 있어서 정미의 표정을 읽을 수는 없었다.

정미의 예언대로 엄마는 돌아오지도, 학교 앞으로 몰래 딸들을 만나러 오지도 않았다. 전화도 걸려오지 않았다. 몰래라도 찾아오면 못 이기는 척 만나주리라. 엄마는 어렵게 정한 내 마음까지 짓밟았다.

—그게 사람이야? 어미야?

아버지의 말이 옳았다. 엄마는 나쁜 년이었다.

정미와 나는 서로의 손 대신, 불성실하거나 허세뿐인 남자의 손을 잡거나 덥석 잡혀서 제 갈 길로 나뉘었다. 사는 곳도 달라 나는 본가에서 뚝 떨어진 외곽 지역에, 정미는 아예 멀리 서울 변두리에 뿌리를 내렸다.

본가에 들르는 시기도 대체로 어긋났다. 띄엄띄엄하게라도 규칙적이던 생존 확인은 3년 전 아버지가 재활병동에서 세상을 달리할 때까지였다. 빈약한 구심점마저 사라지자 정미와 나는 들쑥날쑥 붙었다가 떨어지기를 되풀이했다. 하나의 점에서 유래한 두 개의 선은 꼬였다 풀렸다 하며 점점 더 벌어져갔다.

그럼에도 남들은 우리의 닮은 점을 귀신같이 색출해 냈다. 나는, 어쩌면 정미도, 한사코 서로의 다른 점을 증명하는 것으로 자신을 안심시켜야만 했다.

"들어준다니까. 뭐든 좋아. 좀 늦은 감은 있지만."

정미는 내게 손을 잡힌 채 선심을 썼다. 멋쩍은지 말투는 건조하고 눈빛은 여지없다. 몇 시간 전까지만 해도 예상치 못했던 돌연한 전개가 부담스러웠을까. 저 심상한 태도는 부정과 분노, 협상과 우울의 단계를 성큼 뛰어넘은 수용의 사인일까. 혹은 급진적인 포기일까.

"이렇게 되도록 일을 키운 건 왜야?"

"그게…… 괜찮아질 줄 알았지."

"미쳐, 내가."

조짐은 있었다. 내 몸이 무너지고 있다는 걸 감지하면서도 검진을 망설였다. 쌓여만 가는 불안을 정미에게도 발설하지 않았다. 미루고 미루고 미루다가 왈칵 둑이 터졌다. 터질 줄 알면서 모른 체했다. 내가 늘 쓰는 수법이었다.

"전매특허지. 회피, 외면, 도망."

내가 못마땅할 때마다 정미는 나의 악덕 3종을 거론했다.

"이번에는 도망 못 해. 고스란히 감당해 내야 하는 일이야, 이건. 각오해야 할 거야."

단정, 지적, 경고. 내가 자신의 성에 차지 않을 때마다 의사봉처럼 내리치는 정미의 악행 3종. 정미는 말이 센데도 주위에 사람이 많다. 이유를 모르겠다.

나는 정미 말고는 SOS를 칠 데가 없었다. 상습적으로 옛 우물로 가는 길을 차단해 온 나이지만 정미만큼은 예외였다. 닮든 닮지 않든, 돌아서지도 달아나지도 못하는 숙명의 애증 관계.

땡.

엘리베이터가 열렸다. 정미가 관처럼 좁고 긴 엘리베이터 안으로 나를 밀어 넣었다.

"베뢰이."

나는 문이 닫히자마자 혀 밑에 감춰둔 단어를 발설했다.

"뭐?"

"베뢰이 섬."

"무슨 섬?"

정미는 내가 특정한 장소를 말하리라고는 예상하지 못했던 것 같다.

"베…… 거기가 어딘데?"

"로포텐 제도. 거기 어디 섬이래."

정미가 황당한 얼굴로 나를 내려다보았다.

"하필…… 거기를 왜?"

"내가 원하는 거. 네가 물어봤잖아."

"그렇지. 그렇구나. 내가 물었구나."

"신경 쓰지 마. 그냥, 그렇다고."

엘리베이터가 6층에 도착했다. 양쪽으로 가로 뻗은 복도의 한쪽을 전시용 벽널로 막아놓았다. 연식이 오래된 구식 건물이라 시설 보수가 필요해서인지 환자가 입원 중인 병동임에도 리뉴얼 공사를 병행하고 있었다.

"오면서 보니까 병원 절반이 공사판이야. 본관 뒤로도 신축을 올리나 봐."

나는 간략한 절차를 거쳐 의국 맞은편 609호실로 보내졌다. 다행히도 오전에 퇴원한 환자 덕에 입원이 가능했다. 보험은 지지난해 해약했고, 실손의료보험은 미처 들어두지 못했다. 6인실도 버거웠다.

수간호사가 침대 하단에 나의 신상정보가 적힌 명패를 끼워 넣었다.

유정옥. F/42. 종양내과. 2023/09/30.

나의 정체, 나에 대한 정의는 간단명료했다. 사십여 년 인생의 결산서를 받아 든 기분이랄까. 마치 환승 터미널에서 게이트가 열리기를 기다리는 심정이었다. 어느 게이트가 열릴지는 알 수 없었다.

병실의 선임들은 굳은 표정으로 나와 정미를 주목할 뿐 누구도 나서지 않았다. 동병상련하는 눈길은커녕 암묵적 차별적 무례가 당황스러웠다.

순간 이동하듯, 내 의식은 새로운 세계로 진입했다.

터미널의 매표구는 닫혔고, 소등이 끝나 있었다. 초록색 비상구 유도등만이 사물들의 윤곽을 어렴풋이 드러냈다. 바닥에는 찌그러진 캔과 과자봉지가 나뒹군다.

이 불량한 공간에서 밤을 새우기로 작정한, 이미 모든 것을 잃은 부랑아처럼, 나는 등받이 없는 기다란 벤치에 몸을 누였다. 주먹을 풀고 구겨진 종이쪽지를 펼쳤다. 흐릿한 불빛에 의지하여 종이에 적힌 글자, 또는 숫자를 읽으려고 눈을 크게 떴다.

티켓에는 행선지가 표기되어 있지 않았다. 출발 시각도, 도착 시각도 찍혀 있지 않았다.

Ⅲ

알아들을 수 없는 이방의 말들이 사방에서 들려온다. 높지도 낮지도 않은 명랑한 말소리는 24시간 라디오 채널에서 흘러나오는 올드팝처럼 둥글둥글하다. 무엇보다 내게 말을 걸어오는 사람이 없다는 점이 마음에 든다. 소통의 강박으로부터 벗어난 것이 어딘가.

나는 맨발인 데다 작은 슬링백 하나 메고 있지 않다. 빈손이다. 자, 이제 만반의 준비를 갖추었다. 철썩이는 파도의 춤을 가까이서 보는 일만 남았다. 그때다.

첨벙, 물속으로 뛰어들듯 누군가 내뱉는 욕설이 귀를 때린다.

아아 씨발.

나는 걸음을 멈추고 뒤돌아본다.

뭘 구경해? 나도 걸을 수 있었다고! 나도 두 다리로 설 수 있었다고! 나도 멀쩡했었다고!

휠체어에 앉은 여자가 고래고래 악을 쓴다. 홀로 이 오르막을 돌파했다는 사실이 놀랍다. 바퀴가 돌부리에 걸려 더 이상 굴러가지 않아 화가 잔뜩 났다.

나는 여자에게로 다가가서 바퀴에 걸린 돌을 치운다.

병실 식구들은 나와 정미를 무시했다. 딱히 이유를 알 수 없는 따돌림이었다.

나는 발이 푹푹 빠지는 수렁에서 죽을힘을 다하느라 우리를,

정확히는 나를 겨냥한 그들의 적대감에 매몰될 겨를이 없었다. 언제나 그렇듯이 이번에도 나의 전략은 침묵과 회피. 어차피 이 병실을 떠나면 마을 우물에 침을 뱉고 뚜껑을 덮듯 잊으면 그만이니까.

정미는 그저 개의치 않았다. 나머지 다섯 병상에 딸린 환자와 보호자들을 개인 사물함 정도로 취급했다. 정미에게는 볏 붉은 투계처럼 상대를 물러서게 하는 강기(剛氣)가 있다. 그들이 뒤에서 숙덕거릴지언정 면전에서 시비하지 않는 것은 기세를 감지한 덕분이다.

암 병동은 진짜 전쟁터였다. 나는 내게 분할된 6분의 1의 영토 안에서 나날이 수세에 몰렸다. 현상 유지는 애당초 불가능한 방어선이었다.

첫날에 배액관 천자로 신고식을 치른 것 말고도, 다음 날에는 수액용 카테터를 꽂는 과정에서 부작용이 발생했다. 사흘 만에 오줌줄까지 꽂게 되었을 때는 통증보다 수치심 때문에 땅으로 푹 꺼졌으면 싶었다.

담당 교수는 냉정하지도 온정적이지도 않았다. 나의 병리적 현황을 수치화하여 진단하고, 성실하고 차분하게 설명했다. 정미는 여교수의 목소리 톤에 반했다. 신뢰가 간다고 말하지 않고 멋지다며 띄웠다.

"현재로선 여러 장기에 암세포가 퍼져 수술이 불가능해요. 별 의미도 없고, 말 그대로 기대수명을 늘이긴 어렵다고 봐야죠."

"카운트가 시작됐다는 말씀인가요? 손 놓고 기다려야 하나요?"

정미가 저답게 반문했다. 종앙내과 교수의 눈동자가 흔들렸다.

"포기한다는 말씀을 드리는 건 아닙니다. 할 수 있는 데까지 최선을 다해 봐야지요."

조만간 손쓸 방법이 없게 될 거예요. 내게는 그렇게 들렸다.

"어떻게요?"

의사는 정미의 직설화법에 금세 적응했다.

"동의하신다면······."

의사가 신약을 제시했다. 배수진이었다. 다른 방법이 없다는 선고이자 통보였다.

의사가 병실을 나가자 정미는 수액 밸브를 조절하고, 벽시계를 보더니 소변 눈금을 확인하고 기록지에 배뇨량을 적어 넣었다. 그러고는 배액관과 오줌통을 비우러 나가서 꽤 시간이 걸려서야 돌아왔다. 세수라도 했는지 앞머리가 젖어 있었다.

"그러자."

"그래야겠지?"

"좀 웃기지 않아? 앉아서 죽느니 싸우다 죽으라는 말로 들리더라."

"퍼스트 펭귄의 최후인 거지. 장렬한 헌신인가, 광기의 제물인가, 라는 딜레마?"

"야! 넌 왜 늘 이 모양이니? 되는 일이 없고, 되게 하는 일도 없고. 팔자에 재수가 없으면 필생의 노력이라도 해야지."

"죽을 둥 살 둥 해봤어. 지금도 죽을 둥 살 둥 하는데, 그놈의 딜레마에서 벗어나지 못하네. 근데……."

"근데, 뭐?"

"베뢰이 섬 말이야. 최적의 장소야."

"미친……. 입은 살아서."

맞은편 병상의 주인이 바뀌었다. 항암 주사와 방사능 치료를 병행하던 환자였다. 백혈구 수치가 올라가지 않아 퇴원이 계속 미뤄지고 있었다.

"잘 가."

"다시 보지 말자고."

좋은 곳이 아니니 다시는 오지 말라는 덕담이다.

시트 정리가 끝나기도 전에 '대학마트' 조끼를 입은 배달원이 나타났다. 한두 번이 아닌 듯, 침대 아래에 500ml짜리 6개들이 생수 팩을 차곡차곡 쟁여 넣었다.

"제시가 돌아오네. 영영 보지 말자더니."

"아휴, 또라이년 승질머리를 어째?"

"알아서들 받아주니까 지 벼슬, 지가 높이는 거지."

"손이 크잖아. 받아먹은 게 있으니 입 씻지 못하지, 뭐."

몇 년째 입원과 퇴원을 반복하며 마주치다 보니 거의 한 식구가 된 모양들이었다.

생수가 가고 다른 배달원이 얼굴을 디밀며 넉살을 떨었다.

"아이구, 자꾸 여기서 만나면 어쩐데요? 인연 싹 끊고 살자니까."

"죽으면 보고 싶어도 못 봐. 살아 있으니까 보는 거지."

"그럼 이렇게라도 쭈욱 봅시다, 예?"

자조적인 농을 주고받는 동안 생수 옆자리에 계란판이 차곡차곡 들어찼다. 암 환자에게 맥반석 구운 계란이 좋다더라는 건 병동의 상식이었다.

"진풍경이네. 삼 곱하기 육, 한 판에 서른 개. 일이삼사오륙……열 판하고 또 열 판을 들여놨어. 스무 판을 다 어떻게 먹는다니?"

정미가 빈정거렸다. 나는 세상사 하찮고 귀찮았다.

제시라 짐작되는 여자가 병원 로고가 찍힌 접이식 휠체어 바퀴를 굴리며 위풍당당 입장했다. 짧게 쳐올린 검은 머리카락이 방금 기계가 밀고 간 무덤 잔디처럼 송송하고 빳빳했다. 여자는 휴가를 마치고 돌아온 사령관이 병사(兵舍)를 점호하듯 한 바퀴 둘러보다가 나를 발견하자마자 눈을 치떴다.

넌 뭐야?

조건반사적이고 신경증적인 반응이었다.

그러는 넌?

나 대신 무적의 정미가 여자의 무도한 눈길을 쳐냈다.

제시는 바퀴를 홱 돌려 제 병상 쪽으로 가더니 무릎담요를 걷어 내팽개치듯 던졌다. 그러고는 대놓고 소리를 질렀다.

"이게 무슨 냄새야? 다른 환자 생각은 눈곱만큼도 안 하는 거 아니야? 환자에 대한 배려가 이따위인데 왜 아무도 클레임을 걸지 않아?"

답을 듣자는 물음이 아니었다. 선전포고였다. 터줏대감 격인 간병인 하나가 소심하게 제시의 등을 다독였다.

"왜 말려, 속이 뒤집혀 죽을 판인데? 나라도 할 말 해야 할 것 아냐? 저 지경이면 일인실을 쓰든가, 일인실 안 나면 이인실로라도 가야지. 자기들도 보고만 있었어? 그새 아주 보살들이 됐네, 됐어."

제시가 분이 안 풀리는지 거칠게 휠체어를 굴려 복도로 나갔다. 의국에 가서 따지는지 복도가 소란스러워졌다.

"말기를 어떻게 한 방에 집어넣는대? 항암 받으면 가뜩이나 비위들이 약해져서 밥 냄새에도 왝왝거리는 거 몰라요?"

그제야 병실 식구들의 연대가 이해됐다.

투약의 부작용인지 명현 반응인지, 보름쯤부터 내 모든 장기가 태업에 돌입했다. 통증이 줄기는커녕 오히려 강도가 세졌고, 음식은 그림의 떡이었다. 저작(咀嚼)은 물론 걸쭉한 유동식도 역해서 머금었다가 도로 뱉어냈다. 강판에 갈아 면포로 짠 배즙만 서너 숟가락 정도 넘길 수 있었다.

수액으로 버티는데도 구토와 설사가 멎지 않았다. 희한하게도 복수는 마르고 있어서 부풀어 올랐던 배는 조금씩 가라앉았다. 전체적으로는 호전보다는 악화의 시그널이었다. 어느 날은 안갯속을 헤매다 속엣것을 다 내보내는 꿈을 꾸었던 것 같은데, 정미의 말로는 한밤중에 침대를 통째 밖으로 빼낸 다음 뒤처리를 했다는 것이었다.

"딱 봐도 견적 나오잖아? 다들 얼마나 불안해하는지 보면 몰라요?"

기피 대상. 저들은 내가 자신들의 미래가 될 것이 무서웠구나.

간호사의 해명이 마땅치 않았는지 제시가 언성을 더 높였다.

"에이 썅! 그건 그쪽 사정이지. 일인실 쓸 형편 되고 안 되고까지 어떻게 헤아려주래? 민폐잖아, 민폐. 우리 방 환자들 얼굴 누렇게 뜬 것 안 보여요? 순해 터져서 아무 말 못 하고 있었던가 본데, 나라도 지랄을 떨어야 조치할 거 아니냐고."

제시는 한바탕 퍼붓고 나서 돌아왔다. 내 쪽을 거들떠보지 않고 자신의 병상으로 가서 바를 잡고 어렵사리 몸을 끌어올렸다. 옆 병상 간병인이 얼른 다가가서 제시를 거들었다.

"황 여사라고 알지? 7층에 붙잡혀서 내일 돼야 내려올 수 있대. 염 여사가 오늘만 나 좀 봐줘. 미희 씨, 괜찮지?"

염은 미희의 간병인이었다.

"그리구 이것들 좀 나눠줘."

"지난번처럼 하면 되죠?"

"호실마다 생수 두 팩, 계란 한 판씩."

염의 봉사 지원 덕택에, 제시는 개업 떡 돌리듯 생수와 맥반석 계란 분배를 마쳤다. 요령부득, 기이한 입원 행사였다.

소위 관심 종자를 혐오하는 정미는 병실의 원흉이 된 마당에도 전의를 내려놓지 않았다. 내게 붙어 있느라 마감해야 할 원고를 모두 펑크낸 상태였다.

염이 하사품을 들고 쭈뼛쭈뼛 다가왔다. 정미는 팔짱을 꼈고, 시선은 제시를 향했다.

"됐구요, 방 뺄 생각 없다고 전해 주세요. 정 괴로우면 본인이나 가시든지. 단체로 옮기셔도 상관없구요."

손사래 정도로 가볍게 거절하거나 받는 시늉이면 될 것을, 기어이 오물을 끼얹었다. 낮고 차분하게 엿 먹이기는 정미의 특기이자 밥벌이 수단이다.

정미와 내가 자본주의적으로 차지한 구역은 6층 암 병동의 일부, 하나의 섬이었다.

제시의 우산 아래로 합류한 여남은 명은 강력한 연대감으로 정당성을 웅변했다. 유리 부스 안에 든 외계 생명체를 보듯, 흘깃거리거나 외면하거나 볏을 세웠다. 개중에 둘은 제시가 자리를 비울 때 정미나 내게 애매한 웃음으로 동맹의 고의성을 무마하려고 시도했다.

"감동하지 마. 양심의 알리바이를 만들려는 것이니까."

"너나 싸우지 좀 마."

"하긴 저 사람들도 저럴 수밖에 없겠지. 이해는 해. 그래도 지금은 뻔뻔해질 거야. 너도 버텨. 살려면 오직 자신만 생각해야 한다는 걸, 저렇게 기를 쓰고들 가르쳐주잖아."

정미의 독려에도 나는 부진을 면치 못했다. 최악의 구간을 통과해야 하는 사람은 정미가 아니라 내가 아니던가.

IV

여자의 뒤에서 휠체어의 손잡이를 민다. 오르막 턱을 넘으면 거기서부터 절벽 끄트머리까지는 샐러드 접시처럼 가운데가 오목한 평지라 힘을 아낄 수 있다.

가까이. 더 가까이.

그래, 기꺼이.

마침내 절벽 끝에 선다. 밤도 새벽도 아닌 시각, 백야의 하늘은 희뿌옇다. 아직 먼바다로 나가지 못한 새의 울음소리와 바람 소리, 파도 소리가 이명처럼 웅웅 떠돈다.

여자가 문득 날지 못하는 새처럼 어깨를 들썩이며 흐느낀다. 여자는 사실 겁쟁이다. 휠체어의 팔걸이를 어찌나 세게 움켜잡았는지, 손등의 푸른 정맥이 터질 것만 같다.

도와줄게.

나는 여자를 안심시킨다. 여자가 고개를 들고 멀리 지평선을 바라본다. 내 선의를 받아들이겠다는 뜻인가. 그럴지도. 어쩌면 아닐지도.

나는 손바닥으로 여자의 등을 쓸어내린다. 달래듯, 가만가만.

힘을 준다. 가볍게, 살짝.

눈을 떴다. 손가락을 움직여보았다. 커튼이 둘러쳐져 있어 밖을 볼 수는 없었다. 정미가 내 기척을 알아챘다.

"어? 깼어? 정신이 들어? 이름이 뭐야? 나 알아보겠어?"

정미답지 않은 호들갑이었다. 초점이 흐려 정미의 표정을 읽을 수는 없다.

"진짜 끝인 줄 알았는데, 끝이 아니네. 장해, 유정옥."

나는 정미가 거짓말을 한다고 생각했다. 잠시 베뢰이 섬에 있었다고, 그곳에 다녀왔다고 말하려 했지만, 산소호흡기 때문에 불가능했다.

"네가 이겼어. 살아남은 건 너야."

나는 두 눈을 끔뻑였다. 실감나지 않는 승리다.

커튼 밖에서 사람들이 돌아가며 한마디씩 떠들었다. 나는 완전히 현실로 되돌아왔다.

"대체 휠체어로 거기를 어떻게 올라갔대? 혼자였을 거 아냐?"

"그리게. 귀신이 곡하겠어."

"의사, 간호사 할 것 없이 낯빛이 사색이더라고. 혼들이 나갔어."

"에이, 찔러도 피 한 방울 안 나올 것들이야. 허구한 날 환자 죽어 나가는 꼴 보고 사는데 뭐."

"때 돼서 가는 거랑 때 앞당겨 가는 거는 다르지, 어떻게 같아? 게다가 지들 과실로 덮어쑬까 싶어서들 전전긍긍이던데."

"과실은 과실이지. 요번엔 가망 없겠다고 했대. 절단 부위 위쪽으로 쫙 퍼졌다지, 아마. 깡으로 독기로 버텼는데 오죽했겠냐고. 나라도, 글쎄……."

내가 깊은 잠에서 허우적거리는 동안 무슨 일이 일어난 것일까. 왜 제시의 목소리는 들리지 않는 걸까. 저들은 누구에 대해, 누구의 일을 이야기하는 것일까.

말해 봐.

정미가 내 손을 잡았다.

"결정적인 순간은 없어. 오직 순간적인 결정이 있을 뿐이야."

정미는 무엇인가, 보이지 않는 것을 보고 있는 것 같았다.

"거기에는 선과 악이 개입할 여지가 없지. 섬광 같은 찰나에 가장 강력하게 작동하는 기제는 본능뿐이거든. 본능은 생리 현상이야. 자기 의지로 통제가 안 돼. 음험하고 충직하지."

정미의 손은 델 듯 뜨거웠다. 불길한 예감이 들었다.

정미도 나도, 조만간 형체도 없이 녹아버리고 말리라는, 그런······.